Un rêve à t'offrir

Une proposition très tentante

JULES BENNETT

Un rêve à t'offrir

Traduction française de
ANDRÉE JARDAT

PASSIONS

HARLEQUIN

Collection : PASSIONS

Ce roman a déjà été publié en 2017

Titre original :
WHATEVER THE PRICE

HARPERCOLLINS FRANCE
83-85, boulevard Vincent-Auriol, 75646 PARIS CEDEX 13
Service Clients — https://www.harlequin.fr/contenu/contactez-nous
ISBN 978-2-2805-2039-3 — ISSN 1950-2761

Édité par HarperCollins France.
Composition et mise en pages Nord Compo.
Imprimé en août 2025 par ScandBook UAB en Lituanie
en utilisant 100% d'électricité renouvelable.
Dépôt légal : septembre 2025.

FSC
www.fsc.org
MIXTE
Papier | Pour une gestion forestière responsable
FSC® C021394

Pour limiter l'empreinte environnementale de ses livres, HarperCollins France s'engage à n'utiliser que du papier fabriqué à partir de bois provenant de forêts gérées durablement et de manière responsable.

1

Ebahie, Charlotte Price regarda celui qui allait devenir son ex-mari : il tenait un bébé dans ses bras.

— Anthony ?

Elle le fixa un bref instant avant de reporter son attention sur le petit être blotti contre lui.

Anthony Price, le fameux Anthony Price, l'un des plus grands metteurs en scène de Hollywood, semblait tout à coup avoir perdu de sa superbe.

Son mari serrant un enfant dans ses bras était un rêve auquel elle avait dû renoncer.

— C'est la fille de Rachel, annonça-t-il avec gravité.

Rachel, la sœur d'Anthony, était morte tragiquement dans un accident de voiture, une semaine plus tôt, laissant derrière elle un bébé de huit mois.

Le cœur serré, elle ouvrit grand la porte sans poser plus de questions.

— Entre.

Elle le précéda dans l'appartement que lui avait prêté une amie, partie effectuer le voyage de ses rêves. Elle n'y avait entreposé que quelques affaires de première nécessité.

Ainsi éloignée d'Anthony, elle voulait se donner le temps de réfléchir, mais elle avait beau tourner le problème dans tous les sens, elle parvenait toujours à la même conclusion : leur mariage était bel et bien terminé. Malgré tous ses efforts, elle ne pouvait que constater l'échec de leur relation : jamais Anthony ne l'aimerait comme elle le souhaiterait.

Aussi, à le voir là devant elle, visiblement désemparé, l'idée l'effleura qu'il était peut-être venu lui annoncer un changement : il avait réfléchi et s'était enfin décidé à consulter le psychothérapeute qu'elle lui avait recommandé.

Elle avait quitté le domicile conjugal en juin, soit trois mois auparavant, et depuis, si l'on exceptait quelques coups de fil maladroits et une visite – qui s'était terminée au lit –, il ne s'était plus manifesté. Elle considérait donc que la rupture était consommée.

S'ils avaient toujours eu beaucoup de mal à communiquer durant leurs neuf années de vie commune, le sexe en revanche était un élément essentiel de leur couple, qui les liait inexorablement l'un à l'autre.

— Je ne sais pas ce qu'elle a, dit-il d'une voix où perçait de la panique. Elle a pleuré pendant tout le trajet et vomi la moitié de son biberon. Tu te rends compte ! On a voyagé plus de trois heures, et elle ne s'est endormie que dix minutes, juste avant notre arrivée.

Habituée aux enfants de tous âges, Charlotte glissa doucement une main derrière le dos de la petite, pour pouvoir l'étendre sur un large fauteuil qu'elle sécurisa de plusieurs coussins.

L'esprit en ébullition, elle gagna le coin cuisine, Anthony sur ses talons.

— Que se passe-t-il, Anthony ? s'enquit-elle à voix basse.

— J'ai besoin d'aide. Je ne peux pas m'occuper de Lily tout seul.

Le message était clair : il n'était pas là pour elle, pour eux, ni même pour faire l'amour. Il se trouvait là parce qu'il était incapable de se débrouiller seul avec un bébé.

L'ironie de la situation ne lui échappa pas. Il lui demandait de devenir une mère de substitution, alors qu'il s'était toujours retranché derrière sa carrière pour lui refuser d'avoir des enfants à elle.

Elle refoula la rancœur qu'elle sentait monter et s'exhorta à rester objective.

Elle ne devait pas tout mélanger, et surtout pas l'appel au secours d'Anthony avec les nombreuses tentatives, restées vaines, qu'elle avait faites pour capter son attention et satisfaire son désir d'enfants.

Au fil du temps elle avait bien dû se rendre à l'évidence : ils n'avaient pas du tout la même façon d'envisager l'amour. S'il était certain qu'Anthony l'aimait, il était évident aussi qu'il lui préférait ses films, auxquels il consacrait le plus clair de son temps.

— Nous sommes sa seule famille désormais, Charlie, dit-il, la gorge nouée d'émotion.

Le surnom qu'il lui avait donné alors qu'ils se fréquentaient à l'université n'eut cette fois aucun effet sur elle.

— Comment ça, *nous* sommes sa seule famille ?

— Ce sont les dernières volontés de Rachel, expliqua-t-il. Comme elle ne connaît pas le père de son enfant, puisqu'elle s'était fait inséminer artificiellement, Rachel nous a désignés comme ses tuteurs.

Sonnée, elle s'appuya contre l'îlot central de la cuisine. Un bébé, un mari, c'était ce dont elle avait toujours rêvé avant qu'elle ne mette un terme à leur mariage, avant qu'elle ne tombe enceinte et ne perde son enfant pendant qu'une fois de plus Anthony était loin d'elle. Elle ne lui avait même pas parlé de cette grossesse avortée.

— Nous ne pouvons pas élever cet enfant, Anthony, répliqua-t-elle d'un ton qu'elle s'appliqua à garder égal alors que l'émotion la submergeait – il lui aurait suffi d'un mot pour que son rêve de toujours devienne réalité ! Nous sommes séparés.

— Merci de me le rappeler mais je suis au courant, grommela-t-il. Ecoute, je ressens autant de peur que toi, mais nous n'avons pas le choix. Rachel était ma sœur, tu peux comprendre, non ?

Elle ne devait surtout pas se laisser entraîner sur le terrain des souvenirs douloureux, elle qui avait perdu sa sœur jumelle alors qu'elles n'étaient âgées que de dix ans.

— Bien sûr que je peux comprendre, mais ce que tu me demandes est impossible.

Tout allait vite, beaucoup trop vite. Elle ne savait par quoi commencer, ni même quoi faire, car elle n'avait qu'une seule certitude : elle devait d'abord prendre le recul nécessaire pour pouvoir mener de nouveau un jour une vie normale.

Comment pourrait-elle aller de l'avant si on lui confiait une telle responsabilité, sans même qu'elle ait le temps d'y réfléchir ?

Elle se passa une main nerveuse dans les cheveux.

— Tu savais qu'elle nous avait nommés tuteurs ? Elle t'avait demandé ton avis ? Parce que je ne t'ai jamais entendu évoquer la question.

— Je l'ignorais totalement. Nous en avions vaguement parlé, bien avant qu'elle n'envisage d'avoir Lily, mais si brièvement que je n'y ai pas vraiment prêté attention. Les services sociaux pourraient contester le testament, mais ils sont trop contents que je sois là pour veiller sur ma nièce. Tu parles, débordés comme ils sont ! Bref, cette enfant est devenue la nôtre, ou du moins elle le sera officiellement dès que son cas passera devant le tribunal, c'est-à-dire dans quatre-vingt-dix jours.

Son cœur se serra un peu plus en l'entendant parler de Lily comme de sa propre fille. Combien de fois lui avait-elle dit qu'elle rêvait elle aussi d'avoir un enfant ? Mais, malgré son insistance, il avait toujours fait passer ses propres rêves et sa carrière en priorité.

— Que veux-tu que je fasse, Anthony ? demanda-t-elle en choisissant de laisser sa souffrance de côté. Tu ne t'attends tout de même pas à ce que nous jouions au papa et à la maman ensemble ? Ça ne marchera jamais.

— Nous n'avons pas le choix, répéta-t-il obstinément. Laisse-moi quatre-vingt-dix jours, Charlie. C'est tout ce que je te demande. Je ne veux pas qu'ils m'enlèvent Lily. Ensuite, nous déciderons de ce qui est le mieux pour nous trois. Et qui sait ? Ce sera peut-être pour nous l'occasion d'un nouveau départ.

Elle évita son regard enjôleur qui, même si elle parvenait à le soutenir sans ciller, pourrait bien la faire flancher de nouveau. Trois mois. Autant dire une éternité. Comment tiendrait-elle le coup aussi longtemps ?

Et puis elle lui en voulait de s'impliquer dans cette nouvelle famille tombée du ciel, alors qu'il n'avait jamais voulu fonder son propre foyer. Et encore, s'il ne s'agissait que de Lily ! Mais il y avait aussi cette Olivia Dane, sa mère biologique récemment retrouvée et à qui il consacrait de plus en plus de temps.

Célèbre actrice de cinéma, Olivia avait abandonné son fils dans le plus grand secret, quelque quarante ans plus tôt. Plus tard, elle avait donné naissance à deux autres enfants, dont Bronson Dane qui s'était avéré le pire ennemi d'Anthony.

A cette époque, Charlotte avait souffert d'être tenue à l'écart de cette nouvelle famille recomposée, mais voilà qu'Anthony ajoutait un peu plus à sa souffrance, avec la venue de ce bébé. Pire : il lui faisait miroiter une vie de famille heureuse !

— Ça ne marchera jamais, Anthony, répéta-t-elle à son tour. Je ne peux pas envisager de vivre sous le même toit que toi pour le moment. J'ai besoin d'être seule pour faire le point et je n'y parviendrai pas si je me replonge dans une vie qui ne m'apportait plus aucune satisfaction depuis bien longtemps.

Elle n'avait pas eu l'intention de formuler tout haut ce qu'elle pensait, mais au moins c'était dit. Après tout, qu'il sache le mal qu'il lui avait fait et que son égoïsme les avait menés à la rupture !

— Je sais à quel point tu souffres, Charlie, et je ne veux pas te rendre les choses plus difficiles, mais Lily a besoin d'une présence féminine, insista-t-il. Et moi, j'ai besoin de ma femme.

« J'ai fait appel à une décoratrice, reprit-il après une courte pause. Pour qu'elle transforme l'une des chambres d'amis en chambre d'enfant, pendant que j'étais à San José hier. Elle devrait avoir terminé aujourd'hui.

Elle poussa un profond soupir et considéra avec tendresse le petit être innocent, ignorant tout du sort qui l'attendait. Cette prise de conscience l'aida à se décider. Lily avait besoin de bien-être et de sécurité et elle allait lui en donner, en tenant ses problèmes personnels à l'écart pour le moment.

— Très bien. Tu as quatre-vingt-dix jours, dit-elle en le regardant droit dans les yeux.

Ce qui supposait qu'elle allait laisser en suspens les démarches entreprises et qu'elle ajournerait le rendez-vous pris avec son avocat.

— Nous devons d'abord penser à Lily. Mais je te préviens, cela ne signifie pas pour autant que nous partagerons le même lit. Je m'installerai dans une des chambres d'amis.

— Pourquoi tiens-tu à me fuir, Charlie ? Laisse-moi te prouver que je peux être le mari dont tu rêvais.

— Tu as eu neuf ans pour cela, Anthony. Tu ne peux décemment pas me tenir un tel discours maintenant, juste parce que tu me trouves bien pratique. De même que tu ne peux pas attendre de moi que nous couchions de nouveau ensemble, ajouta-t-elle en relevant fièrement la tête et en croisant les bras. Je reviens pour Lily, et seulement pour elle.

Anthony l'observa un long moment sans rien dire. Charlotte allait lui mener la vie dure mais, après tout, il n'avait que ce qu'il méritait. Elle avait passé tant d'années à ses côtés, fidèle au poste, alors qu'il refusait d'accéder à la plupart de ses désirs.

Pourtant, malgré la distance qu'elle lui avait désormais imposée, il n'avait pas cessé de l'aimer et de la désirer.

Il ne désespérait d'ailleurs pas de la reconquérir : il allait même tout mettre en œuvre pour atteindre son but, il s'en fit la promesse. Oui, d'ici peu de temps elle serait de retour dans leur chambre.

Il était vraiment dommage que le sexe ne soit pas la solution à tous leurs problèmes car, depuis leur rencontre à l'université, l'attirance physique qu'ils éprouvaient l'un pour l'autre ne s'était pas émoussée. Un mois plus tôt, ce désir réciproque les avait d'ailleurs conduits dans le lit de Charlotte, alors qu'il était juste venu avec elle.

Il s'empressa de chasser le sentiment de culpabilité qui l'étreignait, chaque fois qu'il repensait à leur séparation : il en était bien le principal responsable.

La voir quitter leur maison avait été un véritable électrochoc qui l'avait conduit à se remettre en question. Il n'aspirait plus qu'à une chose, désormais : à la convaincre qu'elle ne s'était pas trompée en le choisissant et que sa place était à ses côtés. Définitivement.

— Je comprends, finit-il par dire. Mais cela ne signifie pas pour autant que je vais renoncer à me battre pour toi et, maintenant, pour ce bébé tombé du ciel.

Charlotte esquissa un petit sourire triste qui lui serra le cœur.

— Cela ne change rien au problème, Anthony. Tu es prêt à franchir le pas avec l'enfant de ta sœur, mais tu m'as refusé plusieurs fois ce bonheur ! Alors que les choses soient bien claires : si je reste, c'est uniquement pour Lily, pas pour toi.

— Essayons au moins de montrer un front uni jusqu'à la fin de ces trois mois. Lily a perdu sa mère et tu peux être ce lien maternel qui va lui faire affreusement défaut. Ensuite, nous aviserons.

Evoquer sa sœur suscitait toujours en lui une peine immense mais, étant désormais responsable d'un bébé, il ne pouvait se permettre la moindre faiblesse. Au nom de sa sœur défunte, de l'enfant qu'elle lui laissait et de l'amour qu'il portait à sa femme, il avait pour devoir de se battre et de réussir.

— Je ne peux pas remplacer sa mère, répliqua Charlotte, les yeux humides de larmes. Personne ne le pourra.

— Ce n'est pas ce que je te demande, rétorqua-t-il en s'approchant d'elle pour lui prendre la main. Je veux juste que tu l'aimes et que tu veilles sur elle. En ce qui nous concerne, je te demande de ne pas te fermer, Charlie. Je n'ai jamais voulu ce qui nous arrive. Je n'ai jamais voulu te perdre. Jamais.

Emue, elle laissa couler ses larmes sur ses joues de porcelaine. Mais, très vite, la tristesse laissa place à une détermination sans faille.

— J'accepte de venir sous certaines conditions.

Les conditions, il en ferait son affaire. Il les lui ferait même oublier pour la ramener dans son lit et dans sa vie.

— Je t'écoute.

Elle s'écarta de lui, brisant cette brève intimité retrouvée.

— Je ne partagerai pas ton lit. Plus jamais.

C'était trop facile ! Il connaissait tout en matière de manipulation et de séduction, il la ferait changer d'avis. Il savait quelles caresses lui prodiguer, quelles paroles lui chuchoter à l'oreille.

Mais mieux valait ne pas l'en avertir et lui laisser penser qu'elle avait le contrôle.

— D'accord. Ensuite ?

— Il est bien entendu que cette situation n'est que temporaire. Lorsque le jugement concernant Lily sera rendu, nos avocats établiront une proposition de divorce à l'amiable.

Ainsi donc, elle avait pris contact avec un avocat. La belle affaire ! Il avait trois mois devant lui. Trois mois pour la convaincre de reprendre sa place à ses côtés.

— Parfait.

— L'arrivée de ce bébé ainsi que nos petits arrangements ne changent rien à la situation. Lily est prioritaire sur tout. Suis-je bien claire ?

Il la caressa du regard, tandis qu'il la revoyait nue, le souffle court et pantelante contre lui.

— Parfaitement claire, assura-t-il avec un sourire en coin.

2

— Contente de vous voir de retour, madame Price.

Un brin hérissée, Charlotte parvint néanmoins à sourire à Monique, leur fidèle gouvernante depuis cinq ans.

— Je ne suis pas vraiment de retour, tint-elle à préciser, mais merci quand même.

Monique acquiesça d'un hochement de tête qui en disait long sur son scepticisme, puis se remit au travail, dans le salon.

Charlotte aimait beaucoup cette pièce où elle avait donné tant de soirées pour recueillir des fonds afin de créer une nouvelle aile dans le service pédiatrique de l'hôpital. Elle s'était jetée corps et âme dans cette activité, afin de combler le vide énorme de sa vie.

Au début de la carrière d'Anthony, elle avait été extrêmement fière de son travail et de son talent ! Elle était de toutes les premières, de toutes les cérémonies de remise de prix. Mais, lorsque les ambitions de son mari avaient pris le pas sur leur vie privée et qu'elle était devenue presque invisible à ses yeux, elle s'était résignée à tirer un trait sur ses propres désirs. Par contrecoup, elle s'était également tenue en retrait de ce qui faisait la vie de son époux, pour se dévouer entièrement à une activité bénévole.

Refusant de replonger dans un monde qu'elle s'apprêtait à quitter, elle serra un peu plus la petite Lily contre elle. Mais ce n'était pas chose facile, puisque chaque recoin de la maison lui rappelait de nombreux souvenirs. Les années vécues ici repassaient dans sa tête, comme un film muet.

Elle détestait toutes les émotions que cette maison, *sa*

maison, faisait renaître en elle. Non, cette maison n'était plus la sienne. Du moins devait-elle s'en persuader si elle voulait pouvoir commencer une nouvelle vie, une fois qu'elle aurait divorcé d'Anthony.

Et elle n'y parviendrait pas si elle ne se mettait pas fermement en tête que tout cela n'était que du provisoire. Même si le tribunal leur accordait la garde définitive de Lily, il leur faudrait trouver un arrangement, de toute façon.

Elle savait bien qu'Anthony voulait sauver leur mariage, mais il était probablement incapable de faire l'effort nécessaire et permanent que nécessitait une telle ambition. Et puis, à quoi bon un tel effort alors qu'il était trop tard ?

Elle soupira à la vue de cette vaste entrée en cathédrale, séparée du salon par d'immenses piliers en marbre. Dire que ce matin même elle squattait l'appartement de son amie, cherchant à évaluer le temps qu'il lui faudrait pour que cesse la douleur sourde et insidieuse qui lui broyait le cœur ! Voilà qu'elle était de retour dans cette maison qu'elle pensait ne jamais revoir.

— J'ai fait porter tes affaires dans la chambre d'amis, comme tu le souhaitais, annonça Anthony tandis qu'il la précédait dans l'escalier.

Elle gravit l'escalier monumental qu'elle avait dessiné elle-même et qu'éclairait un énorme chandelier en cristal projetant sur le palier un kaléidoscope de couleurs vives.

— Si tu veux tout savoir, je m'étonne que tu aies accepté aussi facilement de m'installer dans cette chambre, dit-elle alors qu'ils arrivaient devant la porte.

Sans un mot, il la prit par le coude et la força à se tourner vers lui, pour la scruter de son regard magnétique.

— Si je respecte parfaitement ta volonté, sache que je ne renoncerai jamais à toi, Charlie, et que je tenterai ma chance chaque fois que l'occasion se présentera.

Un sentiment de crainte l'envahit. Elle n'avait pas peur de lui, non. Elle avait peur d'elle, d'être incapable de lui résister physiquement.

Dieu merci, la présence de Lily et l'attention constante

qu'exigeait un enfant de cet âge allaient lui permettre de se dérober plus facilement à ce jeu de la séduction que maîtrisait parfaitement Anthony.

D'un petit geste sec, elle dégagea son bras et pénétra dans la nursery. Instantanément, une bouffée de tristesse l'envahit. C'était justement la pièce qu'elle avait pensé attribuer un jour à son propre enfant. Malgré sa peine, elle ne put que saluer l'efficacité et le goût de la décoratrice, qui avait choisi des teintes pastel propices à la quiétude et à la sérénité.

Cela faisait un an qu'elle avait fait sa fausse couche et, avec Lily dans les bras, dans cette chambre destinée aux enfants qu'elle aurait dû avoir avec Anthony, les souvenirs douloureux affluèrent.

Sentant les larmes lui monter aux yeux, elle abaissa son regard sur le bébé.

— Ça va ? demanda Anthony à qui son émotion n'avait visiblement pas échappé.

Dans un geste très tendre, il plaça sur son dos une main qui se voulait réconfortante. Il serait si facile de se laisser aller contre lui, mais à quoi bon ? Elle préférait rester seule face à son désarroi.

— C'est beaucoup en peu de temps, répondit-elle à voix basse. Mon retour ici, Lily, la disparition de Rachel.

— Je sais.

L'émotion qui perçait dans la voix d'Anthony la surprit. Pas une seule fois en neuf ans de mariage, il ne lui avait laissé deviner ses sentiments. A l'exception des déclarations d'amour dont il l'abreuvait, il n'était pas homme à s'ouvrir ou à s'épancher. Anthony Price était bien trop fier pour laisser entrevoir à quiconque, même à son épouse, qu'il pouvait être capable de faiblesse.

Ainsi, lorsqu'il avait appris, l'année précédente, la vérité sur son adoption, il n'avait rien laissé transparaître. Pis : il n'avait pas recherché le moindre réconfort, ni le moindre soutien auprès d'elle, et il ne lui avait rien confié. Rien. Une fois de plus, elle s'était sentie tenue à l'écart et bien loin de ses priorités.

— Je suis tellement désolée pour Rachel, dit-elle, la gorge

nouée par l'émotion. Et je suis désolée de ne pas avoir assisté à ses funérailles, mais je… je ne m'en sentais pas capable.

— Je comprends. L'important, c'est que tu sois là aujourd'hui, pour sa fille. Elle dort beaucoup depuis que tu es là, ajouta-t-il avec un sourire plein de tendresse. C'est normal ?

— Pour un enfant de cet âge, tout à fait. En général, ils font deux siestes par jour, donc tout va bien. Son monde s'est écroulé et, même si elle n'en a pas pleinement conscience, elle sent intuitivement que les choses ont changé. Aussi, pour la rassurer le mieux possible, il faudra s'arranger pour qu'elle ait des horaires réguliers.

— Tu vas lui faire beaucoup de bien, déclara-t-il en plongeant son regard dans le sien. Et à moi aussi.

Inutile de faire le moindre commentaire. Et d'ailleurs pour dire quoi ? Elle se savait prévenue, il userait de tous les moyens pour tenter de la reconquérir. A elle de se blinder et de rester hermétique à ses tentatives de séduction.

Mettant un terme à ces réflexions, elle alla déposer Lily dans son berceau, espérant de tout son cœur que la fillette s'adapterait très vite à son nouvel environnement ainsi qu'à sa nouvelle vie.

En se redressant, elle remarqua l'un des tableaux qu'elle avait peints – deux petites filles s'ébattant dans un champ – accroché au-dessus du fauteuil à bascule. La décoratrice avait-elle agi de sa propre initiative ou selon les directives d'Anthony ?

Elle se tourna vers lui et mit un doigt sur sa bouche pour lui intimer l'ordre de ne pas faire de bruit.

— Cette chambre est vraiment ravissante, déclara-t-elle une fois qu'ils purent parler librement. C'est Hannah qui l'a décorée ?

— Qui d'autre ? Je lui ai demandé d'y accrocher une de tes toiles. J'espère que cela ne te dérange pas.

Cette attention inattendue la toucha au point qu'elle ne put articuler un mot.

— Entre, lui ordonna-t-il après l'avoir entraînée dans la suite parentale. Ici, nous serons tranquilles pour discuter.

Elle s'offusqua du ton autoritaire sur lequel il lui avait parlé.

Pour une fois, ne pourrait-il pas faire l'effort de demander plutôt que d'exiger ?

Elle pénétra néanmoins dans ce qui avait été leur chambre pendant des années et le théâtre d'innombrables ébats. Instantanément, une chaleur se diffusa dans tout son corps, mais elle s'obligea à tempérer son désir. Anthony avait beau lui manquer, elle ne céderait pas à la tentation.

Son regard se porta pourtant sur le lit à baldaquin qu'ornaient de fins voilages aux nuances mordorées. Tout était tel qu'avant son départ, trois mois auparavant. Même la photo de leur mariage, qui se trouvait toujours sur sa table de chevet.

A quoi pouvait-il bien penser lorsqu'il la voyait ?

Fixant un moment ce jeune couple qu'ils n'étaient plus – lui fringant, elle rayonnante de bonheur —, elle se surprit à regretter de ne pouvoir tout recommencer. Même si elle savait ce qu'elle savait de sa vie avec Anthony. Si, au lieu de s'effacer comme elle l'avait fait, elle l'avait poussé à se livrer, peut-être n'en seraient-ils pas là aujourd'hui.

— Dis-moi que tu n'éprouves rien à te retrouver là, seule avec moi, dit-il d'une voix suave en s'approchant d'elle. Je sais que nous sommes sur la même longueur d'onde. Nous n'avons jamais pu résister au désir que nous éprouvons l'un pour l'autre, et ce n'est pas cette situation un peu particulière qui changera quoi que ce soit.

Elle tendit la main, pour lui faire garder ses distances car, s'il la touchait, elle était bien capable de renoncer à toutes ses bonnes résolutions. Et pour une fois c'était elle qui allait décider.

— L'attirance physique n'est pas le problème, Anthony, tu le sais bien d'ailleurs. Le problème, c'est la priorité que tu donnes à ton travail, c'est le fait que tu ne me parles pas et que tu penses que le bonheur, *mon* bonheur, passe fatalement par l'argent et les cadeaux somptueux dont tu me couvres.

— Tu avais l'air de t'en satisfaire, pourtant, et je n'ai pas compris pourquoi tu t'es mise à prendre tes distances, tout à coup.

Et, comme pour souligner le manque qu'il avait d'elle, il s'interrompit pour dévorer sa bouche du regard.

— D'ailleurs, reprit-il, cet argent que tu sembles mépriser t'a permis de t'investir totalement dans tes œuvres de charité.

Ainsi donc, il n'avait rien compris. Il n'avait pas vu le besoin qu'elle avait ressenti de remplir le vide de sa vie. Il était bien trop occupé par lui-même pour s'intéresser aux états d'âme de sa femme !

— Mes œuvres caritatives sont financées par des donations, des galas et surtout beaucoup de travail, rétorqua-t-elle sèchement.

— Je n'en doute pas, mais tout cela c'est grâce au nom que tu portes.

Une vague de colère monta, qu'elle eut le plus grand mal à contenir.

— Insinuerais-tu que, si je ne m'appelais pas Price, je serais incapable de mener à bien une telle action ?

— Pas du tout. Je voulais juste dire que mon nom allié à ton statut te permet de bénéficier de donateurs, disons..., privilégiés.

Elle inspira profondément, s'exhortant au calme. Aurait-il le culot de vouloir s'attribuer en plus le mérite de son travail à elle ?

— Je me fiche bien de l'identité de mes donateurs. En revanche, je suis reconnaissante à chacun d'eux de m'avoir permis de recueillir assez d'argent pour la construction d'une extension du service pédiatrique.

Penser qu'elle contribuait un peu à aider ces enfants malades lui mettait du baume au cœur, l'aidait à relativiser ses problèmes personnels, bien dérisoires par comparaison.

En effet, comment pouvait-elle s'apitoyer sur son sort, quand tant d'enfants ne connaissaient de la vie que les quatre murs d'une chambre d'hôpital ?

— A ce propos, il va falloir que tu lèves un peu le pied.

Cet ordre assené sans ménagement lui fit serrer les dents et relever la tête.

— Que veux-tu dire par là ?

— Eh bien que, désormais, avec Lily à la maison, tu auras moins de temps à consacrer à tes bonnes œuvres. D'ailleurs, moi aussi, je vais devoir ralentir un peu le rythme.

Elle éclata d'un rire si sonore qu'il sonna faux.

— Je te rappelle que des millions de femmes travaillent à l'extérieur tout en assumant parfaitement leur vie de famille, et je ne vais certainement pas « lever le pied », comme tu dis, alors que nous sommes sur le point d'atteindre enfin notre objectif.

— Et après ? s'enquit-il en la défiant du regard. Je sais que tout cela est important pour toi, mais…

— Mais rien du tout ! le coupa-t-elle d'une voix tranchante. Mes activités ne m'empêcheront pas de m'occuper de Lily, et je ne manquerai pas de lui apprendre que dans la vie tout n'est pas qu'une question d'argent.

— C'est tout de même grâce à lui que tu as pu mener la vie que tu voulais.

Elle lui tourna le dos, incapable de le regarder dans les yeux.

— Je ne t'ai jamais rien demandé de pareil, Anthony. Moi, ce que je voulais, c'était juste un mariage heureux et une famille.

— Lily te permet de réaliser ce rêve, non ? dit-il en lui pressant tendrement l'épaule. Je sais ce que représente un enfant pour toi. Je sais aussi que tu as souffert de ne pas passer en priorité dans ma vie, mais je suis prêt à tout changer, si cela doit nous réunir de nouveau.

Combien de fois avait-elle attendu ces paroles ? Combien de fois avait-elle espéré que leurs aspirations se rejoignent ? Ils auraient dû évoquer les étapes importantes d'une vie à deux avant de se dire « oui ». Mais ils étaient jeunes, insouciants, amoureux, à l'époque, et c'était tout ce qui comptait pour eux, alors.

Elle se tourna vers lui, bien résolue à ce que les choses soient enfin dites entre eux.

— Je ne parle pas d'une famille bâtie sur la culpabilité ou l'obligation, Anthony. Je voulais un enfant de l'amour. Cela dit, en ce qui concerne Lily, sache que je m'en occuperai comme si c'était ma propre fille, mais nous ne l'élèverons pas ensemble.

— Ne me repousse pas, Charlie, l'implora-t-il à voix basse. S'il te plaît. Je sais que nous avons changé au cours de ces années, mais je n'ai jamais cessé de t'aimer. Quant à ces ragots dans la presse à scandale…

— Je sais que tu ne m'as jamais trompée, l'interrompit-elle

en secouant la tête. Déjà que tu n'avais pas de temps à me consacrer ! C'est d'ailleurs bien là qu'est le problème. Tu es tellement centré sur toi-même que tu ne t'es même pas rendu compte que j'aurais fait n'importe quoi pour toi. Il n'y a qu'à voir ce que j'ai fait pendant des années.

Il lui lança un regard plein de détermination.

— Je refuse de te perdre, Charlotte. Et je ne te perdrai pas.

Comme pour preuve de ce qu'il avançait, il effleura ses lèvres des siennes, tout en la plaquant étroitement contre lui. D'un geste machinal, elle agrippa sa chemise. Voulait-elle le repousser ou retrouver son équilibre ? Elle ne savait pas trop. Seul Anthony avait le pouvoir d'éveiller instantanément la passion en elle. Seul Anthony pouvait susciter en elle cette vague de sentiments contradictoires qui la submergeait.

La réalité la rattrapa d'un coup. Malgré ses promesses, Anthony ne changerait pas. Il ne laisserait jamais quiconque ni quoi que ce soit passer avant sa sacro-sainte carrière.

Elle le repoussa résolument, en prenant garde d'éviter son regard ensorceleur dans lequel elle pourrait aisément se perdre.

— Ne me touche pas, lui ordonna-t-elle. Je te l'ai déjà dit, mais je vais te le répéter : rien n'est changé entre nous.

Insensible à son discours, il lui prit le visage à deux mains.

— Tout a changé au contraire. Et plus tôt tu comprendras que je ne me résignerai jamais à te perdre, mieux ce sera. Cette phase de transition sera moins longue, comme ça.

Assis à son bureau, Anthony parcourut des yeux le testament laissé par sa sœur. Comment avait-elle pu le désigner tuteur de son enfant en cas de décès, sans même lui en avoir touché un mot ? Sans doute parce qu'elle ne pouvait envisager de mourir aussi jeune.

Rachel était morte.

Depuis sa disparition, ces quelques mots tournaient en boucle dans sa tête. Jusqu'à l'obsession. Sa sœur, si belle, si pleine de vie, n'était plus. Il ne la verrait plus sourire sinon sur ces portraits figés dont il s'était entouré. Quant à sa petite fille, elle ne saurait jamais à quel point sa mère l'adorait.

Décidément, le sort s'acharnait sur lui en ce moment ! En l'espace d'une année à peine, il avait perdu sa sœur, sa femme était sur le point de demander le divorce, il avait appris que sa mère biologique était une star de Hollywood qui l'avait abandonné à la naissance. Et, cerise sur le gâteau, son pire rival n'était autre que Bronson Dane, son demi-frère.

Or, Bronson étant malheureusement l'un des plus grands producteurs de Hollywood, ils avaient d'innombrables occasions de se croiser.

Aussitôt que la nouvelle avait éclaté, les tabloïds s'en étaient emparés et avaient fait leurs choux gras de cette histoire vieille de quarante ans. Les deux familles avaient présenté un front uni, leur jetant en pâture un communiqué laconique mais refusant catégoriquement d'apparaître en public.

La gorge nouée par l'émotion, il relut de nouveau le testament de Rachel, qui faisait de Charlotte et de lui les tuteurs de Lily.

Or pour le moment, si Charlotte pouvait s'approcher sans problème de la fillette, elle se mettait à hurler dès qu'elle le voyait.

Il n'avait aucune idée de la façon dont on préparait un biberon ; quant à changer une couche, c'était pour lui un défi inouï. Bon sang ! Comment un homme comme lui, bardé de diplômes, qui travaillait sur des superproductions de plusieurs centaines de millions de dollars, oui, comment un homme comme lui pouvait-il se laisser impressionner par des problèmes de lait en poudre et de couches souillées ?

La réponse, il la connaissait. Il s'agissait de l'enfant de sa sœur, et il se sentait investi d' une responsabilité énorme, à savoir faire tout ce qui était en son pouvoir pour honorer sa mémoire et s'occuper de son enfant aussi bien qu'elle l'aurait fait.

Mais ce n'était pas la seule raison. Il avait également à cœur de prouver à Charlotte qu'il était capable de mener de front sa carrière et une vie de famille harmonieuse. Etonnamment, le mot « famille » commençait enfin à signifier quelque chose pour lui.

Sa sœur et lui avaient été tellement liés, après le décès de leurs parents ! C'était elle, Rachel, qui l'avait pressé de prendre contact avec Olivia, puis d'entretenir avec elle une relation suivie ; Rachel encore qui l'avait poussé à mettre de côté le ressentiment qu'il éprouvait à l'égard de Bronson. L'ambiance n'étant pas au mieux dans son foyer, à cette époque, il avait trouvé plus simple de se confier à sa sœur. Il reconnaissait aujourd'hui avoir eu tort, mais il se refusait à admettre que son mariage était voué à l'échec.

Là aussi, il ferait tout ce qui était en son pouvoir pour montrer à Charlotte qu'il était le mari et le père dont elle rêvait.

Avec cet enfant, la vie lui donnait une seconde chance, et il n'allait pas la laisser passer.

Quatre-vingt-dix jours.

Il disposait de quatre-vingt-dix jours pour convaincre Charlotte qu'ils étaient plus que jamais faits l'un pour l'autre.

Quatre-vingt-dix jours pour la séduire de nouveau et faire en sorte qu'elle retombe amoureuse de lui.

Il esquissa un sourire en coin. Il savait exactement comment s'y prendre.

3

— Qu'est-ce que tu fais ?

Au ton de Charlotte, lourd de reproches, Anthony rentra la tête dans les épaules.

— Tu vois, je prépare ma valise.

Le dos toujours tourné, il continua à rassembler ses affaires et à les empiler soigneusement. Il savait bien les reproches qu'elle allait lui faire, mais il n'avait pas moyen d'échapper à une confrontation qu'il sentait inévitable.

S'il s'était bien gardé d'évoquer son départ, c'était parce que, dans ce cas, elle aurait refusé tout net de revenir s'installer chez eux, il le savait bien.

Deux jours.

Il devait partir deux petits jours, et ensuite plus rien ne l'empêcherait de lui prouver sa bonne volonté. Et, même si l'épreuve s'avérait difficile, il se sentait prêt à surmonter tous les obstacles qui se mettraient en travers de sa route.

— C'est bien typique de toi, ça, proféra Charlotte qui se tenait immobile au pied du lit, les bras croisés. Je suis ici depuis moins de vingt-quatre heures et tu pars déjà. Cela promet pour les quatre-vingt-dix jours à venir !

Un caleçon à la main, il se retourna en soupirant.

— On m'a demandé d'officier comme maître de cérémonie à la soirée des Emmy Awards, expliqua-t-il. Il n'y a pas de quoi en faire toute une histoire, Charlie. Je rentrerai aussitôt après, ce qui fait que je ne serai absent que deux jours. J'ai tout organisé pour te faciliter les choses, le personnel est au courant.

— Je n'ai pas besoin du personnel, répliqua-t-elle d'un ton cinglant. J'ai besoin de mon mari, d'un mari qui tienne ses promesses.

Elle s'interrompit et passa une main nerveuse dans ses cheveux soyeux.

— Honnêtement, je n'attendais pas grand-chose de toi, mais je m'étais mise à espérer que tu ferais une exception pour Lily, reprit-elle, sincèrement navrée.

— Charlie...

— Non, riposta-t-elle en levant la main. Je ne veux pas de conflit. Fais ce que tu as à faire, mais sache que, si tu ne changes pas tes priorités, tu risques de ne pas voir grandir Lily et de passer à côté de quelque chose de merveilleux.

Il ne chercha pas à se défendre : il avait déjà perdu beaucoup lorsqu'elle l'avait quitté, trois mois plus tôt. Entouré de ses nombreux trophées, il s'était senti minable, rejeté comme un moins que rien.

La question s'était alors posée à lui : tout merveilleux qu'il soit, cet univers qui était le sien valait-il vraiment tout ce qu'il lui avait sacrifié ?

Depuis, il avait bien sûr trouvé la réponse à son interrogation, et voir Charlotte abandonner si facilement la partie le blessait au plus profond de lui-même. Il s'était attendu à des cris, des larmes, à une colère froide même, mais certainement pas à ce détachement qui n'était pas de bon augure.

En même temps qu'elle le frappait en plein cœur, sa réaction, ou plutôt son manque de réaction, ne fit que confirmer ce qu'il savait déjà : il avait été un monstre d'égoïsme.

Il avait fallu qu'il perde sa femme et sa sœur pour s'en rendre pleinement compte.

Il avait honte de l'homme qu'il était devenu, dans lequel il se reconnaissait à peine.

Son caleçon à la main, les yeux fixés sur l'endroit où Charlotte se tenait quelques secondes plus tôt, il fut soudain pris d'un doute affreux. Ne se trompait-il pas en refusant de croire qu'elle n'était revenue que pour Lily ? Comment pourrait-elle lui pardonner toutes ces années passées à espérer qu'il lui consacre plus de temps, qu'il soit plus attentif ? Rien n'obligeait Charlotte à l'excuser pour avoir bafoué toutes ses promesses.

En vérité, il méritait bien ce qui lui arrivait.

Son découragement fut de courte durée. Il ne se résignerait pas aussi facilement à perdre la femme de sa vie alors qu'il se sentait enfin prêt à concilier travail et vie de famille.

Cette perspective le fit sourire. La famille semblait désormais constituer le thème principal de sa vie, et Charlotte en serait le pilier, même s'il devait pour cela se battre comme un lion. D'ailleurs, avec la mort récente de Rachel, il avait plus que jamais besoin d'elle et de la savoir à ses côtés.

Le chemin serait long et pavé d'embûches, mais il était prêt à tout pour parvenir à ses fins car sa vie sans Charlotte ne pourrait jamais être heureuse, il le savait désormais avec certitude. Sans elle, aucune famille, aucun film ne pourrait remplir ce vide béant.

Elle lui avait répliqué qu'il ne tournerait pas le dos à sa vie, qu'il reprendrait très vite ses vieilles habitudes, mais elle semblait ignorer en revanche qu'il l'aimait plus que tout, comme aux premiers jours.

Aussi était-il grand temps qu'il fasse ses preuves : il était bien l'homme, le mari et maintenant le père qu'elle attendait de lui.

Confortablement installée dans un fauteuil, Charlotte donnait son dernier biberon à Lily, tout en suivant la soirée de remise des Emmy Awards à la télé.

Si elle n'avait pas reparlé à Anthony depuis son départ la veille, elle ne parvenait pas, en revanche, à détacher le regard de l'écran depuis qu'il y était apparu.

— Tu sais, ce n'est pas pour moi, dit-elle à Lily. C'est pour toi, pour que tu voies ton oncle à la télé. C'est tellement rare de le voir de ce côté de la caméra !

Lorsqu'il traversa la scène, vêtu d'un costume noir qu'il avait assorti à une chemise et une cravate gris anthracite, elle sentit son cœur battre plus fort.

Il affichait ce sourire qu'elle trouvait irrésistible et qui lui donnait l'air de comploter un mauvais coup qu'il était le seul à connaître. Le même sourire qu'il avait lorsqu'ils faisaient l'amour.

C'était sans doute ce qui faisait son charme, et elle n'avait pas su, pas pu y résister.

Lorsqu'il fixa la caméra et commença à lire le texte qui se déroulait sur le prompteur, elle eut l'impression qu'il la regardait droit dans les yeux.

Elle s'était bien gardée de le lui dire, mais elle attendait un miracle de ces quatre-vingt-dix jours. Elle espérait en secret qu'ils allaient repartir sur de bonnes bases et formeraient avec Lily, dont ils obtiendraient la garde officielle, une famille unie et heureuse. Le rêve de toute sa vie.

Elle avait beau laisser entendre le contraire à Anthony, elle ne pouvait se mentir à elle-même. Elle souhaitait désespérément, de toutes ses forces et de toute son âme, qu'ils réussissent à se retrouver.

Mais était-ce bien raisonnable de nourrir de tels espoirs, alors qu'ils vivaient sur deux planètes diamétralement opposées, avec Anthony ?

Elle songea avec une pointe d'amertume qu'il y avait de fortes chances pour qu'à l'issue de ces trois mois elle quitte de nouveau cette maison, et cette fois de façon définitive.

— Pourtant, c'est vraiment un type bien, confia-t-elle encore à Lily, les yeux mouillés de larmes. C'est juste que ses priorités ne sont pas les bonnes.

Son regard alla de l'écran à Lily qui, une menotte sur son biberon et l'autre serrée sur sa couverture, semblait profiter paisiblement de cet instant de parfaite quiétude.

— Mais ne t'inquiète pas, ma chérie, tu comptes énormément pour lui. Il ne te laissera jamais tomber.

Car si négliger sa femme était une chose, négliger un enfant incapable de protester serait tout bonnement intolérable. Elle s'empressa de chasser cette pensée de son esprit, le sachant incapable d'une pareille bassesse.

L'efficacité avec laquelle, toute affaire cessante, il avait foncé récupérer sa nièce le prouvait assez. Anthony ne supportait pas l'idée de la laisser une minute de plus que nécessaire entre les mains des services sociaux.

En outre, ne l'avait-il pas suppliée de lui accorder ces quatre-vingt-dix jours afin d'offrir à Lily une vie plus stable ? Pour un homme habitué à passer sa vie sur des plateaux de tournage, cette demande était plus que significative.

Cela lui fit d'autant plus regretter l'indifférence avec laquelle il l'avait traitée ces dernières années, la considérant comme une acquisition définitive, quelque chose qu'il était certain de retrouver tous les soirs à la même place. A ses yeux, elle était presque devenue l'équivalent d'un chien de compagnie.

Lily avait fini son biberon depuis un bon moment et s'était paisiblement endormie contre elle, lorsque Anthony prononça le discours de clôture de la cérémonie.

— Toutes mes félicitations vont d'abord aux vainqueurs et nominés de cette soirée, déclara-t-il avec un sourire renversant, mais ce discours ne serait pas complet si je ne remerciais pas ma charmante épouse Charlotte ainsi que ma ravissante nièce Lily, qui sont restées à la maison. Je vous aime toutes les deux, conclut-il en leur envoyant un baiser du bout des doigts.

Emue aux larmes, Charlotte n'entendit pas la fin des remerciements. Elle fixa l'écran sans le voir, abasourdie par ce qu'elle venait d'entendre.

N'était-ce pas ainsi que les choses auraient dû être depuis le début ? Une maison remplie d'enfants courant partout – leurs enfants – et lui, qui aurait conjugué avec bonheur vie professionnelle et vie privée.

Mais le destin en avait décidé autrement. Si Anthony était venu frapper à sa porte, il y avait deux jours, ce n'était pas par amour pour elle, mais parce qu'il avait besoin d'aide.

Bien sûr, il multipliait les attentions à son égard. Pour se faire pardonner, il lui avait fait envoyer un somptueux bouquet de lys et de roses, qui étaient ses fleurs préférées. Mais cela n'ôtait rien au fait qu'il était parti alors qu'elle venait juste d'arriver.

Quelle avait été sa déception lorsqu'elle l'avait vu boucler sa valise ! En fait, elle n'avait pas été plus étonnée que cela, mais son cœur s'était quand même arrêté de battre en même temps que ses espoirs s'étaient envolés. Il ne changerait donc jamais !

Mais que penser alors de cette déclaration d'amour publique ? Elle le connaissait suffisamment pour savoir que rien ne pouvait l'arrêter lorsqu'il voulait quelque chose. Mais ses actes pouvaient aussi bien lui être inspirés par la peur d'être définitivement rejeté que par des sentiments sincères.

Il avait aussi pu les mentionner, Lily et elle, juste pour faire taire les rumeurs qui couraient sur leur couple et sur une éventuelle séparation.

Tant de doutes et d'interrogations se bousculaient dans sa tête ! Car à leurs problèmes de couple venait s'ajouter un retard de cinq jours sur son cycle menstruel. Il n'y avait pas encore de quoi paniquer, mais elle se serait bien passée d'un souci supplémentaire.

Dès le lendemain matin, elle irait acheter un test de grossesse afin qu'au retour d'Anthony elle sache à quoi s'en tenir. Il faudrait qu'ils aient une discussion sérieuse au sujet de leur avenir.

Un bébé bien à elle. Ne serait-ce pas la cerise sur le gâteau ?

Au comble de l'excitation, Charlotte se repassa les événements de la journée.

Après avoir dormi d'une traite, elle avait confié Lily aux bons soins de Monique et elle était sortie seule, en prétextant une course urgente.

Trop impatiente pour attendre d'être chez elle, elle s'était rendue dans les toilettes du drugstore. Le test était positif.

Dire qu'une vie pouvait basculer dans des endroits pareils !

Habituée aux problèmes de la célébrité, elle avait usé de toutes les ruses nécessaires pour pouvoir acheter son test sans courir le risque d'être reconnue par une meute de paparazzi. Le respect de la vie privée était un vain mot lorsque vous étiez mariée à l'un des metteurs en scène les plus connus de la planète.

Sa surprise avait été telle qu'elle était restée un long moment cloîtrée dans ce réduit mais, dès qu'elle s'en était senti la force, elle s'était rendue chez sa gynécologue pour effectuer des tests complémentaires.

Trois heures plus tard elle était de retour chez elle et attendait le coup de fil du médecin qui lui annoncerait les résultats. Mais ces tests ne feraient que confirmer ce qu'elle savait déjà : elle attendait un bébé.

Tout en berçant Lily qui était grognon, elle se demanda comment annoncer la nouvelle à Anthony. Enfin, si toutefois il tenait sa promesse et rentrait directement, comme prévu.

Elle eut soudain l'impression de raisonner comme une mère et non comme une épouse. Après tout, la façon dont il disposait de son temps n'avait plus beaucoup d'importance, maintenant. C'était avant qui avait de l'importance. Avant qu'elle ne le quitte, avant qu'elle n'entame des démarches officielles de séparation. Avant qu'il ne soit trop tard.

Elle ne put rien faire pour refouler les larmes qui lui brûlaient les yeux et qui, à présent, coulaient librement sur ses joues.

— Chuuut ! Ça va aller, tout va bien se passer, murmura-t-elle sans trop savoir si elle adressait ces paroles de réconfort à l'enfant ou à elle-même.

Anthony voudrait-il de ce bébé ? Rien n'était moins sûr, car il allait soudain se retrouver père de deux bambins, lui qui avait refusé ce rôle pendant des années.

— Charlotte ?

La voix d'Anthony la tira brutalement des réflexions dans lesquelles elle était plongée.

— Je descends dans une minute ! lui cria-t-elle d'une voix qu'elle voulait égale.

Elle regarda son reflet dans le miroir. Si, en apparence, elle était la même femme que celle de ce matin, elle se sentait pourtant bien différente. Son existence venait de prendre une tournure inattendue, et elle allait devoir assumer non pas un enfant mais deux.

A moins que...

Elle s'empressa de chasser le spectre d'une nouvelle fausse couche, cela aurait été tout bonnement insupportable.

Elle ne parlerait pas tout de suite du bébé à Anthony. Elle redoutait trop de le perdre. Sa première fausse couche s'étant produite au bout de sept semaines, mieux valait passer le cap fatidique des deux mois avant de lui annoncer la nouvelle.

D'ailleurs, cela lui permettrait de voir comment il allait se comporter avec Lily et avec quel sérieux il allait endosser ses responsabilités de père.

Mais elle avait tant d'autres raisons de vouloir taire son secret ! Pour l'heure, elle devait surtout garder la tête froide. Cela lui permettrait de rester si elle en décidait ainsi, et non sous la pression d'Anthony.

Lorsque Lily se mit à pleurer, elle écarta d'emblée l'envie de s'écrouler sur son lit et de pleurer avec la fillette. Au contraire, elle redressa les épaules et serra tendrement la petite contre elle.

— Je crois qu'il est temps d'aller te préparer un bon biberon, mon petit cœur, dit-elle d'une voix forte.

Lily bien calée sur la hanche, elle ouvrit la porte et se heurta à Anthony qui semblait les attendre.

— Oh ! s'exclama-t-elle en reculant légèrement. J'ignorais que tu étais là.

Elle remarqua instantanément ses traits tirés et ses vêtements chiffonnés, preuve flagrante qu'il n'avait pas dormi ou très peu.

Elle éprouva soudain une profonde compassion pour cet homme qui essayait par tous les moyens de lui prouver qu'il pouvait bien faire. Il était si touchant !

— Je crois qu'elle a faim, dit-elle alors que les pleurs de Lily redoublaient.

— Je m'en occupe, affirma-t-il en lui prenant d'autorité la fillette des bras. Elle ne m'a pas vomi dessus depuis deux jours, j'avoue que ça commence à me manquer.

Elle éclata de rire. Ce type d'humour était l'une des qualités qu'elle avait le plus appréciées chez lui, lorsqu'elle l'avait rencontré. Il était capable de trouver quelque chose de drôle à dire, même dans des circonstances tragiques.

Elle se sentit soudain coupable de lui cacher sa grossesse, mais n'avait-elle pas raison ? Mieux valait qu'il s'habitue d'abord à Lily avant qu'elle ne lui annonce une nouvelle paternité.

Pour elle, les choses étaient plus faciles. Ce bébé, qui grandissait dans son ventre, elle l'aimait déjà, et de façon inconditionnelle. Elle avait toujours été passionnée par le monde des enfants, et son implication dans le bénévolat lui avait permis d'assouvir en partie sa soif de maternité. Il n'y avait pas un jour où elle ne tombait sous le charme de l'un ou l'autre de ses petits protégés !

Toute à ses pensées, elle se dirigea vers la cuisine, talonnée de près par Anthony qui tentait vainement de calmer une Lily écarlate de colère.

L'enfant toujours dans les bras, il remplit un biberon d'eau minérale qu'il additionna maladroitement de lait en poudre.

Témoin passif de la scène, elle résista difficilement à l'envie de lui prendre Lily des bras et de mettre un terme à cette situation difficile pour tout le monde.

Mais, comme il avait tellement à cœur de lui prouver qu'il pouvait bien faire, elle attendit patiemment, les bras croisés.

Or il avait presque terminé qu'il renversa la boîte de lait, qui se répandit sur le plancher. Incapable de soutenir plus longtemps les hurlements de Lily, elle s'avança vers le comptoir.

— Laisse-moi faire, dit-elle avec un brin d'impatience.

Puis, sans lui laisser le temps de protester, elle lui prit le biberon des mains et termina ce qu'il avait commencé.

— Donne-la-moi, lui ordonna-t-elle encore lorsqu'elle eut fini.

— J'aurais pu m'en sortir tout seul, objecta-t-il en obéissant à contrecœur.

Aussitôt dans les bras de Charlotte, Lily enserra le biberon de ses mains potelées et se mit à téter goulûment.

Un silence pesant plana entre eux alors qu'il affichait un air lourd de reproche.

— Il est inutile de la laisser crier quand nous savons tous

les deux que je peux faire les choses plus vite, argua-t-elle en soutenant son regard.

Elle s'apprêtait à quitter la cuisine lorsqu'il la força à se tourner vers lui en posant une main ferme sur son épaule.

— C'est ainsi que tu vois les choses ? s'enquit-il d'une voix sourde. Chaque fois que je vais prendre une initiative, tu vas essayer de m'en empêcher ? Tu es tellement déterminée à me quitter que tu ne me laisseras aucune chance de te prouver que je peux être un bon père et un bon mari.

Touchée par l'accent de sincérité qu'elle percevait derrière cette détresse, elle garda les yeux rivés sur Lily. Elle se sentait bien trop vulnérable pour entamer une discussion avec lui.

— Je ne cherche pas à t'empêcher de faire quoi que ce soit, répliqua-t-elle d'un ton égal. Je ne voyais pas l'intérêt de la faire pleurer plus longtemps, voilà tout.

Il s'approcha d'elle en silence, si près qu'elle sentit sur son bras la chaleur de son torse musclé. Il n'y avait pas une partie de son corps qu'elle n'avait explorée de sa bouche et de ses mains. Et elle avait beau le connaître par cœur, ce corps, il avait toujours sur elle le même effet dévastateur. Il suffisait d'un contact tout simple, comme celui-ci, pour rallumer instantanément la flamme de la passion qui couvait en elle.

— Je veux t'aider. J'en ai besoin, tu comprends ?

Avec une infinie tendresse, il couvrit sa main de la sienne.

— Laisse-moi faire, poursuivit-il d'une voix chaude et grave.

Elle sentit sa poitrine se contracter sous la douceur de sa voix. Une onde de désir la parcourut, mais elle préféra se focaliser sur la trêve qu'il lui proposait. Elle n'avait qu'un mot à dire, qu'un geste à faire, et ils avanceraient main dans la main, unis par la même complicité.

Pourtant, dans un sursaut d'orgueil et de fierté sans doute mal placée, elle refusa la main qu'il lui tendait.

— Inutile. J'ai fini, lâcha-t-elle.

Sur ces mots, elle se leva et quitta la pièce, Lily toujours serrée contre elle.

Certains la trouveraient difficile, d'autres l'accuseraient d'être obstinée, et elle ne chercherait pas à nier car elle était tout cela et bien plus encore. Pour sa défense, elle avancerait que des années passées à être ignorée, négligée et délaissée avaient fait d'elle ce qu'elle était à ce jour.

Mais la forte attirance sexuelle qu'il y avait entre eux ne l'empêchait pas de s'interroger sur la nature de l'amour qu'elle lui portait. Car comment pourrait-elle continuer d'aimer un homme qui ne l'aimait pas assez pour faire d'elle sa priorité absolue ?

Si au moins elle était certaine de voir durer ne serait-ce même qu'une semaine les efforts qu'il semblait déterminé à faire, elle saisirait cette chance et ferait l'autre moitié du chemin.

Mais elle le connaissait. Elle était bien placée pour savoir que rien ni personne ne passerait jamais avant un film à réaliser ou une cérémonie de remise de prix.

Et, même dans le cas où il déciderait de faire d'elle sa priorité absolue, comment pourrait-il honorer cette promesse quand tant d'agents, de managers, d'acteurs, et bien d'autres personnes encore, lui prenaient déjà tout son temps ?

Finalement, elle avait vraiment bien fait de lui taire sa grossesse. Elle laisserait le temps faire son œuvre avant de le charger d'une nouvelle responsabilité dont il ne voudrait peut-être pas.

Elle se rappela avec mélancolie sa première grossesse. Elle ne lui avait rien dit parce qu'il se trouvait sur un plateau de tournage, lorsqu'elle l'avait appris, mais elle avait prévu de lui annoncer la bonne nouvelle dès son retour. Elle l'attendrait avec un dîner aux chandelles et un petit présent, un T-shirt sur lequel serait imprimé « Super Papa ».

Malheureusement, elle avait perdu son bébé. Et, le cœur en lambeaux, elle avait jeté le T-shirt au feu avant de s'effondrer en larmes devant son beau rêve avorté.

Cette fois, il était bien là, mais s'il méritait d'être mis au courant ce ne serait pas dans l'immédiat. Ils avaient déjà beaucoup à faire avec la petite Lily, et Anthony avait encore pas mal de choses à prouver.

Elle s'apprêtait à faire terminer son biberon à Lily lorsqu'elle entendit les pas de son mari dans l'escalier.

— Il faut que je te parle, annonça-t-il d'emblée.

Elle acquiesça d'un signe de tête.

— Descends. Je te rejoins dès qu'elle aura fini et que je l'aurai couchée.

Il lui jeta un regard si pénétrant qu'elle en frissonna de la tête aux pieds.

— Je t'attends dans notre chambre, déclara-t-il d'un ton sans réplique.

Il s'esquiva si vite qu'elle n'eut pas le temps de répliquer que cette chambre magnifique n'était plus la leur. Le jour où elle avait quitté cette maison, elle avait renoncé au luxe qui s'y rattachait.

A la fois pensive et nostalgique, elle alla s'installer dans le fauteuil à bascule, le temps que Lily termine son biberon. Fermant les yeux, elle savoura ce bref instant de plénitude.

Peu importait ce qu'il adviendrait de son mariage ou de sa nouvelle grossesse. Pour l'heure, elle avait la lourde responsabilité de l'éducation et du bonheur de Lily et, même si cette dernière n'était pas issue de son sang, elle l'aimait déjà comme sa propre fille.

Emue, elle songea à Rachel de qui elle n'était pas si proche que cela, mais qu'elle appréciait énormément, après avoir pu converser longuement avec elle. Elle était si excitée lorsque Rachel lui avait annoncé qu'elle était enceinte qu'elle en avait éprouvé une pointe de jalousie. Anthony s'était montré très heureux lui aussi et elle s'était demandé s'il était enfin prêt à lui donner cet enfant qu'elle désirait tant.

Pourtant, lorsqu'elle avait de nouveau évoqué le sujet avec lui, il lui avait donné la même réponse que par le passé.

Mais cette fois, prêt ou non, il allait devoir se faire à l'idée d'être père de deux enfants.

Ayant couché une Lily endormie, elle se rendit dans la chambre d'Anthony. Pourvu qu'elle ait la force et le courage nécessaires d'avoir avec lui une conversation adulte, sans cris ni accusations stériles.

Elle redressa les épaules, prête à entrer dans l'arène. A moins d'un changement radical dans la vie d'Anthony, ainsi que dans l'ordre de ses priorités, elle ne pourrait se persuader qu'ils formaient une vraie famille.

4

Lorsque Charlotte pénétra dans la chambre d'Anthony, il ne s'y trouvait pas. Elle traversa donc la pièce pour se rendre sur la terrasse dont les baies coulissantes étaient grandes ouvertes.

Tout dans cette chambre, des délicats voilages blancs aux tissus qui tendaient les murs, avait été pensé pour conférer au lieu une ambiance harmonieuse et feutrée qui exacerbait les sens.

Elle pressa le pas, se fermant au romantisme qui émanait de chaque recoin pour se concentrer sur ce qui l'amenait ici.

Le dos tourné, Anthony était perdu dans la contemplation des pelouses. Il n'y avait pas un aspect de cette maison qu'elle n'ait étudié de près avant sa construction, pas un détail sur lequel elle n'ait donné son avis.

Elle se demanda s'il avait remarqué qu'avant son départ elle avait totalement repensé une partie du jardin, y faisant inclure un nouveau parterre de fleurs ponctué d'une cascade. Si c'était le cas, il ne lui en avait pas touché un mot pour autant. La négligence pouvait prendre bien des aspects, décidément…

— Je n'aurai plus aucune raison de m'absenter au cours des trois prochains mois, annonça-t-il sans se retourner. Et peu importe si je t'agace ou si je ne suis pas aussi adroit que toi, mais j'ai bien l'intention de m'occuper de Lily.

De peur de l'interrompre sur sa lancée, elle resta où elle était, à quelques mètres de lui. Pour une fois qu'elle ne devait pas le supplier de lui parler !

— J'aime Lily, ajouta-t-il en pivotant pour lui faire face, et je vais m'appliquer pour faire de mon mieux. Alors, je t'en prie, laisse-moi faire.

Incapable de maintenir la distance qui les séparait, elle s'approcha de lui et posa ses mains sur la rambarde, tout près des siennes.

— Je sais que tu l'aimes, d'ailleurs comment pourrait-il en être autrement ? Mais tu ne peux pas m'obliger à croire que les choses vont s'arranger ou que nous allons former une famille unie, comme par magie, juste en claquant des doigts.

— Je n'ai jamais prétendu une chose pareille. J'espère juste que nous surmonterons cette mauvaise passe, Charlie. Et pour cela j'ai besoin que tu sois avec moi, pas contre moi.

Sa sincérité, peu coutumière, était si désarmante qu'elle en eut les larmes aux yeux.

— Bien sûr, Anthony. Mais je ne peux pas te promettre que je continuerai à vivre ici au-delà de trois mois.

— Nous verrons bien, dit-il. Vivons cette situation au jour le jour, si tu veux bien. Tu sais, je cherche juste à être heureux.

— Et moi, je crains qu'il ne soit trop tard. Je te rappelle qu'avant l'arrivée de Lily nous vivions séparés et nous nous dirigions tout droit vers un divorce. Reconnais que nous n'avons pas vraiment de quoi nous réjouir.

Anthony se dit que le moment était bien choisi pour lui révéler la surprise qu'il lui réservait. Ce serait une façon de lui montrer qu'avec Lily elle était devenue sa priorité désormais. En effet, pourquoi ne mènerait-il pas de front carrière et vie personnelle ? Beaucoup d'hommes y parvenaient. Il en ferait partie.

Il lui prouverait qu'il pourrait tout à fois être un bon père et un bon mari. Bien sûr, cette perspective l'angoissait, mais avec Charlotte à ses côtés il y parviendrait.

— Nous partons, lâcha-t-il sans pouvoir contenir sa joie. Avant de me rendre à la soirée des Emmy Awards, j'ai demandé à mon assistante de me bloquer les deux semaines à venir. Je vous emmène dans notre maison de Tahoe.

Le visage de Charlotte s'éclaira d'un coup, tandis qu'elle haussait les sourcils, l'air étonné.

— Vraiment ? Mais pourquoi maintenant ?

Il haussa les épaules, agacé qu'une chose aussi simple et agréable puisse provoquer chez elle un tel scepticisme.

— Parce que je pense qu'un changement de décor et de style de vie s'impose. Et puis, je voulais te faire plaisir. Je sais que tu adores cet endroit.

Charlotte ferma les yeux et offrit son visage à la brise tiède qui s'était levée. A la voir si belle, si détendue, il se fit la promesse de ne pas la laisser lui échapper. Elle méritait ce qu'il y avait de mieux et pas seulement matériellement.

— Penses-tu pouvoir être prête à partir demain matin ?

Elle tourna vers lui un visage sur lequel passaient toutes sortes d'émotions.

— Oui… Merci, Anthony, ajouta-t-elle dans un souffle.

Tandis qu'elle pivotait pour partir, il la retint par le bras.

— Reste. Ne pars pas toujours la première, parce que tu crains que je ne le fasse.

Cette remarque amena un petit sourire triste sur les lèvres de Charlotte.

— Et j'ai tort ? C'est très dur, pour moi, que tu te rapproches maintenant qu'un fossé nous sépare déjà.

Un profond sentiment de culpabilité le submergea. Il l'avait bien mérité.

— Je pourrais te dire, en toute honnêteté, que je suis désolé, Charlie. Mais les mots sont bien dérisoires pour exprimer ce que je ressens. Rien ne vaut les actes, je l'ai enfin compris et, crois-moi, cette fois je ne te décevrai pas.

Elle fixa sur lui un regard aussi triste que dubitatif.

— C'est plus dur que je n'aurais cru, avoua-t-elle dans un murmure. Je veux dire… me retrouver ici, avec toi. Je voudrais tellement y croire, mais je suis incapable d'espérer, ou même de rêver.

— Fais-moi confiance, Charlie. Avant tu me confiais toujours tes rêves, même les plus fous, dit-il avant de se rapprocher un peu plus d'elle. Ne me repousse pas. Même si j'ai été égoïste et maladroit, je n'ai jamais cessé de t'aimer. Tous ces films, ces plateaux de tournage, ces cérémonies ne rempliront plus ma vie comme vous seules pourrez le faire, Lily et toi.

— Pourquoi avoir attendu tout ce temps, Anthony ? demanda-t-elle, la voix rauque d'émotion. Pourquoi ne pas avoir relégué plus tôt ton travail au second plan ?

De sa main libre, il effleura la peau veloutée de sa joue. Lui faire l'amour, la tenir dans ses bras pendant qu'elle dormait, tout cela lui manquait tant !

D'autant plus qu'il ne parvenait pas à oublier la nuit torride qu'ils avaient passée ensemble un mois plus tôt. C'est lorsqu'elle lui avait demandé de partir qu'il avait enfin compris ce qu'il était sur le point de perdre et à quel point elle remplissait sa vie.

— Parce que je te tenais pour quelque chose d'acquis, répondit-il en toute franchise. Je travaillais le cœur léger, en sachant que je te retrouverais le soir à la maison. Et, si je ne peux pas m'excuser pour l'amour que je porte à mon métier, je peux le faire en revanche pour ne pas avoir vu que tu en souffrais.

— Pour ma part, je n'ai jamais souhaité que tu mettes un terme à ta carrière. Tu me connais, j'aurais évoqué le problème, mais tes priorités...

— A partir de maintenant, je n'en ai plus qu'une, déclara-t-il avant de poser ses lèvres sur les siennes.

Il la connaissait mieux qu'elle ne se connaissait elle-même, aussi garda-t-il un contact léger de peur qu'elle ne se dérobe. Ils avaient fait l'amour bien des fois dans l'urgence, mais elle aimait par-dessus tout la tendresse, il le savait.

Fort de cette certitude, il lui plaça délicatement la main dans le creux des reins et l'attira à lui. Oh oui ! Il la connaissait si bien ! Il la sentit se détendre et comprit au soupir qu'elle exhala qu'il avait vu juste.

Il brûlait de partager de nouveau son lit avec elle, de la serrer étroitement contre lui après l'amour, de sentir son corps souple et chaud contre le sien.

Incapable de résister plus longtemps, il approfondit son

baiser tandis que les seins de Charlotte s'écrasaient contre son torse et que ses doigts s'enfonçaient dans la chair de ses épaules.

Comment pourrait-elle renoncer à de tels moments ? A lui ? Il régnait une telle alchimie entre eux ! Et, maintenant qu'ils avaient Lily, il entendait bien profiter de tous ces moments précieux que la vie lui offrait.

Si, jusqu'à présent, il avait tant redouté la paternité, c'était sans doute parce qu'il avait particulièrement réussi dans sa vie professionnelle. Du coup, il se pensait incapable de réussir sa vie privée.

Mais maintenant, avec l'arrivée du bébé de Rachel, il se sentait investi d'une responsabilité qui le rendait plus fort, plus déterminé à réussir sa vie de famille. Il avait désormais des obligations et, quoi qu'il arrive, il ne se défilerait pas, même s'il devait pour cela suivre la thérapie que lui conseillait Charlotte depuis longtemps.

— Tu manques de fair-play, protesta celle-ci en s'écartant de lui.

En guise de réponse, il continua de fixer ses lèvres encore gonflées et humides.

— Je n'ai rien prémédité, riposta-t-il mollement.

— Je vais faire mes bagages, annonça-t-elle en s'éloignant encore.

Egoïstement, il se réjouit du fait qu'elle ne l'ait pas repoussé. Bien au contraire, ce baiser ne l'avait pas laissée de marbre.

— Tu peux bien essayer de m'éviter, mais à Tahoe tu ne m'échapperas pas aussi facilement. Nous ne serons que tous les trois, j'ai donné congé au personnel.

— Ce n'est pas une bonne idée, répliqua-t-elle en grimaçant.

— Pourquoi cela ? demanda-t-il en se calant contre la rambarde pour la regarder droit dans les yeux. Aurais-tu peur de ne pouvoir me résister ?

Elle releva crânement la tête et soutint son regard sans ciller.

— Tu n'y es pas du tout, je...

Son sourire s'élargit tandis qu'il devinait le mensonge derrière l'hésitation. Elle n'avait pas besoin de le lui dire, il savait qu'elle redoutait de se retrouver seule avec lui, de plier devant lui et, pis encore, de lui ouvrir de nouveau son cœur.

— Je n'ai pas à me justifier, finit-elle par dire avec un brin de fierté. A présent, je te laisse, je vais dans ma chambre.

— N'oublie pas de prendre le déshabillé de soie rouge que je t'ai offert à Noël, lui cria-t-il alors qu'elle s'apprêtait à franchir le seuil.

En guise de réponse, elle claqua violemment la porte derrière elle.

Les vacances promettaient d'être intéressantes.

Une fois prête à partir, Charlotte se surprit à espérer beaucoup de ce séjour. Sans vouloir subir de pression inconsidérée, et puisque Anthony lui-même souhaitait essayer de sauver leur couple, pourquoi n'agirait-elle pas dans ce sens ?

Cet espoir ne lui faisait cependant pas perdre de vue qu'elle devait rester réaliste. Leur absence de communication pendant des années n'allait certes pas être corrigée en l'espace de quelques jours à peine, mais cette marque de bonne volonté de la part d'Anthony était peut-être un signe encourageant.

Elle cessa de ressasser ses doutes pour repenser à la visite qu'elle avait rendue à sa gynécologue. Dans ce genre de circonstances, elle bénissait le nom qu'elle portait et qui lui avait permis d'obtenir un rendez-vous dans les meilleurs délais.

Si elle en avait informé Anthony, elle ne lui avait pas précisé la nature de ce rendez-vous et lui avait laissé croire qu'elle s'y rendait dans le cadre de son association.

Elle avait juste dit qu'elle n'en aurait pas pour longtemps et qu'ils pourraient prendre la route dès qu'elle serait de retour.

Elle qui détestait mentir ! Mais comment faire autrement, quand elle n'avait pas la certitude de mener cette grossesse à terme, ni qu'Anthony changerait, comme il le lui répétait sans cesse.

Elle partait le cœur léger, ravie de cette escapade dans leur maison de Tahoe, qu'elle aimait tant. Loin du bruit et de la frénésie de la ville. C'était exactement ce dont ils avaient besoin pour se détendre et faire le point de façon plus objective.

Elle n'avait jamais hésité à s'y rendre seule, jouissant chaque fois de la sérénité qui émanait de cet endroit magnifique. Elle y avait toujours trouvé la tranquillité propice à la réflexion, lorsque l'ambiance hollywoodienne, futile et factice, devenait trop pesante.

En ouvrant la porte, elle avisa ses deux valises dans l'entrée. Anthony avait dû les descendre en attendant son retour. Elle s'apprêtait à les porter à l'extérieur lorsqu'il l'arrêta d'une voix enjouée.

— Si tu es prête, je peux aller mettre tes bagages dans le coffre. Je les ai laissés là, pour le cas où tu aurais voulu y rajouter quelque chose au dernier moment.

— Non, je crois que je n'ai rien oublié. Je n'ai pas pris grand-chose, parce que j'avais laissé quelques affaires là-bas, lors de mon dernier séjour.

— Quand était-ce ?

— Juste après t'avoir quitté. Je savais que tu n'étais pas en ville et je souhaitais être seule dans un environnement calme, loin de Hollywood. Mais j'ai dû écourter mon séjour, parce que j'avais rendez-vous à l'hôpital pour l'association.

Il la regarda si intensément qu'elle se demanda quelles pensées pouvaient bien lui traverser l'esprit. Mais elle se garda bien de poser la moindre question. N'était-ce pas elle qui lui avait imposé cette séparation ? Partant de là, elle ne se sentait pas en droit de s'enquérir de ses pensées, tout en exigeant de lui qu'il garde ses distances.

Au début de leur histoire, elle n'avait pas à le questionner, tant le dialogue entre eux était facile. Le manque de communication s'était installé peu à peu, au fil du temps et des absences à répétition d'Anthony. La routine avait pris le pas sur la fantaisie, une certaine réserve avait remplacé les effusions et les avait menés où ils en étaient à ce jour, c'est-à-dire au bord du divorce.

Mais n'était-ce pas inévitable ? C'était ainsi que se terminaient la plupart des mariages, après des années d'incompréhension mutuelle et de problèmes non résolus.

— Si tu veux bien t'occuper de Lily, elle est dans son berceau, dit-il en prenant une valise dans chaque main. J'ai déjà chargé ses affaires dans le coffre. Ah, oui, j'oubliais : j'ai demandé au personnel de lui aménager une chambre avec tout ce dont elle a besoin. A tout de suite. On se retrouve à la voiture.

Elle se sentit fondre de tendresse devant les efforts qu'il déployait pour que leur séjour soit une réussite et pour mettre toutes les chances de son côté.

— Merci.

Sans plus s'attarder, elle alla chercher Lily et, en pénétrant dans cette chambre d'enfant si chaleureuse, elle ressentit une sorte d'apaisement en parfaite contradiction avec le trouble intérieur qui l'avait agitée jusque-là.

Ce séjour pouvait s'avérer un échec, mais elle se fit la promesse que Lily n'en souffrirait pas, ni d'ailleurs le bébé qu'elle portait.

Elle aborderait ce séjour, ainsi que les quatre-vingt-dix jours à venir, l'esprit ouvert. Elle aimait toujours Anthony, elle jouerait donc le jeu et verrait bien ce qui en découlerait.

Alors qu'elle s'approchait du berceau, son regard se posa sur le tableau qu'elle avait peint des deux fillettes jouant dans un champ. Lorsqu'elle l'avait réalisé, elle nourrissait l'espoir qu'un jour elle aurait des enfants comme celles-ci.

Emue, elle posa une main sur son ventre encore plat, espérant de toutes ses forces ne pas revivre le même traumatisme que celui de l'année précédente.

Elle se pencha avec tendresse vers Lily qui, paisiblement allongée sur le dos, mâchouillait l'oreille de son éléphant en peluche.

Quelles que soient les circonstances, ses enfants connaîtraient une vie stable et heureuse ! Bien loin de celle qu'elle avait connue, entre un père junkie et une mère cumulant trois emplois pour essayer d'élever ses jumelles aussi dignement que possible. Mais si elle y était plus ou moins parvenue, en revanche, il ne lui restait pas de temps pour s'occuper de ses enfants.

— Viens, mon petit chou, dit-elle en la prenant dans ses bras. Nous partons. Oncle Anthony nous a préparé un super séjour à la montagne.

Elle vérifia sa couche et constata avec surprise qu'elle était sèche. A la manière dont elle pendait entre les jambes de Lily, Charlotte comprit qu'Anthony était passé par là, poursuivant sans relâche ses efforts dans tous les domaines.

Elle laissa échapper un petit rire, aussi amusée qu'attendrie en l'imaginant en pleine action. Elle allongea néanmoins Lily sur sa table à langer pour resserrer les bandes adhésives.

— Voilà mon cœur, c'est mieux ainsi, s'exclama-t-elle. Mais nous devons quand même saluer la performance d'Anthony.

Lorsqu'elle parvint à la voiture, Anthony ouvrit la portière du côté passager et lui prit le bébé des bras.

— Installe-toi, je m'occupe d'attacher Lily dans son siège-auto.

Sidérée, elle se tourna pour le regarder boucler la ceinture de la petite avec dextérité. Ce voyage s'annonçait sous les meilleurs auspices, et elle commençait à espérer sérieusement qu'il leur serait bénéfique à tous les trois.

— Je crois que Lily s'adapte très bien à sa nouvelle vie, déclara-t-elle lorsque Anthony se fut glissé derrière le volant. Elle semble épanouie et heureuse.

— Dieu merci, elle est trop jeune pour comprendre ce qui s'est passé. Et j'ai beau détester l'idée qu'elle ne se souviendra pas de sa mère, c'est sans doute mieux ainsi. Cela lui épargnera de nombreuses souffrances.

Elle sentit les larmes lui monter aux yeux. Quelle tristesse qu'une mère disparue trop tôt pour pouvoir élever elle-même son propre enfant !

— Moi, j'ai quand même le cœur brisé à l'idée qu'elle grandira privée de sa mère biologique, dit-elle dans un murmure.

La main d'Anthony quitta le volant et hésita quelques secondes à se poser sur la sienne, avant de renoncer.

Elle tourna la tête pour se perdre dans la contemplation du paysage qui défilait, feignant de ne pas avoir remarqué le geste d'Anthony. Elle aurait bien aimé qu'il aille jusqu'au bout, finalement, car elle se languissait d'un contact physique avec lui. S'il leur restait encore une chance d'être heureux ensemble, il leur faudrait se frayer un chemin dans le terrain miné de leurs émotions contradictoires.

Elle savait aussi qu'elle devrait s'endurcir, car se retrouver sous le même toit qu'Anthony allait s'avérer une épreuve qu'elle n'était pas certaine de pouvoir surmonter.

Sa voix la ramena d'ailleurs brutalement sur terre.

— Nous pourrions nous arrêter pour pique-niquer, lorsque nous approcherons de Tahoe, suggéra-t-il. Qu'en penses-tu ?

— Pourquoi pas ? répondit-elle en souriant, séduite par cette perspective. Qu'as-tu prévu dans ton panier ?

— Des sandwichs.

Il tourna la tête vers elle et lui adressa un clin d'œil qui se voulait de connivence.

— Mais j'ai préparé le panier tout seul, sans l'aide de quiconque, ajouta-t-il avec une pointe de fierté.

— Je suis très impressionnée, répliqua-t-elle.

— Et encore, tu n'as pas tout vu. J'ai d'autres surprises en réserve.

Elle redouta le pire, car « surprise », pour Anthony, était bien souvent synonyme de « bagatelle ».

5

Une fois leur pique-nique achevé, ils prirent la direction de leur maison de Tahoe, propriété de six mille mètres carrés qui resterait toujours *leur* maison. En tant que battant, Anthony refusait catégoriquement la perspective d'un échec.

Au terme de ces fameux trois mois, Charlotte n'envisagerait plus de le quitter. Il la connaissait si bien ! Il savait comment la faire rire, sourire et… l'entraîner dans son lit.

Même s'il n'avait pas été suffisamment attentif, ni attentionné, au cours de ces dernières années, il savait que la femme passionnée qu'était Charlotte couvait toujours sous l'apparence froide et distante qu'elle se donnait.

Il avait conscience des erreurs qu'il avait commises et qui les avaient conduits dans cette impasse délicate. Certain que Charlotte serait toujours là, tandis qu'il se consacrait à un métier qui le passionnait, il avait négligé le quotidien. Et puis, l'année dernière, il avait passé beaucoup de temps avec les Dane.

Impressionner le monde superficiel dans lequel il évoluait était devenu si important à ses yeux qu'il avait cessé d'avoir à cœur de rendre son épouse heureuse.

Un doute – toujours le même – s'insinua soudain en lui, lézardant sa belle assurance. Et si Charlotte ne l'aimait plus ?

Il secoua la tête, incapable d'accepter une telle éventualité. De toute façon, si sa cause était perdue d'avance, elle n'aurait pas accepté ce séjour en tête à tête avec lui.

De même, il ne pouvait pas s'être trompé sur le fait qu'elle était encore sensible à sa peau et à son contact. Non, il n'avait pas rêvé les battements désordonnés de son cœur lorsqu'il l'avait embrassée, ni sa respiration altérée lorsqu'il l'avait pressée étroitement contre lui.

Une nouvelle fois, il sentit un terrible sentiment de culpabilité l'envahir. Il avait beau connaître sa femme et savoir comment attiser son désir, il ignorait tout, ou presque, de ses émotions.

La peur au ventre, il se fit la promesse de tout mettre en œuvre pour regagner son cœur et pas seulement son corps.

Il avait prévu de nombreuses surprises pour elle, qui étaient censées lui faire baisser sa garde et la détendre un peu.

C'était d'ailleurs pour cette raison qu'il avait donné congé à son personnel. Il voulait que Charlotte retrouve l'ambiance des premiers jours de leur mariage, lorsqu'ils menaient une vie heureuse et simple. A l'image de Charlotte elle-même, qui n'avait jamais voulu se retrouver sous les feux de la rampe ni s'adonner à la chirurgie plastique, pourtant monnaie courante dans le milieu qui était devenu le leur.

A ses yeux, elle était parfaite telle qu'elle était, si différente de ces femmes à la poitrine et aux lèvres siliconées qui leur donnaient une apparence factice.

C'était parce qu'il connaissait le goût de sa femme pour la simplicité et la tranquillité que, quelques années en arrière, il avait fait construire cette maison à l'écart du tumulte hollywoodien. Malheureusement, pris dans le tourbillon qu'exigeait sa carrière, il n'y était venu que deux fois avec elle.

— Je ne t'ai pas demandé comment s'était passé ton rendez-vous à l'hôpital, demanda-t-il, rompant ainsi le fil de ses pensées mélancoliques.

Il éprouvait un désir subit de la faire parler, comme pour rattraper tout le temps perdu.

— Comment se passe ton projet d'extension ? s'enquit-il encore.

— Les choses avancent plus vite que je ne pensais, répondit-elle en gardant les yeux rivés sur le paysage. Nous pensons pouvoir inaugurer la nouvelle aile d'ici à deux mois.

— Je suis certain que tout le monde doit t'être reconnaissant pour tout ce que tu fais.

Elle tourna enfin la tête vers lui en poussant un petit soupir impatient.

— Anthony, ne te crois pas obligé de faire semblant de t'intéresser à ce projet, répliqua-t-elle. Et puis, ce n'est pas nécessaire non plus de chercher à tout prix un sujet de discussion.

— Je ne cherche pas à discuter à tout prix, protesta-t-il. Si je t'ai posé cette question, c'est parce que ce que tu fais me tient à cœur. Vraiment.

Du coin de l'œil il vit qu'elle l'observait attentivement.

— Pourtant, avant, tu te fichais bien de la façon dont j'occupais mes journées, rétorqua-t-elle.

— Eh bien, c'était une erreur, une de plus, que j'espère bien corriger. Désormais, je veux savoir ce que tu fais, lorsque je serai loin de toi. Une dernière chose, Charlie : sache que je suis fier de toi.

Elle détourna de nouveau la tête pour cacher son émotion.

— Quelque chose ne va pas ? demanda-t-il après avoir vainement attendu un commentaire de sa part.

— J'ai tellement souhaité que tu prononces ces mots, répondit-elle enfin d'une voix légèrement tremblante. Pendant des années, j'ai espéré que tu t'intéresserais enfin aux œuvres caritatives qui ont tant d'importance pour moi. Je voulais que tu comprennes à quel point cela comptait pour moi, ajouta-t-elle en tournant vers lui un visage bouleversé, sillonné de larmes. Je sais que tu vas essayer, Anthony. Mais j'ai peur. J'ai peur de souffrir davantage si ça ne marche pas.

Il ne répondit rien, préférant lui laisser penser qu'elle avait le contrôle sur la situation. Mais il savait qu'il lui fallait prendre les rênes, au risque de la perdre définitivement.

S'il avait eu cette révélation quelques années plus tôt, ils n'en seraient pas là ! Mais comment aurait-il pu imaginer qu'elle le quitterait un jour ? Pour lui, ils ne faisaient que traverser une période difficile comme cela arrive à de nombreux couples.

Malheureusement, il n'avait pas su voir que leurs problèmes étaient plus graves qu'il ne le croyait.

Pour couronner le tout, la presse à scandale s'en était mêlée, l'accusant d'entretenir une liaison avec son assistante, ce qui bien sûr était faux.

C'était à cette même époque également qu'il avait appris qu'Olivia Dane était sa mère biologique. Et il en avait été sérieusement perturbé, il fallait bien le reconnaître.

— A quoi penses-tu ? demanda Charlotte.

— A Olivia. Je me demandais comment elle avait vécu l'animosité qui régnait entre Bronson et moi, pendant toutes ces années. Ça n'a pas dû être facile pour elle.

— Pour toi non plus, rétorqua-t-elle avec une pointe de tristesse dans la voix. Je n'ai jamais abordé ce sujet avec toi, parce que je pensais que tu ne souhaitais pas en parler.

Il ne se souvenait pas de la dernière fois où ils avaient eu une discussion sérieuse. En effet, très vite, ils avaient pris l'habitude, lorsqu'ils se retrouvaient seuls, soit de faire l'amour, soit de se disputer.

— Tu avais raison, admit-il simplement. Mais c'est fini. Désormais, je veux être dans l'échange total et faire de toi ma confidente privilégiée.

— Je n'en espérais pas tant, dit-elle dans un souffle.

Conscient de ne pas avoir été à la hauteur, jusque-là, il ne chercha pas à argumenter. Il n'avait pas épousé l'une de ces folles de shopping, obsédées par leur physique, qui pullulaient à Hollywood, comment ne l'avait-il pas compris plus tôt ? Sa femme, elle, se souciait des autres, leur dédiait tout son temps et toute son énergie, ce qui faisait d'elle une personne à part, dans ce monde superficiel.

La preuve ? Elle avait su mettre sa fierté de côté et rester sourde à son cœur brisé pour se consacrer totalement à Lily pendant ces trois mois.

Face à tant d'abnégation, il avait la ferme intention de lui montrer en toutes circonstances qu'il avait changé.

Comme par un fait exprès, Lily se réveilla à la seconde où la voiture empruntait l'allée qui menait à la maison.

Charlotte éprouva un certain soulagement à l'idée qu'elle allait enfin pouvoir échapper à la tension croissante qu'avaient occasionnée les tentatives incessantes d'Anthony pour la faire parler.

Pourquoi s'était-elle sentie aussi mal à l'aise durant ce trajet, alors qu'elle avait tout de même partagé neuf ans de sa vie avec cet homme ?

Elle poussa un soupir d'aise à la vue du « chalet » qui dressait sa silhouette majestueuse devant eux. Cette maison, c'était Anthony qui avait tenu à la lui offrir mais, une fois encore, elle avait deviné derrière cette grande générosité une manière d'acheter son amour.

Malgré l'attachement sentimental qu'elle portait à cette maison, elle serait prête à y renoncer, de même qu'à leur manoir de Hollywood Hills, si cela pouvait lui rendre l'homme dont elle était tombée amoureuse.

Le jour où il serait capable d'agir selon son cœur et non selon son portefeuille, elle reconsidérerait sa position sur-le-champ.

Elle regarda les trois portes-fenêtres ouvrant chacune sur un balcon et songea que, pour la première fois, les trois chambres seraient occupées.

Un petit cri poussé par Lily l'empêcha d'aller plus loin dans ses pensées.

— Nous voilà arrivés, mademoiselle, annonça Anthony en se retournant vers elle.

Elle alla sortir la fillette de son siège-auto pendant qu'Anthony s'occupait des bagages. Sac à langer en bandoulière et Lily bien calée sur une hanche, elle gravit les quelques marches en pierre qui menaient à la porte d'entrée.

— Nous allons peut-être aller faire trempette tout à l'heure, dit-elle à l'adresse de Lily. Tu aimeras sûrement ça. Ta maman, elle, adorait. Une fois nous sommes venues ici, elle et moi, juste nous deux, entre filles. On pourrait faire ça de temps en temps, nous aussi, qu'en penses-tu ?

Evoquer Rachel était si douloureux qu'elle en eut les larmes aux yeux. Il n'y aurait plus de week-ends entre filles avec elle. Elles étaient venues ici juste avant que Rachel ne tombe enceinte, et voilà qu'un an plus tard elle s'y trouvait avec sa fille.

Si la mort de Rachel lui avait appris une chose, c'était qu'il fallait profiter de chaque instant dont la vie vous faisait cadeau. Et puis aussi qu'il fallait vivre la vie qui vous convenait et vous rendait heureux.

« Mon Dieu, faites qu'un miracle se produise », se surprit-elle à supplier en son for intérieur.

— Peux-tu prendre la clé ? demanda Anthony qui se débattait avec une valise dans chaque main et une autre coincée sous chaque bras.

— Où est-elle ?

— Dans la poche droite de mon pantalon.

— Tu plaisantes, j'espère, fit-elle sans esquisser le moindre geste.

Il lui adressa un sourire moqueur qui en disait long sur ce qu'il pensait.

— Tu vois bien que je ne peux pas.

Elle avança vers lui et glissa une main dans sa poche.

— Elle n'y est pas.

— J'ai dû me tromper, s'écria-t-il en éclatant d'un rire sonore. Elle doit être dans l'autre poche, alors.

Les sens en alerte, elle lui jeta le regard le plus sévère qu'elle put, tandis qu'elle plongeait sa main dans l'autre poche et en retirait vivement la clé. Sans lui laisser le temps de voir à quel point son petit jeu exacerbait ses sens déjà mis à mal par des montées d'hormones incontrôlables, elle lui tourna le dos et alla ouvrir la porte.

— Te voilà chez toi, ma chérie, déclara-t-elle à Lily en balayant le salon du regard.

La pièce était si chaleureuse qu'elle donnait envie de s'y installer sur-le-champ.

Un bouquet d'hortensias placé sur la table basse qui se trouvait entre les deux canapés en cuir attira tout de suite son attention.

— Je croyais que le personnel ne serait pas là, dit-elle en se tournant vers Anthony.

— C'est bien le cas, mais j'ai passé des ordres avant.

Des ordres... S'agissait-il des surprises auxquelles il avait fait allusion avant leur départ ? Elle faillit lui poser la question mais préféra attendre. Après tout, elle saurait bien assez vite.

Serrant Lily contre elle, elle se dirigea vers le bouquet et lut la carte qui y était insérée.

« A notre nouveau départ ainsi qu'à notre magnifique famille. »

Au comble de l'émotion, elle refoula la boule qui s'était formée dans sa gorge et l'empêchait d'articuler le moindre mot. Ses fleurs préférées accompagnées d'une carte touchante, alors qu'ils venaient juste de passer la porte ! Qu'allait-il lui réserver encore ? Elle était tout à coup bien excitée.

— Ce bouquet est magnifique, murmura-t-elle lorsqu'elle put enfin parler. Merci.

— Tu sais, ce qui est écrit sur cette carte est sincère, Charlie. Je tiens vraiment à ce que nous repartions de zéro et que notre vie commune se poursuive au-delà de ces trois mois.

Fatiguée par le trajet, par sa grossesse et par la tension qui régnait entre eux depuis si longtemps, elle entreprit de masser ses tempes douloureuses.

— Ne brûlons pas les étapes, répondit-elle, cela ne pourra que nous être profitable.

Il acquiesça d'un hochement de tête et lui prit aussitôt Lily des bras.

— Tu devrais aller te reposer un peu, tu as l'air épuisée.

— Tu as raison.

Mais, une fois dans les bras d'Anthony, la petite commença à gigoter et à pleurer, manifestant ainsi sa désapprobation.

— Allez, va, lui ordonna-t-il. Je te promets que tout va bien se passer. Il faut juste que nous nous réhabituions l'un à l'autre.

Elle hésita un court instant avant d'obtempérer.

— Promets-moi de venir me chercher si tu ne parviens pas à la calmer.

En guise de réponse, il souleva la petite à bout de bras et la fit doucement tournoyer en l'air, ce qui eut pour effet de la faire rire aux éclats.

— Promis, l'assura-t-il en se regorgeant. Si elle ne se calme pas, je viens te chercher.

Rassurée, elle embrassa Lily puis se dirigea vers l'une des chambres, la plus éloignée de celle qui avait été la leur et qu'elle avait décidé de laisser à Anthony.

Mais elle savait que ces précautions ne le dissuaderaient pas de chercher à l'entraîner dans son lit avant la fin de leur séjour.

6

— J'ai l'impression que les fleurs n'ont pas eu l'effet escompté, ma petite Lily, lui dit Anthony sur le mode de la confidence.

Assis sur une balancelle de bois installée sous le porche, il donnait des biscuits à Lily, confortablement blottie contre lui.

— Je pensais tout de même mériter un baiser sur la joue, feignit-il de se plaindre.

Lily leva son petit minois vers lui tandis qu'il lui tendait un autre biscuit.

— Tu n'as aucune idée de ce que je suis en train de te raconter, n'est-ce pas ? Et ça t'est bien égal, pourvu que je te nourrisse. Finalement, j'ai compris comment t'amadouer et me faire aimer de toi.

Son regard se perdit au loin, au-delà des jardins. Il allait devoir mettre son plan à exécution s'il voulait gagner du terrain durant leur séjour ici.

Il salua intérieurement l'efficacité de sa nouvelle assistante, qui avait réussi à réorganiser son planning afin de lui libérer les deux semaines nécessaires à cette escapade en famille.

Pour une fois, il délaissait sans états d'âme acteurs, agents et producteurs afin de privilégier sa vie privée. Car si, au début de sa carrière, il avait dû se montrer disponible, sa renommée actuelle lui permettait d'agir désormais à sa guise.

— Alors, quelle doit être la prochaine étape, selon toi ? demanda-t-il en lui offrant sa paume ouverte, sur laquelle il avait disposé deux biscuits supplémentaires. Pour parler franchement, je vais avoir besoin de ton aide, petite Lily. Et tant pis si Charlotte trouve mes méthodes déloyales, je suis prêt à tout pour la reconquérir.

Interrompant ses confidences, il se pencha à son oreille.

— Surtout, garde ça pour toi, murmura-t-il.

Le soleil dardant sur eux ses rayons délicieusement chauds, il décida de l'emmener faire un tour à la piscine. En fait, il regrettait presque de n'avoir jamais vraiment profité des aménagements hors de prix dont il avait équipé sa maison. Pourquoi avait-il si longtemps privilégié ses voyages d'affaires plutôt que des escapades amoureuses avec sa femme ? Oui, pourquoi ?

— Que dirais-tu d'un petit bain, ma Lily ?

L'expérience risquait de s'avérer périlleuse, car il allait devoir la déshabiller pour lui enfiler une tenue adéquate. Mais n'était-il pas un homme de challenge ?

Après avoir lui-même passé un slip de bain, il lui retira sa grenouillère et parvint non sans mal à lui enfiler une barboteuse à pois, trouvée dans ses affaires.

— J'aurais peut-être dû te mettre une couche, dit-il en fronçant les sourcils. Oui, allons-y pour la couche, ajouta-t-il après avoir imaginé le pire.

Une fois au bord de la piscine, il étala une épaisse couche de protection solaire sur la peau fine et fragile de la fillette et lui couvrit la tête d'un bob à larges bords.

L'ayant ainsi protégée, il la cala contre sa hanche et pénétra progressivement dans l'eau fraîche. Surprise par ce contact qu'elle ne connaissait pas encore, Lily recroquevilla ses petits orteils et laissa échapper une faible plainte.

— Tout va bien, ma chérie, lui murmura-t-il d'une voix douce. Tu ne crains rien, je suis là.

D'une main, il mouilla ses petites cuisses potelées pour l'habituer à la température.

— Tu vois ? C'est plutôt agréable, non ?

Il fit le tour de la piscine en prenant bien garde à rester là où il avait pied, puis, lorsqu'il la sentit en confiance, il l'immergea pour la ressortir aussitôt, provoquant cris et éclats de rire. Pour la deuxième fois, il eut le sentiment qu'elle commençait enfin à s'habituer à lui.

Quelques biscuits, une petite baignade et, hop, le tour était joué !

Dommage que Charlotte ne soit pas si facile à amadouer ! S'occuper de Lily ne serait bientôt plus un devoir, mais un véritable plaisir. Devenir père ne lui faisait plus aussi peur.

Et il se sentit soudain terriblement coupable de ne pas avoir offert à Charlotte l'opportunité d'être mère et, par voie de conséquence, triste de s'être privé lui-même d'une telle joie.

— Je peux me joindre à vous ?

Sans attendre sa réponse, Charlotte pénétra dans l'eau, vêtue d'un Bikini si minuscule qu'il se demanda s'il devait remercier Dieu ou le diable. Avait-elle agi délibérément, afin de lui infliger une torture bien méritée ? Ses courbes étaient aussi parfaites qu'affolantes.

— On vient juste d'entrer dans l'eau, avec Lily Luciole, dit-il d'une voix qu'il s'appliqua à garder désinvolte. Tu as pu te reposer un peu ?

— Oui, mais j'ai très vite culpabilisé de rester couchée alors que j'avais quelques coups de fil à passer. Je vais vraiment essayer de mettre mon travail entre parenthèses durant notre séjour, mais là, il fallait vraiment que je règle certains détails importants.

S'il la laissait parler, il ne l'entendait pas pour autant. Comment aurait-il pu se concentrer sur ce qu'elle disait quand ses yeux étaient rivés sur la pointe dressée de ses seins ? Des seins dont il connaissait par cœur la forme, la douceur satinée, le goût fruité.

Il ne désespérait pas de les embrasser, de les caresser de nouveau. Il lui fallait juste faire montre de patience et ne pas la brusquer.

Il saurait attendre le bon moment non seulement pour l'entraîner dans son lit, mais pour la faire rire et sourire de nouveau ; pour qu'elle connaisse de nouveau le bonheur avec lui, comme au début de leur rencontre et de leur vie commune.

Mais pour cela il fallait qu'il la touche au cœur et qu'elle tombe amoureuse de lui comme aux premiers jours.

— Tu l'appelles Lily Luciole ? s'étonna Charlotte en se rapprochant d'eux.

Il baissa les yeux sur la petite qui, à présent habituée, manifestait sa joie en frappant inlassablement sur la surface de l'eau, avec le plat de ses petites mains.

— Oui. Je ne sais pas pourquoi, ce surnom m'est venu spontanément.

— C'est mignon et ça lui va bien, approuva-t-elle en réajustant le bob sur la tête de la petite. Tu as pensé à l'enduire de crème ?

— Bien sûr.

— As-tu pensé également à lui mettre une couche spéciale baignade ?

— Non, j'avoue que j'ignorais même que cela pouvait exister. Il y a une différence ?

En guise de réponse, Charlotte lui prit Lily des bras et, la soulevant, lui montra la couche flasque qui pendait entre ses petites jambes.

— La voilà, la différence. Les couches spéciales baignade sont étudiées pour ne pas absorber l'eau et rester bien en place sur les fesses du bébé.

— Vraiment ? dit-il, sincèrement étonné.

Bienvenu dans la paternité, Anthony, avec son cortège de petits problèmes à résoudre, aussi insignifiants qu'ils puissent paraître.

Tout de même ! Un homme comme lui, habitué aux effets spéciaux les plus spectaculaires et aux techniques les plus avancées, se trouver démuni devant un problème de couche !

— Et où se trouvent-elles, ces couches magiques ?

Il n'entendit pas la réponse, tant le spectacle de Charlotte sortant de l'eau le fascinait. Le regard fixé sur ce corps presque nu, il s'imagina le toucher, le caresser, lui donner du plaisir.

— Je reviens tout de suite, annonça-t-elle en s'éloignant.

Il la suivit des yeux, presque soulagé. Cet intermède allait lui permettre de reprendre le contrôle de lui-même et d'apaiser le feu qui le consumait sitôt que sa femme l'approchait de trop près.

Les mains de Charlotte tremblaient encore tandis qu'elle enfilait une couche sèche à Lily.

Lorsqu'un peu plus tôt, depuis sa fenêtre, elle avait vu le corps athlétique et bronzé d'Anthony sur lequel se détachait la petite silhouette diaphane de Lily, elle avait senti les battements de son cœur redoubler.

Cette silhouette massive qu'elle connaissait par cœur l'avait certes remuée, mais moins que l'union de ce père à la stature impressionnante et de ce petit être minuscule blotti contre lui.

Malgré tout, le désir était là, tapi en elle, et voir son mari à moitié nu dans l'eau n'avait fait que l'exacerber. La torture était si forte qu'elle avait décidé d'en jouer. Pour aller le rejoindre, elle avait donc choisi son maillot le plus sexy, trois triangles noirs minuscules, reliés entre eux par de fines lanières et qui ne dissimulaient presque rien de son anatomie.

Une fois dans la piscine, la tension sexuelle presque palpable qui s'était aussitôt installée entre eux l'avait fait douter du bien-fondé de sa décision.

Elle se demanda s'il avait remarqué ses seins lourds et gonflés, premiers signes manifestes de sa grossesse. Elle en douta, obsédé qu'il était par son corps, seins gonflés ou pas.

Elle s'en voulut aussitôt que des pensées aussi érotiques lui traversent l'esprit, alors qu'elle voulait maintenir ses émotions bien enfouies.

— Allez, ma puce, on retourne à la piscine ?

Mais ses pensées, elles, retournaient surtout vers Anthony et le désir qu'il suscitait en elle. Comment pourrait-elle l'approcher de si près sans céder à la tentation de le toucher ? Comment feindre d'ignorer l'érection qui ne lui avait pas échappé et s'en détourner au lieu d'en jouir ?

Elle maudit ces poussées d'hormones incontrôlables qui risquaient de lui faire perdre le cap qu'elle s'était fixé.

— Voilà, elle est parée, annonça-t-elle d'un ton qu'elle voulait désinvolte et qui était bien loin de refléter le tumulte intérieur qui l'agitait. Nous, les filles, on va rester sur les marches un petit moment.

Anthony acquiesça d'un sourire tandis qu'il allongeait un bras sur le rebord de la piscine, mais, Dieu merci, du côté opposé à celui où elles se trouvaient.

— Elle a l'air d'aimer l'eau, fit-il remarquer.

Elle s'assit sur la deuxième marche et installa confortablement Lily sur ses genoux.

— Il faudrait que nous allions lui acheter une bouée, suggéra-t-elle en riant de voir la petite frapper de nouveau l'eau de toute la force de ses petites mains.

— J'irai tout à l'heure.

Elle leva les yeux sur lui qui avançait vers elle, tel un prédateur marchant lentement vers sa proie.

— Toi aussi, tu as toujours aimé l'eau, dit-il en se campant devant elle, si près qu'elle aurait pu effleurer ses jambes du bout de ses orteils. Si mes souvenirs sont bons, nous nous sommes bien amusés, la dernière fois que nous nous sommes retrouvés dans cette piscine. Nous avons même fini par un petit tour dans le Jacuzzi.

Elle détourna la tête. Elle ne voulait surtout pas entrer dans son jeu, même si son corps brûlait de se plaquer au sien.

— Ne fais pas ça, Anthony, protesta-t-elle d'une voix ferme. Ça ne sert à rien de brûler les étapes, on n'en tirerait rien de bon, tu le sais bien. Et puis, il ne s'agit pas que de nous, dans cette histoire.

Il étendit un bras derrière elle et pencha son visage vers le sien.

— Ce que je sais, c'est que nous sommes toujours mariés et que nous partageons la garde de Lily. Ce que je sais aussi, ajouta-t-il en se penchant un peu plus pour lui parler à l'oreille, c'est que tu te donnes un mal fou pour ne pas céder à la tentation.

Comme il la connaissait bien ! Il savait exactement quels mots prononcer pour exacerber son désir. En revanche, elle ignorait quelle serait sa réaction s'il apprenait qu'elle était enceinte. Aurait-il toujours envie d'elle ?

— Peu importe ce que ressent mon corps, Anthony, répliqua-t-elle en évitant soigneusement de s'attarder sur son torse musclé. Mon cœur, lui, est entre parenthèses, tant que nous n'aurons pas décidé ce qui sera le mieux pour Lily.

Dans un geste infiniment tendre, qui lui procura de délicieux frissons, il repoussa une de ses mèches derrière son épaule.

— Tu sais, moi non plus je ne fais pas passer mes émotions avant Lily, mais je ne vois pas pourquoi nous ne pourrions pas concilier les deux.

— Je pourrais te citer une bonne douzaine de raisons, à commencer par le fait que les neuf années que nous avons passées ensemble nous ont conduits dans la situation que voici. Toi, cela a l'air de t'étonner, mais ce n'est tout de même pas par hasard si nous en sommes arrivés là. Nous devons tirer des leçons de ce que nous avons vécu, Anthony. C'est la seule façon pour nous d'avancer.

Il ne chercha pas à argumenter mais, lorsque sa paume humide vint se poser sur son ventre encore plat avant de remonter sur l'un de ses seins, elle retint son souffle.

— Tu vois. Ta réaction prouve bien que nous nous aimons toujours, Charlie.

Les cris de joie de la petite Lily qui frappait l'eau de plus belle la ramenèrent sur terre. Elle réinstalla mieux la fillette sur ses cuisses et retira la main d'Anthony de l'endroit où elle se trouvait.

— Arrête. N'essaie pas d'obtenir de moi des choses que je ne suis pas prête à te donner. J'avoue que je suis un peu perdue, j'ai besoin de temps et de recul.

Il se leva sans la quitter des yeux.

— Et moi ? T'es-tu posé la question de savoir ce que je ressens, moi ? Tu crois que ça ne m'est pas insupportable de vivre là, sous le même toit que toi, en sachant que je n'ai pas le droit de te toucher ? Alors, je t'en prie, ne me dis pas ce que je dois ou ne dois pas faire. Je t'aime et je ferai tout ce qui est en mon pouvoir pour te reconquérir.

Il sortit de l'eau d'un pas vif sans se soucier de les éclabousser au passage.

Une fois seule, elle serra pensivement Lily contre elle. Entre la tension sexuelle qui planait entre eux chaque fois qu'ils s'approchaient un peu l'un de l'autre et le stress provoqué par son nouveau rôle de mère, elle se demanda quelle serait sa prochaine épreuve.

— Es-tu prête pour une petite sieste, trésor ?

Elle embrassa tendrement le nez de Lily et tenta de rester positive. Se disputer devant un bébé n'était pas une bonne idée et elle se fit la promesse que cela ne se reproduirait pas.

— Et, si tu fais un gros dodo, on ira faire une petite promenade, après, lui dit-elle en l'enveloppant d'une serviette-éponge à capuche.

Elles pourraient même essayer d'éviter Anthony. Comme cela, elle n'aurait pas à redouter une tentative de séduction qu'elle n'était pas certaine de désirer de toute son âme.

Anthony regretta de s'être emporté devant Lily. Il ne devait pas laisser libre cours à sa colère et à sa frustration auprès d'elle, d'autant que cela risquait aussi de nuire au mariage qu'il désirait sauver si âprement.

Mais il était difficile de faire taire des émotions, surtout lorsqu'elles étaient si vives ! Charlotte, qui lui avait toujours reproché de ne pas s'épancher, de ne pas s'ouvrir à elle, aurait pourtant dû voir dans cet accès d'honnêteté une nette amélioration.

Il serra les poings de frustration à l'idée qu'elle l'avait repoussé, alors qu'elle se consumait de désir pour lui.

« Arrête ! » lui avait-elle ordonné lorsqu'il l'avait caressée. Mais arrêter quoi ? De l'aimer ? De se battre pour tenter de la reconquérir ?

Il s'exhorta au calme, et après quelques minutes de réflexion décida d'essayer une autre tactique.

D'abord, il allait lui présenter des excuses. Ce serait une

excellente façon de lui prouver qu'il savait reconnaître ses erreurs, lui qui, jusque-là, détestait admettre qu'il avait tort.

Et, lorsque Lily serait au lit, il saurait lui montrer à quel point il regrettait son attitude trop empressée.

7

— Prête à aller au lit, mon petit cœur ?

Charlotte remonta la fermeture Eclair de la grenouillère de Lily en même temps qu'elle bâillait.

Anthony avait raté l'heure du bain et elle n'avait aucune idée de l'endroit où il se trouvait. Elle n'allait tout de même pas l'implorer de l'aider, car manifestement il décidait lui-même de ce qu'il voulait faire ou non. Mais, s'il était aussi déterminé à se dévouer à sa famille qu'il le proclamait, il avait une curieuse façon de s'y prendre.

Elle mit la berceuse préférée de Lily, celle sur laquelle la fillette ne manquait pas de s'endormir et, l'enfant serrée contre elle, elle esquissa quelques pas de danse. Danser une valse avec son bébé, quoi de plus précieux au monde ?

— Tu as toujours aimé danser.

Elle tourna la tête dans la direction d'Anthony. Seigneur ! La vue de son mari simplement vêtu d'un boxer-short moulant suffisait à la rendre muette de désir.

Après presque dix ans de mariage et autant d'étreintes passionnées, elle le trouvait toujours aussi irrésistiblement désirable. Il régnait entre eux une alchimie rare, doublée d'une entente physique exceptionnelle qu'elle ne retrouverait jamais avec un autre homme.

— Nous sommes prêtes à aller au lit, dit-elle, un brin embarrassée, car la danse avait également été un sujet de discorde entre eux.

Pendant des années, elle lui avait demandé de prendre des cours avec elle, mais il avait toujours refusé, ne trouvant jamais de créneau disponible dans son planning déjà très serré.

— Désolé, je n'étais pas là pour le bain. J'étais... occupé. Je vais prendre la relève, si tu veux bien. Pourquoi n'irais-tu pas m'attendre dans le patio ? J'ai à te parler.

Parler ? Bien sûr, cela s'avérait plus que nécessaire. Par ailleurs, ce court répit lui permettrait de rassembler tout son courage pour la confession qu'elle avait à lui faire.

En effet, elle avait décidé qu'il était grand temps de lui parler de sa fausse couche de l'année passée. C'était non seulement une question d'honnêteté, mais aussi un moyen de se décharger du sentiment de culpabilité qui la rongeait depuis plus d'un an.

Si elle voulait que son mariage reparte sur de bonnes bases, elle devait se montrer loyale avec Anthony qui, lui, cherchait sans cesse à lui démontrer qu'il pouvait être le mari et le père dont elle avait toujours rêvé.

— Le biberon est prêt, dit-elle en pointant du menton la petite table qui se trouvait près du fauteuil à bascule.

Anthony s'approcha d'elle jusqu'à effleurer son bras nu, avant de lui prendre Lily et de la faire tournoyer dans les airs comme il aimait à le faire.

— Allez, Lily Luciole, c'est tonton Anthony qui va te donner ton biberon, ce soir. Tu aimes bien quand c'est moi qui te nourris, n'est-ce pas, ma fille ?

Se sentant bêtement de trop, elle sortit de la pièce sans omettre de prendre l'Interphone au passage.

Il avait appelé Lily sa fille. Et, si l'image qu'il donnait était en effet bien celle d'un père heureux de passer du temps avec son enfant, tous trois ne formaient pas pour autant une famille idyllique.

En tout cas, pas encore. Pas tant qu'elle ne serait pas certaine qu'Anthony tiendrait ses promesses sur le long terme.

Son comportement tendait à prouver qu'il voulait se faire pardonner le fait qu'il s'était emporté, lui qui détestait élever la voix ou se mettre en colère. Avoir donné libre cours à ses émotions était une grande première pour lui, et il ne savait probablement pas comment gérer cela.

Incapable de résister, elle lança un dernier coup d'œil par-dessus son épaule et fondit de tendresse à la vue de cet homme tout en muscles murmurant des mots d'amour à ce tout petit être, en même temps qu'il lui donnait son biberon.

Comment allait-il prendre l'annonce de sa fausse couche ? Peut-être lui en voudrait-il de lui avoir caché aussi longtemps un événement d'une telle importance. Et, vu les changements qui semblaient se produire en lui, il serait sans doute attristé d'avoir perdu un enfant.Afin de se préparer à son entretien avec Anthony, elle alla enfiler une robe de chambre assortie à sa chemise de nuit de soie, regrettant au passage de ne pas posséder l'un de ces peignoirs informes en tissu-éponge, qui vous tombait jusqu'aux chevilles.

Lorsqu'elle arriva dans le patio, elle s'arrêta net, le cœur battant. Le clair de lune baignait l'endroit de sa lumière féerique, mais ce n'était pas cela qui l'avait stoppée : un présent trônait dans le patio, bien en évidence près du bouquet d'hortensias.

Elle s'en approcha et caressa le ruban rouge qui entourait l'emballage blanc. Quelle surprise lui avait-il encore réservée ? Anthony était maître en matière de charme et de séduction. Comment expliquer autrement que son mariage avec lui ait duré aussi longtemps ?

Oui, elle l'aimait, et non elle ne pouvait se passer de lui, même si tendresse, affection et entente sexuelle faussaient parfois son jugement.

Elle s'installa dans l'un des fauteuils en rotin, étendit ses jambes devant elle et se mit à contempler le ciel étoilé. Le disque parfait de la pleine lune se détachait au-dessus des conifères qui bordaient le lac, diffusant sa clarté jusque dans le patio.

Un grésillement dans l'Interphone interrompit ce moment de douce rêverie.

— Tu vas voir, nous allons te faire une belle vie, ma Lily Luciole, disait la voix d'Anthony qui pour l'occasion s'était faite toute douce.

Elle s'agita sur son siège, hésitant à être le témoin de ce qu'elle considérait comme un moment d'intimité.

— Nous t'aimons tous les deux, poursuivit Anthony. Et peu importe ce qui se passe entre ta tante Charlie et moi. J'avoue que ce nouveau rôle de père me fait un peu peur, mais j'espère que je ne m'en sors pas trop mal.

Les craintes d'Anthony amenèrent un sourire attendri sur ses lèvres. Elle avait si peur de mal faire, elle aussi ! Certes, au travers de son association, elle était en contact permanent avec des enfants, mais avoir la responsabilité d'un seul était bien différent.

Elle écouta le silence qui s'ensuivit avant qu'Anthony ne mette Lily dans son berceau.

Dans quelques minutes, il l'aurait rejointe et ils se retrouveraient seuls, dans une ambiance d'un romantisme absolu. Seuls face au désir mutuel qui les consumait. Seuls avec chacun un secret qui leur pesait et qu'ils s'apprêtaient à dévoiler à l'autre.

Le cœur battant, elle prit une profonde inspiration en entendant le bruit des pas d'Anthony dans le salon.

— J'ai cherché l'Interphone partout, mais je vois que tu avais pensé à le prendre, dit-il en s'installant dans le fauteuil qui faisait face au sien. Tu as dû entendre ce que je disais, alors ?

— Oui.

— C'est une chance que je ne lui ai pas livré tous mes petits secrets.

— En effet, approuva-t-elle en souriant.

Lorsqu'il chercha son regard, elle détourna la tête pour fixer son attention sur le lac miroitant.

— C'est une belle nuit, n'est-ce pas ?

— Magnifique, répondit-il sans la quitter des yeux.

— Et ce cadeau, c'est en quel honneur ? s'enquit-elle d'une voix qu'elle voulait désinvolte.

— Pour te remercier de t'occuper si bien de Lily. Je ne sais pas comment je ferais sans toi.

Elle osa enfin le regarder, priant le ciel de ne pas flancher.

— J'espère que ce n'est pas une manœuvre destinée à m'entraîner dans ton lit.

Il eut un haussement d'épaules imperceptible qui néanmoins ne lui échappa pas.

— Honnêtement, Charlie, tu n'imagines tout de même pas que nous allons pouvoir passer tout ce temps ici, ensemble, sans faire l'amour à un moment ou à un autre ? Montre-toi un peu réaliste. Je comprends bien que tu t'opposes farouchement à ce que je cherche à te séduire, mais cela arrivera forcément. Cela étant, c'est ton cœur que je veux d'abord reconquérir.

C'était la première fois qu'il lui tenait un tel discours et elle en fut extrêmement touchée. Il tenait donc vraiment à elle ? Une lueur d'espoir s'alluma en elle, mais elle ressentit pourtant le besoin de se protéger pour le cas où ses fichues hormones lui feraient perdre la tête.

— Même si nous refaisions l'amour, cela ne changerait rien, affirma-t-elle d'une voix qu'elle voulait ferme. Ne va surtout pas t'imaginer que cela aurait une quelconque influence sur ma décision finale.

— Et si je devenais l'homme que tu veux, l'homme que tu mérites, que ferais-tu alors ?

Elle se redressa sur son siège et replia ses jambes sous elle.

— Si cela se produisait, je serais la première à m'en réjouir et à me battre pour sauver notre mariage. Mais n'est-ce pas un peu présomptueux de croire que tu vas réussir en trois mois ce que tu as refusé de faire en neuf ans ? Et si cela peut te rassurer, quelle que soit l'issue de cette crise, je continuerai à m'occuper de Lily avec toi. N'est-ce pas ce qui te fait le plus peur ?

Il se leva d'un bond et lui prit les mains, pour la forcer à se lever.

— Tu ne penses pas vraiment ce que tu dis ? Ce que je veux, c'est toi, ma femme, *ma femme*, tu comprends ? Je voulais que tu reviennes dans ma vie bien avant que Lily n'entre en scène. Et je ferais tout pour te convaincre de rester.

Comme preuve de ce qu'il avançait, il déposa un baiser sur ses lèvres, et de ses mains que le désir rendait fébriles il fit glisser sa chemise de nuit et sa robe de chambre le long de ses bras. Elle ne résista pas. A quoi bon ? Il avait raison. Ils ne pouvaient cohabiter sans céder à la passion qui les aimantait l'un vers l'autre.

— Tu n'imagines pas combien de fois j'ai rêvé de cet instant. Non, tu n'as aucune idée, murmura-t-il. Je jure que je n'aurais rien tenté si je n'avais pas senti que nous étions sur la même longueur d'onde, Charlie. Si tu savais à quel point tu me manques ! Et à quel point j'ai besoin de toi !

Pour éprouver le même manque, elle en savait quelque chose. Elle s'en voulut néanmoins d'être si facilement trahie par son corps, alors que leur relation ne la satisfaisait pas encore. Le désir n'avait jamais été un problème. En revanche, contrôler ses émotions lui était beaucoup plus difficile.

Elle s'arc-bouta contre lui tandis qu'il lui retirait son déshabillé et qu'elle se retrouvait presque nue contre lui. Ivre de volupté, elle ne put retenir un gémissement de plaisir lorsque, du pouce, il agaça la pointe de ses seins, zone érogène que sa grossesse rendait plus sensible encore.

Elle était enceinte. Et il fallait qu'elle lui parle d'abord de sa première grossesse. D'ailleurs, n'était-ce pas ce qu'elle avait prévu de lui dire ce soir même ?

— Tu es toujours aussi sexy, lui chuchota-t-il à l'oreille.

Elle lui parlerait plus tard. Pour l'heure, elle brûlait de faire l'amour avec lui. Alors elle glissa les doigts entre son abdomen musculeux et son boxer, mais il repoussa ses mains pour ôter lui-même ses sous-vêtements.

Etait-elle vraiment en train de faire ce qu'elle faisait ? Etait-elle vraiment sur le point de faire l'amour avec son mari alors que cette rencontre était destinée à la discussion ? La réponse était oui. Et non seulement elle l'acceptait, mais en plus elle avait bien l'intention de jouir de chaque seconde de plaisir qu'il allait lui donner.

— J'ai tellement envie de toi, Charlie, murmura-t-il en la portant jusqu'au canapé, tout proche. J'ai besoin de toi, de te faire l'amour...

— Moi aussi, concéda-t-elle, les jambes enroulées autour de ses hanches.

De toute façon, il était inutile de le nier, son corps parlait pour elle.

Sans lâcher ses lèvres, il l'étendit sur les coussins moelleux, puis il fit lentement glisser son string le long de ses jambes. Lorsqu'elle fut nue, il se plaça entre ses jambes, l'incitant à lever son bassin et à s'enrouler autour de lui comme une liane.

— Prends-moi, Anthony, supplia-t-elle. Je ne peux plus attendre.

Pour toute réponse, il prit l'un de ses seins dans sa main et en agaça le bout du pouce et de l'index. Quant à sa main libre, elle lui caressait la moindre parcelle de peau, s'attardait dans les zones les plus intimes, lui procurant un plaisir si intense qu'il en était presque douloureux.

— Anthony, cria-t-elle.

Cette fois, il obéit à sa supplique. Il lui écarta un peu plus les jambes et la pénétra. C'était toujours ainsi. Il y avait toujours cette seconde de plénitude totale, de pure perfection.

Et, tandis qu'ils allaient et venaient en rythme, elle enfonça les doigts dans la chair musculeuse de ses bras. Anthony était un amant exceptionnel qui, dans ce domaine, faisait passer ses exigences avant les siennes.

— Ouvre les yeux, Charlie.

Elle obtempéra, redoutant ce qu'elle allait lire dans son regard. Et elle vit un mélange de désir et d'amour qui la fit fondre de tendresse.

Fermant de nouveau les yeux, elle le poussa à s'enfoncer un peu plus en elle, puis, ivre de volupté, elle laissa échapper de petits gémissements qu'il étouffa de ses baisers avides.

La langue d'Anthony entrait et sortait de sa bouche à l'image de son sexe qu'il faisait aller et venir en elle.

Tremblante, elle s'agrippa à lui, telle une naufragée.

— S'il te plaît, Charlie, dit-il en posant son front contre le sien. Ne commence pas à réfléchir.

— Comment faire autrement ?

— Ne pourrions-nous pas juste profiter de cet instant et garder les regrets pour demain ?

Leurs corps étaient toujours unis de la façon la plus intime qui soit, les yeux d'Anthony étaient rivés aux siens et elle réclamait son corps de tout son être. Qu'aurait-elle pu dire d'autre que « Tu as raison » ?

Demain...

Elle lui parlerait demain.

8

Le lendemain, Anthony était occupé à faire manger Lily lorsque Charlotte fit son entrée dans la cuisine. Elle n'avait pas passé la nuit dans son lit, contrairement à ce qu'il avait espéré, mais elle s'était attardée à son côté jusqu'aux environs de minuit, bien après qu'ils eurent fait l'amour.

Il s'était donc contenté de cette demi-victoire qui représentait quand même un grand pas en avant. Petit à petit, s'il savait se montrer patient, Charlotte voudrait bien reprendre leur vie conjugale pour qu'ils puissent enfin former une vraie famille.

Il n'aurait jamais imaginé pouvoir apprécier à ce point la qualité de père. Jusqu'à ce que Lily entre dans leur vie, il s'était toujours retranché derrière un métier accaparant pour refuser à Charlotte ce qu'elle désirait le plus au monde : devenir maman.

Mais en toute franchise, c'était surtout parce que cette perspective le terrifiait. Lui qui pourtant avait connu une enfance heureuse redoutait, pour une raison inconnue, l'idée qu'un petit être puisse dépendre complètement de lui.

— Je ne l'ai pas entendue se réveiller, déclara Charlotte, la voix encore ensommeillée. Je suis désolée qu'elle t'ait dérangé.

Il scruta un bref instant son visage défait, ses mains tremblantes.

— Tout va bien ? Tu es toute pâle.

Elle passa une main fébrile dans sa chevelure emmêlée.

— Juste un peu de fatigue. Je me suis couchée tard. J'avais quelques courriels à envoyer à l'association.

Cela ne tenait pas debout. Anthony reposa la cuillère pleine de céréales qu'il s'apprêtait à donner à Lily et attendit un commentaire qui ne vint pas.

— J'ai pris l'Interphone exprès pour que tu puisses te reposer, expliqua-t-il.

Elle esquissa un sourire qui se dissipa très vite.

— Merci pour le cadeau, dit-elle enfin. Je l'ai ouvert tout à l'heure.

— N'y vois surtout pas une manière de t'acheter, s'empressa-t-il d'expliquer. Lorsque j'ai vu ces fusains, je n'ai pas pu résister à l'envie de te les offrir. J'ai pensé que tu aimerais peut-être faire des portraits de Lily et les laisser ici, comme tu l'as fait de certaines de tes œuvres à Los Angeles.

Les épaules de Charlotte s'affaissèrent légèrement, tandis qu'elle baissait les yeux.

— Je ne sais pas trop quoi penser lorsque tu m'offres un cadeau comme ça, sans raison précise, avoua-t-elle.

— C'est juste une façon de te prouver ma gratitude. Je te suis tellement reconnaissant de tout ce que tu fais pour Lily !

— En tout cas, tu as bien choisi. Tu sais parfaitement comment me faire plaisir.

Il approuva d'un hochement de tête.

— Nous sommes ici pour quinze jours. Tu arriveras bien à t'isoler de temps en temps. Surtout que Lily a l'air de bien s'habituer à moi.

Très tendrement, Charlotte posa une main sur la sienne.

— Cela signifie beaucoup pour moi. Merci.

Son regard pétillant de joie et sa voix enjouée firent regretter à Anthony de ne pas lui avoir accordé plus d'attentions par le passé.

En atterrissant soudain sur sa joue, une brusque giclée visqueuse interrompit le fil de ses pensées.

— Lily ! gronda Charlotte en riant, à la vue des céréales détrempées de lait qui descendaient maintenant dans le cou d'Anthony.

Il éclata d'un rire sonore tandis que Lily poussait de petits cris de joie stridents.

Des rires, de la gaieté, c'était tout ce qu'il souhaitait désormais.

Charlotte serait-elle capable de saisir cette opportunité d'être heureuse ou, au contraire, se fermerait-elle, de peur d'avoir de nouveau le cœur brisé ?

La connaissant comme il la connaissait, il serait tenté de pencher pour la seconde hypothèse. Mais n'était-il pas homme à relever les défis les plus improbables ? Il n'était pas parvenu au sommet en restant assis à attendre une éventuelle opportunité. Il avait toujours pris les situations à bras-le-corps, s'était battu comme un lion pour obtenir ce qu'il voulait. Aussi, ces barrières défensives qu'elle n'allait pas manquer d'ériger autour d'elle, il saurait bien les faire voler en éclats. Et ensuite, il lui montrerait comment vivre une vie pleine d'amour et de rêves avec leur petite Lily.

S'il ne pouvait changer le passé, du moins pouvait-il tenter d'infléchir l'avenir.

— Tu es si belle, ne put-il s'empêcher de lui dire dans un souffle.

La bonne humeur de Charlotte se dissipa aussitôt, tandis que son visage s'assombrissait.

— Je suis désolé, reprit-il. C'est juste que lorsque tu ris comme tu viens de le faire ton visage est si lumineux et je... cela me manque tellement de te voir aussi joyeuse.

Elle but une gorgée de son jus d'orange et ne répondit rien. Un silence pesant s'installa entre eux, qui prit le pas sur le moment de bonheur qu'ils venaient de vivre.

S'était-il jusque-là montré si avare de compliments qu'elle ne savait quoi répondre à celui-ci ?

— Et si nous allions faire un peu de shopping aujourd'hui ? suggéra-t-il dans le but de dissiper cette tension qui devenait pesante.

— Faire du shopping ? Mais tu détestes ça.

Un sourire flotta sur ses lèvres tandis qu'il tendait à Lily une nouvelle cuillérée de céréales.

— Pas avec mes deux femmes préférées. Nous pourrions aller acheter des jouets de piscine comme nous l'avions prévu, et ensuite déjeuner dans le petit café que tu aimes tant.

Charlotte resta silencieuse un long moment, ce qui lui fit penser qu'elle allait refuser.

Je t'en prie, Charlie. Saisis la perche que je te tends.

L'ironie de la situation ne lui échappa pas. Quoi de plus pathétique qu'une épouse déclinant l'invitation de son mari ?

— Très bonne idée, finit-elle par répondre. Le temps de prendre une douche et de m'occuper de Lily lorsqu'elle aura terminé son petit déjeuner.

Lorsqu'elle fut partie, il reposa la cuillère et tapa doucement dans la menotte de Lily.

— Tope là, ma belle ! Je crois bien que nous venons de marquer un point.

— Tu crois vraiment que Lily avait besoin de tout ça ? demanda Charlotte en regardant Anthony mettre à l'eau un éléphant gonflable qui alla rejoindre une flopée d'autres jouets. Ce n'est encore qu'un bébé et nous ne sommes ici que pour quelques jours.

— Je veux que ma fille puisse avoir le choix.

— Tu vas surtout en faire une enfant gâtée, riposta-t-elle en lui adressant un sourire indulgent.

Il riva sur elle un regard pénétrant. Une fois encore, ils se retrouvaient en tête à tête et cette intimité pouvait à chaque seconde la mettre en danger.

— Tu as l'air d'aller mieux, lança-t-il avec tendresse. Tu as repris des couleurs.

Elle fut touchée par sa sollicitude.

— Je vais bien, ne t'inquiète pas. Anthony, il faut que je te parle.

— Quelque chose te tracasse ?

Elle acquiesça d'un hochement de tête.

— En fait, je t'ai caché quelque chose pendant plus d'un an.

Il la dévisagea d'un air étonné.

— Vraiment ?

L'heure n'était plus à la culpabilité. Il lui fallait aller au bout de son aveu. Elle prit le temps d'aller s'installer sur une chaise longue et attendit qu'Anthony la rejoigne avant de se lancer.

— J'ai fait une fausse couche, dit-elle d'une voix neutre. C'était l'an dernier, pendant que tu étais en tournage au Belize.

Elle vit ses muscles tressaillir tandis qu'il écarquillait les yeux de surprise.

— Une fausse couche ? Tu ne m'avais pas dit que tu étais enceinte.

— Je ne l'ai appris que quelques jours seulement après ton départ. J'ai fait un test qui s'est révélé positif.

Elle se rappela son extrême excitation à la vue des deux lignes roses qui barraient le tube.

— J'étais si impatiente de t'apprendre la bonne nouvelle ! Mais je ne voulais pas te le dire au téléphone, j'avais prévu de te faire une surprise et, pour ça, j'avais acheté une de ces petites brassières, tu sais, avec l'inscription « Super-Papa ».

Ce souvenir douloureux lui fit monter les larmes aux yeux.

— Mon Dieu, Charlie ! De combien étais-tu enceinte lorsque tu as fait cette fausse couche ?

— Sept semaines, répondit-elle en s'essuyant les yeux du revers de la main. Une semaine avant ton retour. C'était le début, mais je m'étais déjà beaucoup projeté dans l'avenir. Je nous voyais promener notre enfant au parc avec d'autres parents. Et puis un matin, lorsque j'ai eu des contractions, j'ai tout de suite compris que quelque chose n'allait pas.

Anthony la fixa sans dire un mot, la main posée sur sa jambe nue. Elle imaginait la colère qu'il pouvait ressentir à l'idée qu'elle lui avait caché aussi longtemps quelque chose d'une telle importance.

— Pourquoi m'en parles-tu aujourd'hui ? demanda-t-il. Tu aurais pu garder ça pour toi, je n'en aurais jamais rien su.

— Tu as raison. J'aurais pu, en effet. Mais, si nous devons repartir sur de nouvelles bases, je ne pouvais pas laisser ce secret planer entre nous. Tu méritais de savoir.

Tout comme il méritait de savoir qu'elle portait de nouveau un enfant de lui.

Il s'approcha un peu plus d'elle et lui installa les jambes sur ses genoux.

— Tu m'en voulais de ne pas être là, c'est ça ?

Elle se mordit la lèvre pour ne pas laisser libre cours aux larmes qui menaçaient de ruisseler sur ses joues.

— Oui, admit-elle dans un murmure.

Emu, il prit son visage entre ses mains et plongea dans son regard embué.

— Te dire que je suis désolé n'est pas vraiment opportun aujourd'hui. Je suis juste furieux.

Elle ferma les yeux quelques secondes avant de les rouvrir et de l'affronter courageusement.

— Je comprends. Je savais que tu m'en voudrais.

— T'en vouloir ? Mais comment pourrais-je t'en vouloir ? C'est moi et moi seul qui suis à blâmer. J'étais loin de toi lorsque tu as su que tu étais enceinte, loin encore lorsque tu as perdu cet enfant que tu désirais tant ! Comment peux-tu penser une seconde que je puisse être en colère contre toi, alors que tu as traversé seule une épreuve aussi douloureuse ?

— Tu es fâché contre toi ? demanda-t-elle en se carrant contre le dossier de son siège, soulagée qu'il ne lui en veuille pas.

Il se leva, plongea les mains dans ses poches et secoua la tête.

— Nous savons tous les deux que je n'ai pas souvent été là alors que tu avais besoin de moi, et cette histoire n'en est qu'une preuve supplémentaire. J'étais tellement à côté de la plaque que je n'ai même pas su voir la détresse et le désarroi que tu devais éprouver à ce moment-là.

A son tour elle se leva et resta immobile, les bras ballants.

— Je ne te cacherai pas que j'ai beaucoup pleuré. Et c'est vrai que je t'en voulais tellement que j'ai préféré garder mon secret pour moi seule. Je pensais alors que je n'avais pas à le partager avec toi puisque tu n'étais jamais là.

Le visage d'Anthony se décomposa : il baissa les yeux, visiblement incapable de soutenir son regard.

— Je comprends, fit-il d'une voix rauque d'émotion.

Jamais elle ne l'avait vu aussi bouleversé, lui qui ne laissait jamais voir ses émotions.

— Pourtant, au début de notre mariage, tu étais très présent, reprit-elle en croisant les bras. Nous étions différents alors.

Silencieux, Anthony alla vers la piscine, retira ses tongs et s'assit sur le rebord pour tremper ses pieds dans l'eau. Elle le rejoignit. Quelles pensées pouvaient bien lui traverser l'esprit ? Il allait le lui dire, en tout cas, car désormais il lui parlait. Un peu plus tous les jours, et de choses importantes de la vie.

Elle s'assit à côté de lui et plongea elle aussi les pieds dans l'eau.

— Je veux être le père et le mari dont cette famille a besoin pour survivre, avoua-t-il en repoussant du pied l'une des bouées, qui avait dérivé vers eux. Je ne veux plus que tu éprouves l'envie de me cacher des choses importantes par dépit ou pour te venger de moi. Je veux que tu me fasses confiance et que nous reformions une équipe solide et solidaire.

— C'est ce que j'ai toujours voulu, mais j'ai besoin d'un peu de temps. Je ne veux pas entamer un nouveau chapitre de notre vie et m'y précipiter sans avoir bien réfléchi au moyen de ne pas reproduire les mêmes erreurs.

Anthony posa les mains sur ses genoux et approuva d'un signe de tête.

— Juste avant le décès de Rachel, j'étais passé voir Mia et Bronson, qui venaient d'avoir leur petite Bella. Et pour la première fois de ma vie j'étais jaloux de Bronson.

Elle ne put imaginer le tableau idyllique que formait le jeune couple sans sourire d'attendrissement.

— C'est vrai qu'ils ont l'air très heureux ensemble. J'espère qu'ils ne perdront jamais de vue ce qui est important.

— Comme nous, tu veux dire ?

Manifestement son subconscient avait parlé pour elle.

— Oui, admit-elle. Comme nous.

— Je suis confiant, assura-t-il en plaçant une main sur sa cuisse nue. Nous parviendrons à surmonter cette épreuve. Car, si la disparition de Rachel et mes retrouvailles avec les Dane m'ont appris quelque chose, c'est bien l'importance d'une famille. Je te le répète, j'ai besoin de toi. Et puis, nous jouons gros maintenant.

Devait-elle comprendre qu'avant Lily leur mariage ne valait pas le coup qu'il se batte pour lui ? Craignant sa réponse, elle préféra ne pas le lui demander.

Car, s'il lui avait assuré ne pas vouloir la perdre, il n'avait alors rien fait pour la garder. Sans doute parce qu'il ne la croyait pas capable de partir. Certes, il ne le lui avait jamais dit clairement, mais c'était la raison principale de sa passivité à son égard, elle le savait pertinemment. Il s'imaginait pouvoir l'amadouer avec des présents somptueux, oubliant qu'elle n'était pas aussi prévisible que cela.

Elle était une femme indépendante, autonome, qui n'était jamais rentrée dans le moule hollywoodien. Le culte du corps à outrance, la chirurgie esthétique, la vie aussi fastueuse que superficielle de la majorité de ses congénères, très peu pour elle !

Cette recherche effrénée de la perfection était illusoire, et aux antipodes de sa simplicité naturelle ! C'était d'ailleurs l'une des qualités qu'Anthony avait le plus appréciées chez elle. Mais peut-être s'était-il lassé ? Peut-être avait-il par la suite regretté qu'elle ne se coule pas docilement dans le moule pour devenir, elle aussi, l'une de ces lianes sculpturales, botoxées et hâlées juste comme il le fallait. Devenu une sommité du monde cinématographique, peut-être désirait-il une épouse plus en accord avec le monde qu'elle rejetait ?

— A quoi penses-tu ? s'enquit-il, visiblement intrigué par son silence.

Elle tourna la tête vers lui, une main devant les yeux pour se protéger du soleil couchant.

— Je me demandais si ces divergences dans nos vies proviennent du fait que tu es un géant de Hollywood et que je ne suis pas l'épouse idéale.

— Que veux-tu dire ?

— Je ne recherche ni compassion ni compliments, Anthony. Je dis juste que nous vivons dans un monde où l'apparence est essentielle et que je préfère, moi, consacrer mon temps et mon argent à aider des enfants malades. Et je sais qu'aux yeux de certains cela peut manquer de glamour.

D'un bond, il sauta dans l'eau tout habillé et vint se placer entre ses jambes.

— Je crois que tu n'as pas bien compris, Charlotte. Pour rien au monde je ne voudrais que tu sois différente de ce que tu es. J'aime ton authenticité et j'approuve totalement le choix que tu as fait de te tenir à l'écart du monde hollywoodien pour te consacrer à ceux qui souffrent. Toi au moins, tu as de vraies valeurs.

Emue par cette déclaration, elle détailla en silence ses vêtements qui lui collaient à la peau.

— Tu... tu es tout habillé, balbutia-t-elle bêtement en pointant là une évidence.

— C'est parce que je voulais te dire dans les yeux que, si j'avais voulu une pin-up pour femme, ce n'est pas toi que j'aurais choisie. J'aime ta simplicité et mes goûts n'ont pas changé.

Le regard pénétrant qu'il gardait rivé sur elle lui envoya des ondes électriques dans tout le corps. Elle ne savait pas quoi répondre à cela, ne savait pas non plus comment réagir face à ce désir qu'il suscitait invariablement en elle. Elle décida donc de se dérober.

— Je vais jeter un coup d'œil sur Lily, annonça-t-elle en commençant à sortir de l'eau.

Mais il l'en empêcha en posant ses deux mains sur ses cuisses dénudées.

— Ce n'est pas la peine, nous avons l'Interphone.

L'eau se mit à dégouliner le long de ses jambes, tandis qu'il la maintenait fermement en place. Son cœur s'emballa. Allait-il l'attirer dans l'eau ou, plus simplement, se pencher vers elle pour l'embrasser ?

— Non, Anthony, s'entendit-elle dire malgré le désir intense qui la submergeait. La nuit dernière, nous n'avons pas pu nous en empêcher, mais nous commettrions une grossière erreur si nous recommencions.

Le sourire d'Anthony s'élargit un peu plus.

— Je ne fais rien de plus que de me tenir bien sagement à côté de ma femme.

— Tu sais exactement ce que tu fais, rétorqua-t-elle en lui renvoyant son sourire. Je te conseille donc de ne pas essayer de grappiller quelques instants de plaisir par-ci par-là, quand le résultat final pourrait être une rupture.

Le sourire d'Anthony disparut instantanément en même temps qu'il laissait retomber ses bras le long de son corps.

— Mon intention n'est pas de me limiter à ces moments de plaisir, Charlie. Je nourris l'ambition de vieillir à tes côtés. Nous sommes faits l'un pour l'autre et tu le sais. Je le vois bien à la façon dont tu me regardes, à la façon dont tu t'abandonnes entre mes bras. Et je suis prêt à parier qu'il en faudrait peu pour que tu succombes une fois encore.

Comme pour illustrer ce qu'il venait d'affirmer, il caressa son bras nu jusqu'à l'épaule.

— Je te connais par cœur, dit-il dans un souffle. Je sais quoi faire pour t'exciter, il me suffit de faire ça...

Ses doigts se firent légers, tandis qu'ils descendaient au creux de sa gorge, puis effleuraient la pointe de ses seins tendus sous le fin tissu de sa robe de plage.

Comme toujours, son corps la trahit et répondit instantanément à ces caresses expertes.

Mais Anthony sortit de l'eau.

— Que fais-tu ? demanda-t-elle, les yeux voilés de désir.

Il se planta devant elle, sa silhouette athlétique faisant écran aux rayons du soleil déclinant.

— Je brûle de te faire l'amour, Charlie, mais j'attendrai que ce soit toi qui viennes à moi. La prochaine fois que nous ferons l'amour, ce sera parce que, toi, tu l'auras voulu.

9

Au comble de la frustration, mais bien déterminé à ne pas perdre de vue ses bonnes résolutions, Anthony alla enfiler des vêtements secs. Après tout, qu'avait-il à perdre ?

Il avait pris la bonne décision, il n'en doutait pas. Et, pour être tout à fait honnête, il venait juste de comprendre que le véritable problème résidait dans leur absence de communication.

Il fallait qu'ils retrouvent l'amour de leur début, celui qui les liait avant Hollywood, avant sa carrière, avant que Lily ne les réunisse. Cet amour-là lui manquait, et il se promettait bien de le retrouver intact.

Bien sûr, le sexe était important : il était le moteur d'un couple et de ses émotions. C'est pourquoi il lui avait été si difficile de tourner le dos à Charlotte, alors qu'elle avait parlé de le quitter.

Cependant, il était sûr d'avoir fait le bon choix en décidant de ne plus faire l'amour avec elle, tant qu'elle ne saurait pas avec certitude si elle lui pardonnait et acceptait de lui donner une autre chance.

Et pourtant c'était bien la dernière chose qu'il méritait ! Le vide qu'il ressentait n'était rien en comparaison de l'angoisse et de la solitude qu'elle avait dû ressentir lorsqu'elle avait perdu son bébé.

Comment pourrait-elle lui pardonner son absence, à un moment aussi douloureux de sa vie ? Comment pourrait-il se pardonner lui-même ?

Ils avaient conçu un enfant et il n'en avait rien su. Pis, il était si absorbé par son métier qu'il n'avait même rien vu, rien deviné de la souffrance qu'elle avait dû endurer en silence.

Installé à son bureau, il posa les coudes sur la surface en acajou et se prit la tête à deux mains.

Cette fausse couche était peut-être le signe qu'ils n'étaient pas prêts à avoir un enfant, à cette époque. Du moins, en ce qui le concernait. Mais aujourd'hui, avec Lily dans sa vie, il était certain d'avoir dépassé ses doutes et ses questionnements. Désormais, il chérissait chaque instant passé avec la fillette.

En apprenant que sa sœur les avait désignés, Charlotte et lui, comme tuteurs de sa fille il avait encaissé le choc, puis même envisagé l'éventualité de se défiler. Mais, peu à peu, il avait pris conscience qu'en le choisissant Rachel avait montré la confiance sans réserve qu'elle avait en lui. Elle avait foi en son frère, il se devait de ne pas la décevoir.

Aujourd'hui il ne le regrettait pas et, malgré quelques petits couacs bien compréhensibles pour un néophyte, il se sentait un père à la hauteur.

Les choses étaient bien faites, finalement. Il se serait senti incapable d'élever deux enfants tombés du ciel en si peu de temps. Il avait besoin de s'habituer à Lily. Et puis, un enfant, c'était bien assez lorsqu'on avait aussi à prouver à sa femme qu'on était redevenu le mari idéal.

Il songea qu'une fois de retour à Hollywood il inviterait sa mère à venir passer un week-end chez eux. Même si elle vivait à moins d'une heure, il serait content de l'avoir près de lui pour quelques jours. Et pourquoi ne pas inviter aussi Victoria ? Cette visite permettrait aux deux familles de se rencontrer et montrerait à Charlotte qu'il l'impliquait un peu plus dans cette vie à laquelle elle appartenait définitivement.

Et puis il y avait Bronson, sa femme Mia et leur nouveau-né. Si les liens affectifs étaient un peu longs à s'instaurer entre eux, ils avaient quand même fini par s'habituer au fait qu'ils étaient frères.

Plus il y pensait et plus il trouvait que cette réunion était une bonne idée, qui pourrait alléger un peu les tensions, tout en donnant à Charlotte l'impression d'appartenir à cette famille recomposée. Ce serait une bonne occasion de lui montrer l'amour qui pouvait se dégager des liens indéfectibles qui unissent les différents membres d'une famille.

En attendant, il vivait sur des charbons ardents, redoutant qu'elle ne change d'avis et n'écourte leur séjour à tout moment. Aussi préférait-il penser qu'un jour prochain elle se réveillerait à côté de lui et se blottirait contre lui, comme elle avait eu coutume de le faire.

Il estimait qu'ils avaient fait un grand pas en avant, aujourd'hui. Charlotte en lui confiant un moment douloureux de sa vie et lui en cherchant à la réconforter.

Il se passa une main dans les cheveux avant d'aller se rasseoir à son bureau et de prendre connaissance des derniers messages qu'il avait reçus. Pour l'heure, rien ne pressait ; en tout cas, rien qui ne puisse attendre son retour.

Confiant dans la tournure que prenait sa relation avec Charlotte, il se surprit même à penser qu'aucune urgence, aucun coup de fil n'aurait désormais la priorité sur sa femme. Sauf peut-être le biopic sur Olivia, que cette dernière avait vaguement évoqué lors de leur dernière rencontre.

Mais, là encore, il ne prendrait aucune décision sans l'avis préalable de Charlotte. Lorsque le moment serait venu, elle le pousserait dans cette direction et le soutiendrait dans ce projet qui lui tenait tant à cœur. C'était du moins ce qu'il espérait.

Il songea avec une pointe d'amusement que, si cette idée voyait le jour, la presse ne manquerait pas de se gargariser d'un tel scoop. Car, si aucune rivalité entre les deux frères n'avait été mentionnée dans le communiqué laconique que la famille avait bien voulu leur jeter en pâture, les journalistes ne manqueraient pas de spéculer sur leurs projets futurs. Allaient-ils travailler main dans la main ou, au contraire, continuer à s'éviter soigneusement, comme ils l'avaient fait par le passé ?

Lui était d'avis de laisser le passé derrière eux et d'aller de l'avant. Après tout, si sa précédente assistante avait épousé Bronson, c'était qu'il ne devait pas être un si mauvais bougre.

En outre, on ne pouvait nier qu'il était le meilleur producteur du moment.

Il prit son téléphone portable et composa le numéro d'Olivia.

— Anthony, mon chéri, lui dit celle-ci en décrochant à la première sonnerie. Comment vas-tu ?

Il esquissa un sourire attendri. Comment pourrait-il aller mal après un accueil aussi chaleureux ?

— Je vais très bien, maman, merci. En fait, je me demandais si, Victoria et toi, vous aimeriez venir nous voir lorsque nous serons de retour à la maison. J'aimerais beaucoup vous présenter Charlotte et Lily, et ce serait aussi l'occasion de passer un peu de temps en famille. Qu'en penses-tu ?

— Que c'est une très bonne idée. En ce moment, Victoria est très occupée par la création de la robe de mariée de la future princesse Alexander, mais je suis certaine qu'elle serait ravie de jouer à la maman pendant tout un week-end. Je lui ferai part de ton invitation, mais tu la connais, même si elle meurt d'envie de venir, elle reste un bourreau de travail.

— Dont tu es très fière, n'est-ce pas ?

Olivia lui répondit par un petit rire.

— En effet, je suis fière d'elle, Anthony. Cela dit, si elle ne peut pas venir, je serai, moi, enchantée d'accepter ton invitation. Il n'y a rien que j'aime autant que de passer du temps avec mes enfants, leurs femmes et leurs bébés. Mais dis-moi, Anthony, tu vas vraiment bien ? demanda soudain la mère inquiète qui sommeillait en elle.

Il se leva de son siège et alla se poster à la fenêtre d'où il pouvait voir Charlotte rassembler les jouets épars.

— Je vais bien, maman, finit-il par répondre, en cherchant à dissimuler l'émotion qui l'envahissait tout à coup.

— Tu sais, tu n'as pas à te montrer fort devant moi, mon chéri. Tu viens de perdre ta sœur, tu as la responsabilité d'élever son enfant et ton couple traverse une période difficile. On pourrait être chamboulé pour moins que ça.

La clairvoyance de sa mère le fit rire.

— Toi au moins, on peut dire que tu ne mets pas de gants pour dire les choses.

— Pourquoi en mettrais-je ? Cela ne t'aiderait pas à résoudre tes problèmes. Je préfère affronter la réalité et prendre le taureau par les cornes, répondit-elle, s'interrompant quelques secondes avant de demander : Tu es certain que vous ne préférerez pas rester seuls, une fois de retour chez vous ?

Un autre coup d'œil par la fenêtre le submergea d'un désir intense. La seule vue de sa femme, à demi nue dans sa petite robe d'été qui laissait voir sa peau hâlée, le rendait fou de désir.

— Certain, répliqua-t-il. Crois-moi, j'ai laissé Charlotte trop longtemps à l'écart de ma vie. Il faut qu'elle sache maintenant que vous êtes tous bienveillants à son égard et prêts à l'intégrer dans notre famille.

— Elle a beaucoup de chance de t'avoir, dit Olivia. Ce n'est pas si fréquent de voir un homme se battre pour sauver son mariage, surtout dans une ville comme Los Angeles. Par ailleurs, j'ai très envie de mieux la connaître. Je vais appeler Victoria dès que nous aurons raccroché. Mais quoi qu'il en soit, seule ou accompagnée, vendredi je serai là.

— Parfait.

Il raccrocha, conforté dans l'idée qu'il avait pris la bonne décision.

Si Charlotte avait mentionné plusieurs fois le fait qu'elle souhaitait rencontrer Olivia, il avait craint dans un premier temps que cette dernière ne la prenne de haut et ne la jugea déplacée dans le monde convenu de Hollywood.

Puis, au fil du temps, il avait deviné derrière son apparente arrogance la femme chaleureuse et authentique qu'elle était vraiment. Le moment était donc venu de lui présenter Charlotte.

Mais le doute s'insinua soudain en lui. Charlotte avait longtemps bataillé pour tenter de sauver leur couple, mais elle avait fini par jeter l'éponge.

Et s'il était trop tard ?

— Olivia va venir passer un week-end chez nous, lorsque nous serons rentrés. Il y aura peut-être aussi Victoria. Cela ne te dérange pas ?

Charlotte boutonna la grenouillère de Lily et l'embrassa tendrement sur le bout du nez.

— Pas du tout. Je serai enchantée de les rencontrer. J'espère juste que...

Il croisa les bras et s'adossa au mur contre lequel se trouvait la table à langer.

— Oui ?

— Rien, fit Charlotte en prenant la petite dans ses bras. Tu peux m'apporter le biberon, s'il te plaît ?

— Ce soir, c'est moi qui la couche puisque tu l'as fait hier, déclara-t-il. J'adore participer à l'éducation de cette enfant.

Charlotte s'installa dans le fauteuil à bascule et s'empara du biberon qu'il lui tendait.

— Je veux bien recommencer. J'adore faire des câlins à un bébé tout propre et qui sent bon.

— Comme c'est curieux, ironisa-t-il. Moi, je préfère lorsqu'elle a sali sa couche.

— Eh, je n'y peux rien si elle se lâche lorsque c'est ton tour de la changer.

Il se mit à rire.

— Je sens le complot, riposta-t-il, amusé. Et je ne peux pas lutter à deux contre un.

Il s'approcha des deux femmes de sa vie et caressa tendrement la petite tête de Lily.

— Peu importe, dit-il dans un souffle. Tout ce qui compte, c'est que nous formions une famille.

Charlotte ferma les yeux et poussa un petit soupir.

— Anthony, je ne peux rien te promettre.

— Je sais, assura-t-il en effleurant le bras de Charlotte. Il n'empêche que j'apprends jour après jour l'importance d'une famille. Chaque matin, je me dis que je vais appeler Rachel et chaque matin la réalité me rattrape. Je ne peux pas l'appeler. Je ne pourrai plus jamais. C'est pour cela que je veux passer le restant de mes jours à vos côtés, à faire tout ce qui est en mon pouvoir pour vous prouver ce que vous signifiez pour moi et à quel point je vous aime.

Que resterait-il de ses beaux discours, une fois de retour à Hollywood ?.

Charlotte était perplexe. Anthony la laisserait peut-être de nouveau à l'écart aussitôt qu'il se replongerait dans ce monde fait de paillettes et de faux-semblants.

Désireuse de se montrer objective, elle admit qu'Anthony n'était pas seul responsable de l'échec de leur relation. Après tout, elle ne lui avait jamais exprimé ses griefs. Comme si les hommes étaient capables de deviner !

Puisqu'elle ne s'était jamais plainte ouvertement, comment aurait-il pu avoir conscience du fossé qui se creusait inexorablement entre eux ?

— A quoi penses-tu ? demanda-t-il en la voyant absorbée dans ses pensées.

— Je pense à ce que tu viens de me dire et que j'ai toujours rêvé d'entendre. Pourquoi avoir attendu aussi longtemps ? Pourquoi avoir attendu que notre mariage se dissolve, que Rachel disparaisse et qu'elle nous confie cet amour d'enfant ?

— Justement, tirons les leçons de la précarité des choses, Charlotte. Prenons ce que le destin nous offre, sans trop nous poser de questions.

Elle plissa les yeux pour refouler les larmes qui lui brouillaient la vue.

— Comme je voudrais que ce soit si facile, Anthony ! Mais je ne peux ignorer les années de souffrance et les cicatrices que je garde de ce passé douloureux.

— Si cela peut te réconforter un peu, sache que j'ai pleinement conscience du mal que je t'ai fait. Mais aujourd'hui je suis là et je ne vous lâcherai pas. Je sais que je dois regagner ta confiance et je te jure que je serai toujours présent lorsque tu auras besoin de moi. Mes priorités ont changé, elles sont devenues ce qu'elles n'auraient jamais dû cessé d'être, cette fois.

Elle le regarda droit dans les yeux, y cherchant la sincérité dont elle avait si désespérément besoin.

— Il aurait suffi d'un mot de toi pour que je te donne un enfant, murmura-t-elle, la voix nouée par l'émotion. Je te l'aurais donnée, cette famille.

— Je pense que je n'étais pas prêt, Charlotte, admit-il en faisant aller son regard de l'une à l'autre. Bêtement, je craignais pour mon travail, pour notre mariage. J'avais peur de l'inconnu, aussi. Tu me diras que ce n'est pas une excuse, mais je suis honnête, au moins.

— Et maintenant ? demanda-t-elle. Tu es prêt ?

— J'adore Lily, comme si c'était ma propre fille, si c'est le sens de ta question.

Perplexe, il la dévisagea un moment en silence, avant de se pencher pour effleurer de ses lèvres le fin duvet des cheveux de Lily, puis la joue de sa femme.

— Nous reparlerons de tout cela une fois que Lily sera couchée, lui murmura-t-il à l'oreille. Tu me trouveras dans notre chambre.

Elle renonça à le reprendre. Cette suite parentale qui donnait sur le lac n'était plus la leur, mais était-ce bien nécessaire de le souligner ?

Par ailleurs, si Anthony persistait à vouloir sauver leur mariage en améliorant la communication entre eux, ils n'auraient pas trop de mal à se réconcilier.

Même si elle ne savait pas encore sur quoi déboucheraient ces trois mois de réflexion. Tant d'incertitudes subsistaient encore ! Elle détestait cette période de flottement, elle qui n'aimait rien tant que la stabilité.

Il ne lui avait pas échappé qu'Anthony n'avait pas vraiment répondu à sa question. Etait-il prêt à devenir le père de son propre enfant ? Saurait-il trouver l'équilibre parfait entre vie professionnelle et vie privée, mais surtout en être heureux ? Car, si elle souhaitait trouver en lui le mari et le père dont elle avait toujours rêvé, elle souhaitait aussi et avant tout son bonheur.

Il devait bien y avoir une solution profitable à tous. Restait à la trouver.

Elle baissa les yeux sur Lily qui s'était endormie contre elle. Se levant de la façon la plus fluide possible, elle alla déposer son précieux fardeau dans le berceau.

Après avoir refermé la porte, elle se rendit dans la cuisine pour y rincer le biberon, cherchant dans ce geste banal les quelques secondes qu'il lui fallait pour rassembler le courage dont elle avait besoin pour affronter son mari.

Elle se sécha encore les mains avant de se décider à gravir enfin les marches qui menaient à la pièce qui avait été leur chambre.

A travers les voilages doucement agités par une brise légère, elle aperçut Anthony qui l'attendait sur le balcon.

Le décor était habilement planté pour l'attirer à lui.

— Je suis vraiment désolé de te savoir mal à l'aise, déclara-t-il d'emblée. Je t'ai amenée ici dans l'intention de te séduire de nouveau, c'est vrai. Je voulais te prouver que tu ne pourrais jamais échapper à l'attirance que nous éprouvons l'un pour l'autre. Je n'aurais pas dû. Je sais que tu as besoin de beaucoup plus que de sexe. *Nous* avons besoin de plus, pour repartir sur de bonnes bases, affirma-t-il.

Il marqua une pause durant laquelle il fixa un point invisible dans la nuit.

— Tout cela, je l'ignorais encore avant de venir ici.

Emue, elle déglutit avec difficulté et plaqua machinalement ses deux mains sur son ventre. Elle attendit, le souffle en suspens, que l'homme qu'elle aimait se mette vraiment à nu devant elle.

— Nous devons faire table rase du passé pour nous concentrer sur l'avenir heureux qui nous attend, ajouta-t-il encore.

Sentant le moment opportun, elle prit une profonde inspiration et reposa la question qui les avait si souvent divisés au cours des années écoulées :

— Accepterais-tu de m'accompagner chez une psychologue ?

Il se mordit l'intérieur de la joue, hésitant une fois de plus à répondre. S'il s'attendait à cette question, il ne voyait toujours pas l'intérêt de dévoiler à une parfaite étrangère la cadence hebdomadaire à laquelle sa femme et lui faisaient l'amour, s'il baissait ou levait la lunette des toilettes ou encore s'il était homme à réserver des surprises à sa femme.

— Charlie…, fit-il dans un soupir, je ne pense pas que…

— Laisse tomber, le coupa-t-elle en laissant échapper un rire ironique. Je savais que tu refuserais.

— Charlotte, je ferais n'importe quoi pour te garder et, si pour cela nous devons en passer par une psychothérapie de couple, alors d'accord. J'accepte.

— Tu n'imagines pas à quel point cette décision me touche, répondit-elle en l'embrassant tendrement sur la joue.

Une douce chaleur s'insinua en lui tandis qu'il se mettait à espérer qu'ils étaient décidément sur la bonne voie.

10

— Bonjour.

Charlotte roula sur elle-même et plissa les yeux pour mieux discerner la silhouette d'Anthony qui se détachait dans la pénombre.

— Comme il est tard, Lily et moi, nous t'avons réservé une petite surprise, poursuivit-il.

Touchée, elle le vit qui portait l'enfant sur une hanche et, dans sa main libre, un plateau.

— Nous t'avons préparé ton petit déjeuner préféré, ajouta-t-il encore.

Dire qu'il y avait à peine une semaine de cela il ne pouvait approcher Lily sans qu'elle se mette à hurler ! Les progrès effectués par les deux parties la mirent en joie.

En se penchant pour humer l'odeur alléchante des pancakes largement arrosés de sirop d'érable et saupoudrés de sucre glace, elle découvrit la rose rouge qui ornait le plateau.

Il était évident qu'Anthony changeait.

Jour après jour il devenait l'homme idéal, celui dont elle avait toujours rêvé. Il n'était plus seulement un amant mais un ami, un confident avec qui elle avait pu discuter la veille jusque tard dans la nuit, sans qu'il cherche à la séduire. En lui prêtant une oreille attentive, il lui avait dévoilé une facette de lui qu'elle ignorait encore.

Elle fixa longuement cet homme en tablier de cuisine qui

leur visiteur derrière la silhouette massive d'Anthony. Qui cela pouvait-il bien être ? L'empressement d'Anthony à aller ouvrir prouvait qu'il était au courant.

S'agissait-il d'une nouvelle surprise ?

Elle considéra un court instant les leggings et le T-shirt trop grand qu'elle portait, avant de renoncer à se présenter à la porte.

— Entrez, je vous en prie, dit Anthony d'une voix forte, après avoir chuchoté quelque chose qu'elle n'avait pu capter.

— Bonjour, madame Price.

C'était Margaret, l'une des fidèles employées de la maison.

— Bonjour, Margaret. Je suis ravie de vous voir.

La femme lui adressa un sourire bienveillant avant de reporter son attention sur Anthony.

— Lily est-elle prête à partir ? demanda-t-elle.

Lily ?

— A partir où ? s'enquit Charlotte avec une pointe d'inquiétude.

Comme toute employée expérimentée, Margaret se garda bien de répondre pour laisser cette responsabilité à son employeur.

— Elle va passer l'après-midi au parc, avec les petits-enfants de Margaret. Quant à toi, je t'ai réservé une surprise.

— Mais je ne suis pas prête et le sac de Lily n'est pas fait, protesta-t-elle.

— Je l'ai préparé pendant que tu envoyais tes courriels. Tu vois, tu n'as à te soucier de rien sinon d'aller enfiler une jolie robe.

Etourdie, elle resta un moment immobile avant de rétorquer :

— Mais je n'ai pas apporté de jolie robe pour rester ici.

Il la gratifia d'un des sourires renversants dont il avait le secret.

— Tu trouveras quelque chose sur ton lit.

— Mais que...

Anthony s'approcha d'elle et la fit taire en lui posant un doigt sur les lèvres.

— Je te dis que je me suis occupé de tout, murmura-t-il. Et maintenant, va vite voir ce qui se trouve sur ton lit.

Parce qu'elle n'avait jamais su résister à ce sourire, parce que le simple contact de ses mains sur elle la faisait frissonner de la tête aux pieds et parce qu'elle brûlait de connaître la surprise qu'il lui avait réservée, elle lui retourna son sourire et se rua dans sa chambre, comme une adolescente allant se préparer pour son premier rendez-vous amoureux.

L'intense fatigue ressentie un peu plus tôt céda la place à la plus grande excitation.

Comment s'était-il débrouillé pour qu'elle ne se doute de rien ?

Elle l'avait bien surpris en grande conversation dans le salon, mais, présumant qu'il s'agissait d'un coup de fil professionnel, elle n'y avait prêté aucune attention particulière. Il était vrai aussi qu'il était sorti pendant deux heures environ, mais elle avait préféré ne lui poser aucune question.

C'était donc la clé du mystère !

Elle s'arrêta net sur le seuil de sa chambre, lorsqu'elle vit la robe vert émeraude qu'il avait soigneusement déployée sur son lit. Par terre se trouvait une paire d'escarpins à lanières couleur argent et aux talons vertigineusement hauts.

Avait-il en tête de l'emmener quelque part ? Et, si tel était le cas, où diable trouvait-on à Tahoe un endroit où l'on pouvait porter une tenue aussi habillée en plein après-midi ?

Son excitation monta d'un cran. Il était temps de renoncer à trouver des réponses pour aller se changer.

Avant de revêtir sa belle robe de princesse, elle se rendit d'abord dans la salle de bains et releva ses cheveux en un chignon flou duquel elle laissa échapper quelques mèches folles. Un peu de blush, du mascara et un soupçon de rouge à lèvres suffirent à la rendre présentable.

La soie sauvage de sa robe glissa sur son corps comme une caresse, et elle ne put résister à l'envie de se contempler sous tous les angles dans le miroir, tournant et virevoltant comme une jeune fille.

Elle lissa le tissu sur son ventre, imaginant avec bonheur son ventre rebondi d'ici à quelques mois. Il fallait qu'elle en parle à Anthony, qu'il ait le temps de se préparer à cette nouvelle et au fait qu'il allait bientôt être père de deux enfants.

La crainte d'une fausse couche, toujours possible à ce stade d'une grossesse, la faisait encore hésiter.

Mais c'était justement une raison de plus pour l'informer, car si un tel malheur se reproduisait elle aurait plus que jamais besoin de son soutien.

Incapable de s'arracher à son reflet dans le miroir, elle s'adressa un sourire heureux.

Son mariage semblait pouvoir encore marcher. Ils allaient peut-être retrouver le bonheur qu'ils avaient connu.

Elle en était presque convaincue lorsque, telle la belle princesse du bal, elle alla rejoindre son prince charmant.

11

Lorsque Charlotte entra dans le salon, Anthony était en grande discussion avec un homme, très grand et très beau, de type latin.

Elle remarqua qu'il avait troqué sa tenue décontractée contre une chemise et un pantalon noirs et que tous les meubles avaient été poussés contre les murs, dans le but manifeste de libérer de l'espace.

Anthony se tourna vers elle et lui tendit la main.

— Charlotte, je te présente Rico. Je l'ai engagé pour nous donner des cours de danse.

— Des cours de danse ? répéta-t-elle en se dirigeant vers les deux hommes. Vraiment ?

— Je suis très honoré, assura Rico avec un accent sud-américain très prononcé. M. Price m'a dit que vous rêviez depuis longtemps d'apprendre la valse. Je suis donc là pour réaliser votre rêve. Nous nous essaierons également à quelques autres danses, car c'est le langage de l'amour, n'est-ce pas ?

— C'est évident, répondit Anthony à la place de Charlotte. Par quoi commençons-nous ?

En guise de réponse, Rico alla brancher le lecteur de CD et les premières notes d'une valse romantique se firent entendre.

— J'aimerais voir comment vous vous y prenez pour tenir votre partenaire, Anthony.

Anthony se tourna vers elle et lui fit un clin d'œil de connivence.

— Madame...

Elle plongea dans son regard, submergée de désir, et se sentit presque fondre lorsqu'il l'attira à lui et qu'il passa un bras autour de sa taille.

— Alors ? s'enquit-il sans la quitter des yeux.

— Merveilleux, répondit-elle dans un souffle.

— C'est à Rico que je m'adressais, mais je suis ravi d'apprendre que je suis à la hauteur.

— Parfait, annonça à son tour leur professeur, après s'être placé derrière Anthony. A présent, je vais mettre mes mains sur vos bras et vous guider pour les pas.

Joignant le geste à la parole, il commença aussitôt à distiller ses conseils, puis, après quelques tours de piste, il s'écarta et les guida juste par ses consignes.

Charlotte se laissait entraîner, grisée par cette ambiance romantique, bouleversée à l'idée que son mari faisait tout cela pour elle.

Car si, par le passé, elle avait évoqué à plusieurs reprises l'envie de prendre des cours de danse avec lui, il avait toujours refusé, prétextant un emploi du temps trop serré.

Visiblement, il avait à cœur que ses désirs surpassent aujourd'hui son aversion pour cette discipline. Et elle y vit un autre signe de progrès.

Et, si elle se fiait à son sexe dur contre son ventre, il semblait même y prendre un certain plaisir.

— Parfait, répéta encore Rico en les interrompant. Et si nous passions à quelque chose d'un peu plus sexy ?

Cette suggestion intensifia la passion qui consumait déjà Anthony. Quant à Charlotte, elle ne pouvait être plus sexy qu'elle n'était déjà, dans la robe couleur émeraude qu'il avait choisie parce qu'elle était assortie à la couleur de ses yeux.

Il avait toujours su à quel point elle aimait danser. Elle lui avait confié avoir pris des cours de danse lorsqu'elle était petite, mais lorsqu'elle lui avait proposé de s'y remettre avec lui, il avait paniqué.

Désormais, il regrettait sa décision, car son sourire rayonnant ainsi que la passion qui brûlait au fond de ses yeux exprimaient tout le désir qu'elle éprouvait pour lui.

Il en fut enchanté. Il ignorait combien de temps il devrait attendre pour qu'elle l'invite dans son lit, mais il saurait se montrer patient. Car, une fois qu'elle l'aurait décidé, ce serait pour la vie.

Il regarda Rico qui se déhanchait, parfaitement imité par Charlotte. Trop parfaitement, d'ailleurs.

— La danse est naturelle chez vous, la félicitait-il. A votre tour, maintenant, ajouta-t-il à l'adresse d'Anthony.

Anthony secoua la tête de droite à gauche.

— Je ne suis pas sûr de faire aussi bien.

— Mettez-vous face à votre femme, insista Rico. Voilà ! Et maintenant placez vos mains sur ses hanches. Allez-y, Charlotte.

Lorsque Charlotte se mit à onduler sensuellement des hanches, il sentit une chaleur diffuse se répandre dans tout son corps.

Elle savait qu'elle le rendait fou, mais n'en ressentait aucune culpabilité. Au contraire même, elle savourait cette victoire sur lui, sorte de punition qu'elle lui infligeait pour l'avoir fait souffrir.

— Essayez de faire comme elle, lui ordonna Rico.

Il combla la distance infime qui les séparait et comme par magie, sans doute la force du mimétisme, il sut très vite se mettre au diapason.

— N'est-ce pas l'homme qui doit toujours mener ? lui demanda Charlotte en plantant son regard dans le sien.

— C'est exactement ce qu'il est en train de faire, répliqua Rico. Je savais qu'il apprendrait vite. Lorsqu'un homme regarde sa femme comme votre mari vous regarde, la danse devient quelque chose de naturel.

Même s'il était extrêmement reconnaissant à Rico de l'avoir initié à une danse aussi sensuelle, il brûlait à présent de le voir partir et de rester en tête à tête avec Charlotte. Il aurait tôt fait alors de la déshabiller, et ce serait elle qui le supplierait très vite de lui faire l'amour.

D'ailleurs, le regard qu'elle braquait toujours sur lui en disait long sur le désir qu'il suscitait en elle.

Pourtant, malgré le feu qui le consumait, il ne ferait rien qui pourrait la brusquer. Il attendrait patiemment que ce soit elle qui vienne à lui, impatiente et fébrile, comme elle savait l'être avant qu'elle ne le quitte.

Il comprenait ses réticences. Il n'avait pas été là au pire moment de sa vie et il admettait volontiers qu'elle puisse encore lui en vouloir. Mais aujourd'hui ils avaient Lily.

Il se surprit soudain à penser à un autre enfant qui viendrait agrandir leur petite famille. Mais, après réflexion, il n'était pas sûr de vouloir assumer une telle responsabilité. D'ailleurs, il avait bien assez à faire avec Lily, avant seulement de pouvoir considérer une telle éventualité.

Mais tandis qu'il contemplait Charlotte, resplendissante de beauté, il ne put s'empêcher de se demander à quoi ressemblerait un enfant né de leur union.

Mû par un élan de tendresse irrépressible, il se pencha vers elle et effleura ses lèvres.

— Vous mettriez le feu à n'importe quelle piste de danse, leur lança Rico.

Indifférents à la présence de leur professeur de danse, ils restèrent serrés l'un contre l'autre, les yeux dans les yeux, jusqu'à la dernière note de musique.

— Et si nous lui demandions de nous laisser à présent ? lui chuchota-t-il à l'oreille.

Tandis qu'Anthony s'éloignait, elle jeta un coup d'œil à la grande horloge murale. Deux heures s'étaient écoulées. Elle n'en revenait pas. Prise dans un tourbillon de volupté, elle n'avait pas vu le temps passer.

Rico allait partir et qu'allait-il se passer lorsqu'ils se retrouveraient seuls ?

Après tant d'années, elle ne le savait que trop bien. D'ailleurs, au-delà du désir qui la consumait et qui n'était qu'une réponse physique, elle le savait, elle sentait aussi qu'elle était en train de retomber amoureuse.

Lorsque Anthony eut refermé la porte sur Rico, il se dirigea vers elle d'une démarche féline qui lui fit battre le cœur si fort qu'elle craignit qu'il ne l'entende.

— Danse avec moi, lui dit-il en l'enserrant de ses bras.

Son odeur virile lui fit aussitôt perdre tous ses moyens.

Pourtant, même à deux doigts de s'abandonner, elle fut très vite rattrapée par la réalité. Et si, une fois le fantasme de la famille assouvi, Anthony décidait que cette vie n'était pas faite pour lui ? La situation était nouvelle pour eux deux, d'ailleurs. Comment allait-il réagir à l'annonce de cette grossesse qui allait faire de lui le père de deux enfants ?

— Tu trembles, fit-il en la sentant frissonner entre ses bras.

— Oui. J'ai un peu froid.

Il caressa ses épaules dénudées, puis son bras.

— C'est curieux, lui répliqua-t-il avec un sourire en coin. Tu n'as eu la chair de poule que lorsque je t'ai touchée. Je dirais, moi, que tu as chaud.

— Anthony, déclara-t-elle en le regardant droit dans les yeux. Je n'irai pas plus loin tant que je ne t'aurai pas avoué quelque chose.

— Ce sera long ? Parce que je meurs d'envie de t'embrasser.

— Anthony, ce que j'ai à te dire est sérieux.

— Tu m'inquiètes ? Que se passe-t-il ?

Il resta immobile. Un peu pour se protéger, un peu pour se donner une contenance, elle croisa les bras.

— Je n'ai pas manqué de remarquer les progrès que tu as faits avec Lily, reprit-elle, un brin nerveuse. Tu la traites comme si elle était ta propre fille.

— C'est bien le but lorsqu'on est tuteurs, non ? Considérer l'enfant que l'on vous a confié comme si c'était le vôtre. D'ailleurs, c'est impossible de ne pas l'aimer, ajouta-t-il avec un sourire attendri.

Elle savait tout cela, mais l'entendre exprimé à voix haute lui donna le courage de se lancer :

— Je suis enceinte.

Anthony accusa le coup en silence et porta instinctivement le regard sur le ventre de Charlotte.

— Enceinte ? répéta-t-il, incrédule.

— Oui. De six semaines.

Déconcerté, il se passa une main dans les cheveux et laissa échapper un soupir. Un bébé ? Un *autre* bébé ?

— Je comprends ton étonnement, dit-elle en s'approchant pour lui prendre la main. Nous devons en discuter, Anthony, et pour être tout à fait franche j'ai peur. J'ai besoin de toi.

Elle voyait en lui une sorte de héros, un roc sur lequel elle avait besoin de s'appuyer, et il en fut profondément ému.

Portant à ses lèvres leurs mains jointes, il embrassa tendrement chacun de ses doigts.

— Tu as peur parce que nous vivons une situation délicate et que nous avons déjà Lily ou parce que tu crains une autre fausse couche ?

— Les deux. J'aime Lily, je t'aime, toi, et j'aime ce bébé à venir. J'ai l'affreux pressentiment que je ne pourrai pas tout avoir, reprit-elle en fermant les yeux, après une courte pause. J'ai l'impression que je vais être confrontée à un choix.

Il chassa aussitôt ses propres craintes pour rassurer sa femme. Il se devait d'être fort dans un moment aussi important.

— Pourquoi devrais-tu avoir à choisir ? dit-il en lui prenant le visage dans ses mains. Je reste à tes côtés. Mon Dieu, Charlie ! Nous allons avoir un enfant ! Je t'aime, surtout n'en doute pas une seconde. Je veux que tu vives ta grossesse dans la joie et la sérénité. Tu es heureuse ?

Elle lui répondit par un sourire radieux.

— J'ai toujours désiré avoir des enfants, fonder une famille avec toi, tu le sais bien. Et, quand je te vois te comporter comme tu le fais avec Lily, je sais que tu feras un père merveilleux.

— En fait, nous avons conçu cet enfant lorsque je suis venu te voir pour discuter et que nous avons fini au lit. Je me trompe ?

Elle hocha la tête.

— Depuis quand le sais-tu ? demanda-t-il en passant une main sur son ventre encore plat.

— Environ une semaine. Je ne voulais pas t'en parler tant que je ne savais pas trop où nous allions ; et puis je redoutais qu'il n'arrive quelque chose.

— Rien n'arrivera, affirma-t-il avec force. Tu m'entends ? Nous allons former une famille. Oh ! il y aura bien quelques petits ajustements à faire, mais nous y parviendrons sans mal. Et, lorsque ce bébé naîtra, nous serons prêts à l'aimer comme il le mérite. Lily sera une grande sœur épatante, tu verras.

— Je voulais tant que tu sois heureux, dit-elle en embrassant ses lèvres. Je voulais tant que tu aimes déjà ce bébé, comme je l'aime, moi.

— Comment as-tu pu en douter ? J'aime tellement sa maman !

A ces mots, elle sentit le feu lui inonder les veines. Elle s'approcha un peu plus de lui, incapable de se contrôler plus longtemps.

Cet homme était toujours son mari, le père de son enfant, et elle avait envie de lui.

Leurs bouches scellées, il l'entraîna vers le balcon et l'adossa contre la vitre chauffée par les rayons du soleil. Elle s'abandonna, indifférente à l'inconfort du lieu. Elle avait trop envie de lui pour attendre de se trouver dans un lit ou même sur le canapé. Elle le voulait là, sur-le-champ. Elle voulait renouer avec la passion qu'ils avaient toujours connue.

— Dis-moi que ce n'est pas que physique, lui murmura-t-il à l'oreille. J'ai besoin de savoir que tu acceptes de nous donner une seconde chance. Je veux que nous passions le restant de nos jours ensemble.

Charlotte plongea dans son regard, émue aux larmes. Le mélange de joie et de désir qu'elle éprouvait était si intense qu'elle eut l'impression qu'il allait exploser à l'intérieur d'elle.

— Oui, Anthony, répliqua-t-elle d'une voix rauque d'émotion, je veux tout. Toi, nos enfants, une vie stable et heureuse. Une deuxième chance.

L'espace de quelques secondes, il la dévisagea d'un air pénétrant puis il l'embrassa passionnément.

12

— J'ai une autre surprise pour toi.

Charlotte leva les yeux de la cuillérée de purée qu'elle destinait à Lily. S'il lui réservait quelque chose d'aussi érotique que la petite séance de danse de la veille, elle n'était pas sûre de pouvoir assurer physiquement.

— Ah oui, et de quoi s'agit-il, cette fois ?

— Si je te le dis, ce ne sera plus une surprise.

Autrement dit, elle pouvait s'attendre à tout.

— Lily sera-t-elle de la partie ? s'enquit-elle, au comble de la curiosité.

— Oui.

Ce qui écartait toute situation coquine.

Il s'approcha d'elle et l'embrassa sur le front.

— Comment te sens-tu ?

— Pas trop mal. J'étais un peu nauséeuse quand je me suis levée ce matin, mais je me sens beaucoup mieux.

Elle aimait cette sollicitude dont il faisait preuve à son égard et qui la rassurait. Maintenant, ils pouvaient repartir sur des bases plus saines et plus solides.

— Pouvez-vous être prêtes d'ici une heure ? demanda-t-il.

— En tout cas, nous pouvons essayer, répondit Charlotte, éclatant de rire quand Lily recracha vigoureusement sa bouchée de purée.

Avec la surprise qu'il lui avait réservée la veille, Anthony avait laissé entrevoir à Charlotte une facette de lui plus douce, plus compatissante.

Il avait bien vu à quel point elle avait été touchée lorsque, à l'annonce de sa grossesse, il avait immédiatement baissé la garde pour la rassurer et lui promettre son amour et sa présence éternelle à ses côtés.

Pourtant, après l'amour, quand ils s'étaient retrouvés blottis l'un contre l'autre dans le même lit, il avait passé une bonne partie de la nuit éveillé, à contempler le plafond qu'éclairait la pleine lune. Dans sa tête, les questions fourmillaient.

Comment allait-il gérer tout ça ? Il venait juste de regagner l'amour de sa femme, faisait de son mieux pour s'occuper de Lily tout en pleurant Rachel, il devait s'accoutumer à sa nouvelle famille retrouvée.

Et allait être père.

Il n'avait jamais vu Charlotte aussi anxieuse, mais en même temps aussi exaltée. Il avait été si ému par le bonheur qu'il avait lu dans son regard ! Elle ferait une mère merveilleuse, il n'en doutait pas.

Pourvu qu'il sache se montrer à la hauteur de ses exigences et ne déçoive pas toutes ces personnes qui avaient besoin de lui.

Mais le plus important restait d'être le mari et le père que Charlotte méritait. Car, si son départ lui avait appris quelque chose, c'était qu'il ne pouvait pas vivre sans elle.

Pour l'heure, il se réjouissait de profiter des joies simples que lui procurait ce séjour à Tahoe, entouré de la femme de sa vie et de son adorable nièce.

Il avait prévu un pique-nique au bord du lac et, la journée s'annonçant radieuse, avait conseillé à Charlotte de prévoir maillots de bain et serviettes de plage.

Il était occupé à récapituler tout ce dont ils avaient besoin lorsque Charlotte fit son apparition, simplement vêtue d'un Bikini couleur argent que ne parvenait pas à dissimuler un paréo transparent drapé sur ses hanches.

— Tu comptes sortir dans cette tenue ?

Elle baissa les yeux sur le minuscule triangle qui dissimulait le strict minimum, avant de les lever vers lui.

— Pourquoi ? C'est toi qui m'as dit de mettre un maillot.

La lueur de malice qui passa à ce moment-là dans ses yeux indiquait clairement qu'elle avait choisi son maillot avec le plus grand soin et qu'elle s'amusait beaucoup de son petit effet.

Loin de lui en vouloir, il lui était reconnaissant d'instaurer de nouveau entre eux le jeu de la séduction, comme elle avait l'habitude de le faire avant qu'il ne fasse de son métier sa maîtresse.

— Attends, il faut que nous passions de la crème solaire à Lily avant de partir, dit-il en sortant un tube du sac à langer.

— Je suis très impressionnée que tu aies pensé à ça, approuva-t-elle avec un sifflement admiratif.

En guise de réponse il pressa au creux de sa main une noisette de lait dont il enduisit la petite.

— J'ai fait des recherches sur internet, finit-il par expliquer. Tu comprends, si je veux être efficace, il faut que j'en sache le plus possible sur la façon dont on doit s'occuper d'un enfant.

Charlotte éclata de rire en étalant le trop-plein de crème sur le nez de Lily.

— Qu'y a-t-il de si drôle ?

— Je t'imagine passant des heures sur des forums spécialisés afin de te renseigner sur les choses à faire ou à éviter en matière d'éducation.

Ne trouvant rien à dire pour sa défense, il ouvrit la porte, le sac à langer en bandoulière. Bon sang ! Comment imaginer qu'il fallait autant de choses pour une petite sortie de quelques heures à peine ?

— On peut y aller ?

Lorsque Charlotte passa devant lui en ondulant des hanches, il se surprit à éprouver une pointe de jalousie. S'il appréciait les formes parfaites de sa femme, il ne souhaitait pas pour autant que toute la population masculine de Tahoe en profite.

Charlotte lui appartenait, et lui seul avait le droit de la toucher.

Il l'aimait tant ! Il avait tellement à cœur de ne pas la décevoir que, l'espace d'un bref instant, un horrible doute s'insinua en lui.

Et s'il échouait à mener de front ce nouveau projet ? Il savait désormais qu'un mariage réussi reposait sur le temps et l'attention que l'on consacrait à sa famille.

Il trouverait une solution. S'il voulait pouvoir assumer tous ses rôles, il n'avait pas le choix.

— Tout va bien ? s'enquit Charlotte.

— Tout va très bien, même. Je sens que nous allons passer une journée magnifique.

Une fois qu'ils eurent trouvé l'emplacement idéal et dressé une petite tente destinée à protéger Lily du soleil, il se sentit prêt à aller tester la température de l'eau. Charlotte quant à elle s'approcha du rivage avec Lily, un seau et une pelle à la main.

— Vous venez vous baigner ? demanda-t-il.

— Dans un moment. Pour l'instant, je vais construire un château pour Lily, afin qu'elle ait ensuite le plaisir de le démolir à grands coups de pelle.

Il inspecta du regard son corps sculptural, puis fronça les sourcils.

— Tu as oublié de t'enduire de protection solaire, déclara-t-il d'un ton faussement grave.

— Tu ne vas tout de même pas user de ce prétexte minable pour poser tes mains sur moi ? lança-t-elle.

— En effet, parce que, moi, je n'ai pas besoin d'un prétexte minable pour te toucher si j'en ai envie, Charlie.

Comme pour dissiper la tension sexuelle qui venait de s'installer entre eux, Lily se mit à tapoter le bras de Charlotte avec sa pelle.

— Je vais me baigner, annonça-t-il en retirant son T-shirt. Rejoignez-moi lorsque vous aurez fini. Et surtout, n'oublie pas de te protéger. Je serais très contrarié de voir ta peau de satin brûlée par le soleil.

Sur ces mots, il s'immergea précipitamment dans l'eau. Voir Charlotte à demi nue dans ce minuscule maillot n'avait fait qu'exacerber un peu plus le violent désir qu'il avait d'elle et il savoura la fraîcheur qui lui permettait d'éteindre le feu qui coulait dans ses veines.

Quelques minutes plus tard, Charlotte et Lily le rejoignirent, et ils passèrent un long moment à jouer tous les trois avant d'aller déjeuner.

Leur repas à peine achevé, Lily manifesta les premiers signes d'une fatigue bien légitime. Il l'imagina aussitôt dans son petit lit pour une sieste bienfaitrice, tandis qu'il retirerait à Charlotte ces bouts de tissu dérisoires qui ne cachaient rien de son anatomie.

Mais, une fois de retour, il attendit patiemment que Charlotte ait couché la petite.

— Je crois qu'elle s'est bien amusée, dit-elle en refermant la porte derrière eux. J'ai quelques courriels à envoyer et puis j'irai prendre une douche pour m'enlever tout ce sable.

Une douche. Voilà qui n'était pas pour lui déplaire.

— Je te précède, annonça-t-il, tout guilleret. Tu n'es pas trop fatiguée, ma chérie ? ajouta-t-il en caressant tendrement sa joue du bout des doigts.

— Je suis en pleine forme, rétorqua-t-elle en plongeant dans son regard. Merci de m'avoir fait passer une journée aussi formidable.

Ils se turent quelques secondes, conscients du désir mutuel qui les submergeait.

— Je te laisse travailler, finit-il par dire en se dirigeant vers l'immense salle de bains de leur chambre.

Il ne faisait aucun doute que, d'ici peu, elle l'aurait rejoint.

Charlotte n'était pas dupe du jeu dangereux auquel se prêtait Anthony et, d'ailleurs, elle ne cherchait pas à l'en dissuader ni à s'y dérober.

Elle avait encore sur elle, comme marqué au fer rouge, le regard de braise qu'il lui avait adressé. Elle brûlait de le rejoindre dans cette douche et d'y rester jusqu'à avoir éliminé le moindre grain de sable de son corps.

Il avait tellement changé depuis leur arrivée ici ! Il ne cessait de faire passer ses désirs en priorité, de s'occuper de Lily du mieux qu'il pouvait en lui prodiguant toute la tendresse dont il était capable.

Tout en lui criait qu'il était prêt à assumer son rôle de chef de famille, mais ce rôle le rendrait-il heureux ?

Bien sûr, elle espérait de tout son cœur qu'il trouverait naturellement sa place au sein de cette famille, mais elle ne voulait pas non plus qu'il néglige sa vie professionnelle.

Pour rien au monde elle ne voudrait lire dans son regard un quelconque ressentiment, mais il devait avoir conscience qu'une famille passait avant tout.

Des images d'Anthony riant avec Lily, lui donnant ses repas, la berçant pour l'endormir lui revinrent à l'esprit. Il aimait cette enfant ; il l'aimait, elle, comme jamais auparavant, c'était évident.

Il ne faisait pas l'ombre d'un doute non plus qu'il ferait tout son possible pour se montrer à la hauteur de ses espérances.

Il faisait déjà tant d'efforts ! En peu de temps, il avait réussi l'exploit de s'ouvrir à elle, d'exprimer ses craintes et ses espoirs et de devenir un mari aimant et attentionné.

Elle plaqua les mains sur son ventre et s'autorisa à sourire à la vie. Ce bébé qu'ils avaient conçu naîtrait et grandirait entre ses deux parents. Et, si ce mariage n'était pas encore parfait, tous deux étaient sur la bonne voie pour ouvrir un nouveau chapitre de leur vie.

Un chapitre heureux.

Un chapitre qu'elle allait entamer par une douche prometteuse avec l'homme qu'elle aimait.

13

Anthony entendit avec un mélange de bonheur et d'excitation mal contenue le pas de Charlotte résonner sur le plancher de leur chambre.

Au comble de l'impatience, il l'attendait dans l'immense douche italienne qu'il avait voulue dotée de jets hydrauliques et de miroirs propices à l'amour.

Il regrettait vraiment de ne pas avoir assez profité jusque-là de cette maison et de tous les agréments qu'elle pouvait offrir. C'était une erreur qui ne se reproduirait pas.

Ivre de désir, il regarda sa femme s'approcher en roulant des hanches.

— Il semble qu'il y ait de la place pour deux, déclara-t-elle d'une voix suave.

Sans le quitter des yeux elle défit les liens qui retenaient son soutien-gorge et, d'un geste gracieux, l'envoya dans la direction d'Anthony. Elle dénoua ensuite le fin paréo censé la protéger des regards indiscrets, puis retira son string.

Fasciné, il la dévorait des yeux, brûlant de la toucher, de la caresser, de la prendre, enfin.

Elle s'arrêta tout près de lui, splendide, et plongea son regard dans le sien.

— J'ai tant rêvé de moments comme celui-ci depuis notre séparation, dit-elle dans un murmure.

— Moi aussi, répliqua-t-il en lui tendant la main. J'espère que tu me pardonneras d'avoir été aveugle. J'ai mis beaucoup de temps à comprendre que j'avais désespérément besoin de toi. Tu m'as mis à terre, Charlie, et je t'en remercie car tu as fait de moi un homme plus fort, plus responsable.

Lorsqu'elle vint se plaquer contre lui, il oublia tout ce qui n'était pas leurs deux corps. Ils s'épousaient si parfaitement dans le désir ardent qui les consumait !

— Tu m'as tellement manqué, lui murmura-t-il.

Elle encadra son visage de ses mains fébriles et lui chuchota en retour :

— Je ne peux pas attendre, Anthony.

— C'est un nouveau départ pour nous, ma chérie, alors j'ai bien l'intention de prendre mon temps.

Pour preuve de ce qu'il avançait, il se pencha vers sa bouche sensuelle et la mordilla du bout des dents tout en promenant les mains sur chaque parcelle de son corps.

Les yeux rivés aux siens, il l'adossa contre le mur et lui éleva les bras au-dessus de la tête. Des gouttes d'eau coulaient sur son visage avant de glisser le long de sa gorge, puis de se perdre au creux de ses seins. Il brûlait de les lécher une à une, pour lui infliger une torture à laquelle elle le supplierait de mettre fin.

La sentant fébrile et implorante, il prit l'un de ses seins dans sa bouche et en agaça le bout avec sa langue. Ivre de désir, exigeant plus, elle s'arc-bouta, ses bras toujours prisonniers des mains d'Anthony.

Avant d'aller plus loin, il s'agenouilla devant elle et embrassa solennellement son ventre où poussait une petite vie.

— Tu es si belle, murmura-t-il. Je te fais le serment de ne plus jamais te considérer comme acquise.

Alors seulement, il se releva et lui donna un nouveau baiser, encore plus passionné, tandis que ses mains s'aventuraient entre ses cuisses humides de désir.

Pantelante, elle s'agrippa à ses épaules et lui planta ses ongles dans la chair. Le souffle court, elle s'ouvrit un peu plus.

— Anthony... je...

Elle renversa la tête en arrière, paupières mi-closes, lèvres entrouvertes.

Leurs corps toujours étroitement imbriqués, il l'entraîna vers le banc qui se trouvait contre l'un des murs carrelés et, après s'y être assis, l'installa à califourchon sur lui.

— Je t'aime, Anthony, murmura-t-elle en souriant.

C'étaient les mots qu'il attendait. Toute crainte se dissipa. En lui avouant son amour, elle lui donnait le courage qui lui manquait pour accepter sans aucune réserve les responsabilités qui l'attendaient.

Ivre de bonheur, il repoussa en arrière ses cheveux dégoulinant d'eau et éclata d'un rire heureux.

— Qu'y a-t-il ? demanda-t-elle.

— Nous allons finir par nous noyer si nous restons trop longtemps ici.

Elle eut un sourire aguicheur et noua les bras autour de son cou en même temps qu'elle s'empalait sur son membre en érection. Sans le quitter des yeux, elle se mit à onduler, prenant le contrôle de la situation.

Alors il s'abandonna à son tour et savoura avec délice cette domination qu'elle lui imposait.

Et, tandis qu'elle allait et venait sur son sexe dur, il se mit à sucer la pointe dressée de l'un de ses seins, s'émerveillant de jouir avec toujours autant d'intensité de ce corps qu'il connaissait pourtant par cœur.

Au comble de l'excitation, il lui enserra la taille de ses deux mains et lui imposa un rythme plus effréné qui les conduisit tous deux jusqu'à un orgasme explosif.

Alors, seulement, il laissa la femme qu'il aimait l'emporter loin, très loin des rivages de la réalité.

14

— Sois honnête avec moi, Anthony. Comment vis-tu l'annonce de cette grossesse ?

Désireux de trouver les mots justes, il contempla quelques secondes les flammes qui léchaient une bûche déjà largement entamée.

Une fois Lily couchée, ils s'étaient installés près du feu, restant de longues minutes silencieux avant que Charlotte ne lui pose cette question.

— A vrai dire, je suis un peu angoissé d'accueillir bientôt un nouveau petit être dans notre vie. Mais quoi de plus normal ?

Il s'interrompit. Avait-il eu raison de livrer ses craintes à une femme que la grossesse rendait vulnérable ?

— Mais tu me connais, reprit-il avec plus de détermination. J'ai toujours pensé que les choses n'arrivent pas par hasard. Et puis, j'ai toute confiance en cette psychothérapie que nous avons prévu de faire, dès notre retour à Los Angeles. Je suis certain qu'elle renforcera encore les bases de notre mariage.

Charlotte rapprocha son siège du sien et lui prit la main.

— Cette décision est un grand pas vers l'avenir, affirma-t-elle. Vers *notre* avenir. Et puis, tu es un père si merveilleux avec Lily ! Imagine un peu ce que ce sera lorsque tu auras ton propre enfant.

Deux enfants et une épouse allaient dépendre de lui. Ce n'était pas l'aspect financier qui l'inquiétait, mais la crainte de ne pas être à la hauteur d'une si lourde responsabilité.

Et si Charlie décidait de le quitter de nouveau ?

Incapable d'imaginer une telle éventualité, il s'empressa de chasser cette pensée insupportable.

— Je ne te laisserai pas tomber, Charlotte. Plus jamais, tu peux me croire.

Non, plus jamais il ne penserait qu'un compte en banque bien fourni et des propriétés somptueuses suffisaient au bonheur de son épouse. Ce à quoi elle aspirait par-dessus tout, c'était à l'amour.

L'amour absolu, l'amour avec un grand *A*.

Après les épreuves qu'ils avaient traversées et alors qu'il méritait surtout des reproches, elle continuait à lui donner le meilleur d'elle-même, et un enfant par-dessus le marché.

— Je t'aime tant, Charlotte. Je ne te l'ai pas assez dit, mais je t'aime plus que les mots ne peuvent l'exprimer. J'ai le sentiment que tu m'as donné beaucoup plus que je ne le méritais.

— Toi aussi tu m'as donné quelque chose, répliqua-t-elle en posant sa main libre sur son ventre. Quelque chose de précieux, mais que j'ai affreusement peur de perdre. Mon Dieu, Anthony, j'ai si peur !

Il lui prit la main et l'embrassa tendrement.

— Je t'ai déjà dit que tout va bien se passer, affirma-t-il d'une voix forte. Nous aurons ce bébé, et il deviendra beau comme sa maman.

Et, dans les prochains mois, il mènerait à bien ses projets professionnels, saurait parfaitement s'y prendre avec Lily et la mauvaise passe qu'ils étaient en train de traverser ne serait plus qu'un lointain souvenir.

— Que fais-tu ? demanda Charlotte en riant.

Anthony surgit de derrière le canapé en cuir, une caméra à la main.

— Je vous filme en train de jouer par terre, expliqua-t-il en rampant vers elles.

Elle prit un cube qu'elle plaça en haut des autres.

— Et cela nécessite que tu rampes ?

— Oui. Il faut bien que je me mette à votre niveau, sinon je ne capterai presque rien de ce moment magique.

Elle leva les yeux au ciel tandis que Lily mordillait un cube en bavant, ses grands yeux bleus fixés sur Anthony.

— Tu entends ça, mon cœur ? Tonton Anthony reste un réalisateur, quelles que soient les circonstances et même pendant ses vacances.

Atteint par la remarque de Charlotte, il éteignit sa caméra et la posa par terre.

— Charlotte, je ne voudrais pas que tu penses que...

— Voyons, Anthony, je plaisantais. Je suis ravie que tu filmes des scènes comme celles-ci, que nous serons bien contents de revoir, plus tard. Ne vois aucun sous-entendu dans ma remarque, d'accord ?

Rassuré, il reprit son appareil en main et se remit à filmer.

— Et voici les deux femmes de ma vie occupées à un jeu de construction, alors que nous passons ici, à Tahoe, notre dernier jour de vacances, expliqua-t-il en voix off.

— J'aimerais bien que le ciel s'éclaircisse un peu pour pouvoir aller promener Lily, l'interrompit Charlotte, un brin mélancolique. Mais à vrai dire la journée d'hier m'a fatiguée.

Et la nuit passée avec Anthony également... Mais elle se garda bien de l'énoncer à voix haute, face à cette caméra qui tournait toujours. Qui sait entre quelles mains tomberait ce film, dans quelques années ?

— Olivia et Victoria sont impatientes de nous voir rentrer. Elles arriveront demain.

Bien qu'impatiente elle aussi, Charlotte éprouvait une certaine appréhension à l'idée de rencontrer la famille d'Anthony entre les quatre murs de leur maison. Elle était bien placée pour savoir qu'Olivia Dane ne pouvait se déplacer sans être poursuivie par une horde de photographes.

Désireuse de ne pas gâcher le plaisir d'Anthony par ses réticences, elle lui adressa un sourire bienveillant.

— Nous avons de la chance, tu ne trouves pas ?

Visiblement conscient de la gravité qui transparaissait dans sa voix, il abaissa sa caméra.

— Bien plus que je ne le mérite.

Elle reporta son attention sur Lily qui, avec la plus grande constance, faisait tomber les cubes qu'elle empilait. Cette enfant était si mignonne, si pleine de vie ! Comment aurait-elle pu ne pas l'aimer ?

Elle eut alors une pensée pour Rachel qui ne connaîtrait jamais le bonheur de jouer avec sa fille. La tristesse l'envahit, et ses yeux s'embuèrent aussitôt de larmes.

Déconcerté par cet accès soudain de tristesse, Anthony posa sa caméra et vint s'asseoir près d'elle.

— Charlie, qu'est-ce qui ne va pas ? Il y a quelques minutes à peine, tu semblais si heureuse !

— Chaque fois que je joue avec elle ou que je la berce, je pense à Rachel. Et, chaque fois, la pensée qu'elle ne verra pas sa fille grandir me bouleverse. Et j'en viens toujours à me demander comment tu t'en sortirais avec deux enfants, s'il m'arrivait quelque chose.

Sentant en elle une véritable détresse, il l'enveloppa de ses bras et la serra fort contre lui.

— Sèche tes larmes, Charlie. Nous sommes heureux comme nous ne l'avons jamais été, et il n'y a aucune raison pour qu'il t'arrive malheur.

Réconfortée par ses bras rassurants, elle se laissa aller contre lui avec bonheur.

— Tu ne m'as pas beaucoup parlé d'elle, ni de ce que tu ressens, dit-elle.

— Il n'y a pas un jour où je ne pense à elle, expliqua-t-il avec émotion. Et, comme toi, je suis bouleversé à l'idée que Lily ne saura jamais qui était sa maman ; mais je m'engage à faire vivre Rachel à travers mes souvenirs et les photos d'elle que nous lui montrerons lorsqu'elle sera plus grande.

— Tu as raison, mon chéri. Il faut que Lily sache à quel point sa mère avait désiré l'avoir et à quel point elle l'aimait.

Et, comme pour mettre fin à cette discussion chargée d'émotion, Lily lança un cube en direction d'Anthony et il le reçut en plein front.

— On peut dire qu'elle vise juste, dit-il en riant. Qui sait si nous n'en ferons pas une joueuse de softball ?

Gagnée par la bonne humeur ambiante, Charlotte oublia ses angoisses et se mit à rire à travers ses larmes.

15

— Ma chère, laissez-moi voir un peu ce magnifique bébé de plus près !

Charlotte se tenait au pied de l'escalier, Lily dans les bras, lorsque la grande Olivia Dane en personne fit son apparition chez eux. Elégante et racée, elle était encore bien plus belle en réalité qu'à l'écran.

— Allons, viens un peu là, Lily Luciole, lança Anthony en la prenant des bras de Charlotte pour la tendre à Olivia. Je te préviens, elle est un peu grognon aujourd'hui.

Le visage d'Olivia s'éclaira aussitôt qu'elle eut la petite contre elle.

— Quel amour ! s'exclama-t-elle. C'est un vrai petit ange !

Charlotte s'apprêtait à s'écarter du clan familial lorsque Anthony la prit par la main pour l'attirer à lui.

— Je suis heureuse que vous ayez pu venir, madame Dane, dit-elle, encouragée par le geste de son mari.

— Je vous en prie, appelez-moi Olivia. Nous faisons tous partie de la même famille, désormais.

La porte s'ouvrit à cet instant sur une jeune femme d'une beauté à couper le souffle.

— Excusez-moi, mais je devais vraiment passer un coup de fil urgent, indiqua Victoria en glissant son Smartphone dans son sac à main.

Charlotte s'avança vers elle avec un sourire cordial.

— Bienvenue chez nous, Victoria. Si vous voulez bien me

suivre dans le salon, Anthony va s'occuper de faire monter vos bagages dans vos chambres.

Anthony acquiesça d'un hochement de tête en même temps qu'il embrassait sa sœur.

— Je t'autorise à prendre un peu Lily, si tu arrives à l'arracher des bras d'Olivia, dit-il sur le ton de la plaisanterie.

Un brin nerveuse, Charlotte conduisit les deux femmes dans le living-room.

— C'est tout simplement somptueux ! s'écria Victoria en effleurant du bout des doigts le manteau en marbre de la cheminée. Depuis le temps que je cherche un marbre de cette qualité !

Charlotte s'approcha d'elle.

— J'adore cette nuance gris anthracite, lui avoua-t-elle. Je la trouve à la fois chic et sobre.

— Tu es un vrai trésor, toi.

Un échange de regards avec Victoria suffit à les faire éclater de rire à l'unisson. C'était un vrai bonheur que d'entendre Olivia s'adresser à Lily.

— Maman trépignait d'impatience de voir sa famille s'agrandir. Entre Lily et Bella, la fille de Bronson et de Mia, je suis soulagée, la relève est assurée.

Charlotte passa une main discrète sur son ventre, mais se garda bien de révéler sa grossesse. Il s'agissait de la famille d'Anthony, il était donc légitime que ce soit lui qui leur annonce cet heureux événement.

— Et vous, Victoria, vous voulez des enfants ? demanda-t-elle avant de se maudire intérieurement : elle-même détestait qu'on lui pose cette question, par trop indiscrète. Désolée, cela ne me regarde pas, s'empressa-t-elle donc d'ajouter.

Victoria posa sur son bras une main qui se voulait amicale.

— Ne vous excusez pas. J'adorerais avoir une maison remplie d'enfants, mais ce n'est pas à l'ordre du jour. Je me suis fixé des buts que j'aimerais bien atteindre d'abord.

Charlotte regarda tour à tour Olivia, Victoria et Anthony.

— Nous avons la garde de Lily depuis quelques semaines

seulement, déclara-t-elle avec émotion, mais elle a changé nos vies. Nous l'aimons tellement !

— Comment ne pas aimer un tel amour ! s'exclama Olivia qui, tout en tenant la petite à bout de bras, lui adressait de petits piaillements aigus.

Victoria pouffa à la vue de sa mère devenue complètement gâteuse.

— Si vous avez besoin de quelques heures de liberté, profitez-en tant que maman est là. A mon avis, elle ferait n'importe quoi pour ce bébé. Vous pourriez même quitter la maison avec Anthony qu'elle ne s'en rendrait pas compte.

Le tableau intime que formaient la grand-mère et sa petite fille était si attendrissant que Charlotte eut soudain l'impression d'appartenir depuis toujours à cette famille chaleureuse.

Ce lien que venait d'instaurer Olivia n'était pas destiné à épater la galerie. C'était quelque chose de sincère, venant tout droit du cœur ; quelque chose dont ils avaient besoin, Anthony et elle, à ce stade de leur vie, pour Lily, mais aussi pour l'enfant qu'elle portait.

— Désirez-vous boire ou manger quelque chose ? suggéra-t-elle, pour jouer son rôle de maîtresse de maison.

Olivia lui adressa un sourire bienveillant.

— Asseyez-vous donc, Charlotte. Nous n'avons besoin de rien.

— Rien pour moi, merci, renchérit Victoria. J'ai la sale manie de grignoter toute la journée lorsque je commence un nouveau projet.

La gentillesse et la spontanéité des deux femmes décontractèrent Charlotte qui alla s'asseoir à côté de Victoria.

— Puis-je vous demander sur quoi vous travaillez actuellement ?

Victoria croisa ses jambes interminables et se cala confortablement contre les coussins.

— Pour le moment, je n'en suis qu'aux esquisses, mais je suis chargée par mon ami Stefan, prince de Galini, de dessiner la robe de mariée de sa fiancée. Etant donné la pression, ajoutée au fait que je ne connais pas la future princesse, j'avoue que je suis un peu nerveuse.

— Tu n'as aucune raison de t'inquiéter, ma chérie, lui assura Olivia qui, à présent, faisait sauter une Lily hilare sur ses genoux. S'ils t'ont choisie, c'est parce qu'ils savent que tu es la meilleure. Stefan connaît tes créations et, s'il avait eu le moindre doute, il ne se serait pas adressé à toi. D'ailleurs, tu verras, je suis sûre qu'après la cérémonie, ta robe va être copiée partout dans le monde. Mais après cela j'aimerais bien que tu lèves un peu le pied.

Anthony qui était revenu et s'était perché sur le bras du canapé, à côté de sa mère, il éclata d'un petit rire moqueur.

— J'ai bien entendu ? C'est toi, Olivia Dane, qui conseille à Victoria de lever le pied ?

— Tu as raison, Anthony, renchérit Victoria. Parce que tu la verrais, elle ne s'arrête pas une minute !

Charlotte sentit son cœur déborder de tendresse à la vue d'Anthony : il paraissait si heureux au sein de cette famille retrouvée.

Elle sut alors que sa décision était prise. Une fois le terme des trois mois échu, elle ne quitterait pas Anthony mais reprendrait sa place à ses côtés. Pour toujours.

— Chérie, veux-tu leur annoncer la nouvelle toi-même ? lui demanda-t-il, un sourire radieux aux lèvres.

Les deux femmes tournèrent la tête dans sa direction, piquées par la curiosité.

— Pourquoi pas toi, plutôt ?

— Charlotte est enceinte, annonça-t-il fièrement. La naissance est prévue pour le printemps.

Olivia poussa un cri de joie qui eut pour effet d'exciter Lily encore un peu plus. La fillette se mit à battre frénétiquement des mains.

— Moi qui souhaitais tellement devenir grand-mère ! Voilà que je me retrouve avec trois petits-enfants en l'espace d'un an à peine. Je suis une femme comblée.

Victoria se pencha vers Charlotte et la serra chaleureusement dans ses bras.

— C'est merveilleux ! Comment vous sentez-vous ?

La sollicitude et la bienveillance de ces deux femmes qui la traitaient comme si elles la connaissaient depuis toujours la bouleversèrent.

— Très bien, à l'exception de quelques nausées matinales.

— Moi, je ne me suis jamais sentie aussi bien que lorsque j'attendais Anthony, déclara Olivia. En revanche, je ne peux pas en dire autant de mes deux autres grossesses. Anthony, je suis si heureuse pour vous ! Et pour moi ! Je vais avoir un autre bébé à gâter.

Charlotte éclata de rire devant un tel enthousiasme. Elle croisa le regard de son mari, lequel articula en silence un « je t'aime » qui lui alla droit au cœur. Elle posa une main sur son ventre, enchantée de voir que la famille de son enfant comptait deux femmes aussi merveilleuses.

— Je ne voudrais pas vous voler la vedette, mais moi aussi j'ai une nouvelle à vous annoncer, dit Victoria.

Elle sortit alors de la poche de sa veste une bague qu'elle glissa à son annulaire.

— Alex et moi, nous nous sommes fiancés il y a deux jours.

Eberluée, Charlotte fixa le diamant qui étincelait de mille feux.

— Mais c'est merveilleux ! Je suis tellement heureuse pour vous !

— Si je me fie à ton silence, dit Anthony à l'adresse de sa mère, je suppose que tu savais déjà ?

— Voyons, Anthony, je suis sa mère, tout de même. C'est bien normal que je sois la première à qui ta sœur se soit confiée.

Anthony alla serrer Victoria contre lui, dans une accolade chaleureuse.

— Félicitations, Victoria. J'imagine que l'heureux Alex, c'est l'acteur Alex Stone, n'est-ce pas ?

— Oui, répondit Victoria, qui s'était mise à rayonner de bonheur. Il n'est pas encore vraiment connu, mais tout le monde lui prédit un avenir prometteur.

Une fois de plus, devant tant d'amour et de complicité, Charlotte se sentit extrêmement chanceuse d'appartenir à cette famille.

Il ne faisait plus le moindre doute qu'ils allaient réussir leur pari, avec Anthony.

— Lorsque je vivais une vie plus chaotique, j'avais réussi à faire de mes nuits blanches des alliées.

Charlotte leva les yeux de l'ordinateur portable qu'elle avait installé sur la table de la cuisine. Enveloppée d'un pyjama de soie noire qui lui seyait à merveille, Olivia allait chercher une bouteille d'eau dans le réfrigérateur.

— Puis-je m'asseoir un instant, ma chère ? demanda-t-elle.

— Bien sûr, répondit Charlotte en lui souriant.

— Je vous interromps dans votre travail, n'est-ce pas ? J'ai entendu dire que c'était vous qui étiez derrière le fabuleux travail engagé pour aider les enfants malades.

— Je ne suis pas la seule. Je suis entourée d'une équipe formidable, sans laquelle tout ce travail n'aurait pu être mené à bien.

Olivia prit une gorgée d'eau avant de reprendre :

— Les enfants m'ont l'air d'être une partie importante de votre vie. Je me trompe ?

Elle acquiesça d'un hochement de tête et ferma son ordinateur, prête à entamer une discussion.

— Non, vous avez raison. J'ai l'occasion de rencontrer tant d'enfants malades merveilleux que je suis impatiente de leur offrir un peu plus d'espace.

— Ils ont beaucoup de chance de vous avoir, et Lily aussi, car vous êtes vraiment merveilleuse.

— C'est surtout Lily qui est merveilleuse, dit-elle comme pour s'excuser d'un tel compliment.

Olivia posa tendrement sa main sur la sienne.

— Ne soyez pas aussi nerveuse. Je sais aussi que vous vivez une période difficile, mais sachez que si vous avez besoin d'aide vous pouvez compter sur moi.

Charlotte hésita quelques secondes mais, sentant une réelle sollicitude chez Olivia, elle se lança :

— Je mentirais si je vous disais que tout est facile, mais

Anthony et moi faisons tout notre possible pour repartir sur de bonnes bases. C'était d'ailleurs le but de notre séjour à Tahoe. Et, même si l'annonce de ma grossesse l'a quelque peu déstabilisé, je pense qu'il en est très heureux, aujourd'hui.

Un petit rire lui échappa tandis qu'elle baissait les yeux sur son ordinateur.

— Qu'y a-t-il, ma chère ? s'enquit Olivia, visiblement intriguée par cet accès de bonne humeur.

— Il y a que je suis en train de discuter, en plein milieu de la nuit, avec l'une des plus grandes stars du cinéma et que j'ai plutôt l'impression de participer à une soirée pyjama.

Olivia apprécia manifestement l'image, car elle éclata d'un rire léger.

— Je suis très honorée que ma première soirée pyjama se passe en compagnie de ma superbe belle-fille.

— Vous me considérez réellement comme votre belle-fille ? demanda-t-elle, si émue qu'elle en eut les larmes aux yeux.

— Mais bien sûr, lui assura Olivia avec un accent de sincérité qui ne trompait pas. Vous savez, Anthony et moi, nous avons beau ne nous être retrouvés qu'il y a peu de temps, une très forte relation s'est installée entre nous, et pour moi vous faites partie de ma famille, tout comme Mia, l'épouse de Bronson.

— Vous n'imaginez pas ce que cela signifie pour moi, Olivia, répondit Charlotte à travers ses larmes. Je ne sais pas si Anthony vous a parlé de mon enfance, mais...

— J'en sais suffisamment pour deviner que vous avez besoin d'une famille, la coupa Olivia. Et que toutes ces épreuves douloureuses que vous avez traversées ont fait de vous la femme forte et humble que vous êtes aujourd'hui. Le travail que vous accomplissez au sein de votre association est remarquable. Il prouve que vous avez surmonté votre passé pour en faire quelque chose de positif.

Charlotte resta silencieuse quelques secondes, ne sachant trop comment réagir. Anthony en avait dit bien plus à sa mère qu'elle ne le pensait.

— Je suis surprise qu'Anthony vous ait autant parlé de moi, finit-elle par murmurer.

— Il était bouleversé par votre séparation et il ressentait le besoin de se confier à quelqu'un. Je suis vraiment désolée si cela vous met mal à l'aise.

— Pas du tout, répliqua-t-elle. Je suis juste étonnée qu'il se soit ouvert à vous au sujet de notre mariage, lui qui se montre d'habitude si peu expansif.

— C'est vrai, reconnut Olivia, mais il a fait beaucoup de progrès. Et grâce à vous, Charlotte. Beaucoup plus même que vous ne l'imaginez. Tous les quatre, vous allez former une famille merveilleuse.

Encouragée par la gentillesse d'Olivia, elle éprouva à son tour le besoin de s'épancher.

— Anthony m'a gâtée au-delà de ce qu'on peut imaginer, raconta-t-elle. Il m'a couverte de cadeaux somptueux en oubliant que j'avais juste besoin de...

— ... son amour, l'interrompit Olivia. Mais ne vous méprenez pas, si sa façon de penser ne fonctionnait pas comme vous l'auriez voulu, son cœur, lui, n'a jamais cessé de battre pour vous.

Tout cela, Charlotte en avait bien conscience, et elle se prit à regretter vraiment qu'ils aient dû en passer par une séparation pour qu'il revoie ses priorités.

— Vous savez, lui avoua Olivia avec un sourire, je suis restée mariée trente ans, jusqu'à la disparition de mon mari que j'adorais. Je peux donc vous dire qu'il n'y a rien de plus beau que de passer sa vie entière avec la seule personne au monde qui vous connaisse, vous chérisse et vous comprenne mieux que quiconque.

Elle se leva et déposa un baiser plein d'affection sur le front de Charlotte.

— Jusque-là, Anthony n'a pas très bien su gérer sa vie professionnelle et sa vie privée, mais ce qui est certain, c'est qu'il vous aime. J'ai vu à quel point il tient à la famille que vous formez désormais. Croyez-moi, Charlotte, vous êtes une femme comblée.

Une fois seule, elle posa son front sur ses mains croisées et resta un long moment à méditer les paroles d'Olivia.

Elle se sentit envahie d'un amour indéfectible non seulement pour Anthony et leurs enfants, mais également pour Olivia et Victoria.

Sa belle-mère avait raison : elle était une femme comblée. Et dans quelques semaines, lorsque la garde de Lily serait devenue permanente, ils pourraient aller de l'avant, avec Anthony, et se concentrer sur la naissance de leur futur enfant.

Elle pria pour que ce jour arrive sans encombre, alors qu'elle essayait de dissiper la contraction qui lui vrillait le bas-ventre.

16

Anthony venait juste de raccrocher son téléphone lorsque Olivia entra dans son bureau. Il se leva pour aller à sa rencontre et l'invita à s'asseoir dans l'un des larges fauteuils en cuir qui meublaient la pièce.

— Je passais juste m'assurer que tu étais bien là, lança-t-elle. Charlotte est allée coucher Lily pour sa sieste, Victoria est en grande discussion au téléphone avec Mia. En fait, je suis venue te parler.

— Tu m'as l'air bien sérieuse, dit-il en esquissant un sourire attendri.

— Bronson m'a chargée de discuter de quelque chose avec toi, parce qu'il est assez occupé en ce moment.

Anthony savait de quoi il s'agissait. Du film qui traiterait de la carrière de la grande actrice Olivia Dane.

— J'imagine que tu le sais déjà : Bronson veut produire un biopic sur moi. Nous venons juste de finaliser le script, et le budget est quasiment bouclé, mais nous aimerions que tu en sois le réalisateur.

Il s'imaginait mal refuser une telle opportunité. Comment le pourrait-il, alors qu'il en rêvait depuis la seconde où il avait appris qu'Olivia était sa mère ? De plus, Bronson couvait ce projet depuis un moment déjà.

— Ce sera un véritable honneur de travailler avec ma famille sur ce film, assura-t-il en pressant la main d'Olivia.

Le visage de cette dernière s'éclaira d'un sourire radieux.

— L'entreprise sera d'autant plus familiale que les costumes seront dessinés par Victoria. Une grande première pour elle.

Il eut du mal à contenir son excitation. On lui faisait confiance ! Il avait beau être l'un des réalisateurs les plus en vue du moment, c'était pourtant la première fois que son demi-frère et lui travailleraient main dans la main.

Ses pensées dérivèrent soudain vers Charlotte. Comment allait-elle réagir ? Eprouverait-elle la même excitation que lui ? Ce serait tellement bien qu'elle l'accompagne sur les plateaux de tournage, cette fois-ci, alors qu'elle s'était toujours refusée à le faire, par le passé.

— Je comprendrais parfaitement que tu veuilles en discuter au préalable avec Charlotte, poursuivit Olivia. Tu me donneras ta réponse plus tard. De toute façon, il est grand temps que Victoria et moi nous prenions la route. J'ai le cœur gros à l'idée de laisser cette adorable petite Lily, mais j'ai tant de choses à faire...

Anthony prit la main de sa mère pour l'aider à se lever.

— Je vois que tu m'as déjà remplacé, feignit-il de protester.

Elle effleura tendrement sa joue.

— Tu es mon premier enfant et, en tant que tel, tu auras toujours une place privilégiée dans mon cœur.

Il comprit combien, à travers ces mots, elle touchait une plaie encore béante.

— J'ai vraiment beaucoup de chance de t'avoir dans ma vie, lui dit-il en l'embrassant affectueusement sur la joue. Je vais parler à Charlie de notre projet, mais je suis sûr qu'elle sera très heureuse pour nous.

— N'oublie jamais de l'intégrer dans tes projets, mon chéri, lui répliqua-t-elle. Dans un couple, les décisions doivent toujours se prendre à deux.

Pour l'avoir payé très cher, il n'était pas près d'oublier la leçon.

— Je lui en parle ce soir même et je t'appelle dès demain.

— Prends ton temps, rien ne presse pour le moment.

Charlotte venait juste de se glisser entre les draps quand Anthony revint de la salle de bains. Comme à l'accoutumée, son cœur se mit à battre plus fort et le feu coula dans ses veines lorsqu'il s'approcha d'elle, à demi nu.

Elle écarta le drap de son côté, invitation implicite à la rejoindre.

— Penses-tu que nous pourrions nous accorder une autre petite escapade, avant l'arrivée du bébé ? demanda-t-elle lorsqu'il se fut lové contre elle.

— Absolument, répondit-il en portant sa main à ses lèvres. Dis-moi simplement où et quand.

— Peu importe l'endroit. Je pensais que nous pourrions prendre quelques jours de vacances, une fois que le jugement concernant la garde de Lily sera rendu.

— Je serai probablement en plein tournage à ce moment-là, mais je parviendrai bien à m'échapper.

Une crainte soudaine s'infiltra en elle. Avait-il déjà l'intention de les tenir à l'écart, afin de privilégier le tournage d'un nouveau film ? Etait-il déjà en train de reléguer sa famille au second plan ?

S'empressant de chasser ces pensées négatives, elle ne pouvait cependant s'empêcher de s'inquiéter : que se passerait-il lorsqu'il aurait repris le travail ?

Ses mains sur elle vinrent parasiter ses pensées.

— Tu es encore plus belle depuis que tu portes notre enfant, murmura-t-il.

— J'ai si peur de perdre notre bébé, Anthony. J'ai des contractions depuis quelques jours.

Il posa sur elle un regard inquiet.

— As-tu appelé ton médecin ? Et pourquoi ne m'as-tu rien dit ?

— Je ne voulais pas t'alarmer. Quant à mon gynécologue, il prétend que c'est normal, que mon utérus se détend. Mais je sais que la dernière fois...

Il la fit taire en posant un doigt sur sa bouche.

— Arrête. Ce n'est pas comme la dernière fois.

La tendresse qu'il lui manifestait depuis plusieurs semaines lui redonna espoir. Elle prit sa main entre les siennes et entrelaça leurs doigts.

— Tu as raison. Je dois faire confiance à mon médecin. Il faut que je me détende et que je cesse de me tourmenter.

— Nous allons de l'avant, Charlie, et cet enfant qui grandit en toi fait partie de notre avenir.

Elle l'espérait tellement ! Elle aussi attendait beaucoup de la vie désormais. Elle voulait que son mariage dure toute la vie, que ses enfants connaissent une vie stable dans un foyer heureux et que l'amour qu'ils se portaient mutuellement soit semblable à celui des films qu'il dirigeait.

— Je regrette de m'être montrée égoïste, reprit-elle, et je ne veux surtout pas que tu sacrifies quoi que ce soit à ta vie de famille.

— Tu n'as pas compris, Charlie. J'ai réellement changé. La preuve, c'est que j'ai décidé de t'accompagner à l'inauguration de la nouvelle aile de l'hôpital. Et, si tu es d'accord, c'est Olivia qui s'occupera de Lily.

— C'est vrai ? Mais avant, tu étais tellement occupé...

— Je ne serai plus jamais occupé, lorsqu'il s'agira de vous faire passer, toi ou nos enfants, en priorité. Plus jamais, tu m'entends ? Et si j'ignorais l'importance que tu attachais à cela, eh bien, sache que ce n'est plus le cas.

Il lui souleva le menton et la força à le regarder droit dans les yeux.

— Tu es ce que j'ai de plus cher au monde, déclara-t-il avec force. Et je ne veux plus jamais connaître la peur ni le vide affreux que j'ai ressentis lorsque tu m'as quitté.

Il n'y avait pas de mots pour exprimer ce qu'elle ressentit en cet instant. Rien n'aurait pu rendre ce moment plus parfait qu'il n'était.

Elle avait enfin devant elle l'homme dont elle avait besoin, qu'elle désirait, qu'elle aimait, l'homme qu'il était lorsqu'elle l'avait épousé : à la fois fort et doux, puissant et vulnérable.

— Je t'aime, Charlotte.

Au comble de l'émotion, elle plongea son regard dans le sien et s'y noya.

— Je le sais. Tu me le prouves à chaque instant : quand tu me parles, quand tu me regardes, quand tu me fais l'amour.

Il se pencha vers elle et déposa sur ses lèvres un baiser doux et tendre qui dissipa ses craintes.

— Puisque nous partons sur de nouvelles bases, dit-il, il y a quelque chose dont je voudrais discuter avec toi.

— Je t'écoute...

— Olivia m'a soumis un projet qui me tient à cœur.

— Je parie qu'elle t'a proposé de diriger le film qui va être fait sur sa vie ?

— Oui. Mais je suis prêt à y renoncer, si tu y vois le moindre inconvénient.

Quelle épouse serait assez égoïste pour exiger de son mari qu'il renonce au projet de toute une vie ? Et puis, elle était si touchée qu'il la consulte. Enfin.

— Anthony, je ne te demanderai jamais d'abandonner tes rêves. Je ne peux pas te dire à quel point je suis heureuse que tu en aies discuté avec moi, avant de prendre ta décision. C'est la première fois depuis le début de ta carrière. Avant, tu ne mentionnais jamais les films sur lesquels tu projetais de travailler, c'était une partie de toi qui m'était interdite. Aujourd'hui, je connais le mari et le réalisateur. Et j'avoue que ce n'est pas désagréable d'avoir deux hommes dans mon lit, ajouta-t-elle avec une pointe de coquetterie.

Excité par cette allusion à peine voilée, il s'allongea sur elle.

— Avec lequel veux-tu faire l'amour, ce soir ? lui demanda-t-il d'une voix rauque de désir.

Telle une chatte, elle s'enroula autour de lui.

— Les deux, lui chuchota-t-elle à l'oreille.

17

— Je ne peux pas croire qu'elle soit si minuscule, s'étonna Anthony qui, tout comme Charlotte, Olivia et Victoria, se tenait penché sur Bella.

— C'est vrai, renchérit Charlotte. Lily paraît immense par comparaison.

Mia, l'heureuse maman, se mit à rire.

— C'est normal, Lily a neuf mois, Bella n'en a que deux.

Anthony échangea un regard complice avec Bronson.

A les voir, on n'aurait jamais pu croire qu'il y avait quelques mois à peine ils refusaient même de se croiser.

— Si Charlotte n'était pas déjà enceinte, cela suffirait à la convaincre, confia-t-il à Bronson.

— Les bébés sont d'étonnantes créatures, déclara ce dernier avec un brin de fierté. Bella n'a que deux mois et ma vie a déjà radicalement changé. Je ferais n'importe quoi pour elle.

— Je comprends ce que tu veux dire.

— Pendant que les femmes sont occupées, j'aimerais m'entretenir avec toi quelques instants.

— Tu veux me parler de la biographie d'Olivia ? Elle a évoqué le sujet, lors de son séjour à la maison. Si tu es toujours à la recherche d'un metteur en scène, je suis ton homme et, en outre, je serais très honoré de faire équipe avec toi.

— Je suis soulagé, répliqua Bronson. Maman tenait absolument à ce que tu réalises ce film et, moi, je sais que tu es le meilleur, alors...

— Ça te fait mal de l'admettre, je parie ? lança Anthony en riant.

— Peut-être un peu, rétorqua Bronson avec ironie. Mais je vois surtout notre intérêt et tu as un style qui n'appartient qu'à toi.

— J'adore mon métier, tout comme toi, et cela transparaît à l'écran.

— Prenons le temps de nous asseoir quelques instants pour en discuter. Je ne pense pas que les femmes nous en voudront.

— Juste quelques minutes alors, argua Olivia en fronçant les sourcils. Je vous rappelle que nous sommes ici pour voir Bella et passer du temps en famille.

Il acquiesça d'un signe de tête et prit un siège à côté de celui de Bronson.

— Quand comptes-tu démarrer le tournage ? s'enquit ce dernier d'emblée.

— Je dois d'abord rencontrer les acteurs. Je vais commencer dans le courant du mois prochain.

— Ils ont déjà pris connaissance du script ?

— Leurs agents l'ont reçu la semaine dernière, mais ils seraient tous d'accord avant même de l'avoir lu. Ils savent que ce sera le film de leur vie.

Il en avait conscience lui aussi, mais ce qui le rendait surtout heureux, c'était que, cette fois, Charlotte serait à ses côtés.

— Ça suffit à présent, leur ordonna Mia. Je vous suggère de remettre cette discussion à plus tard.

— Je t'appelle aussitôt que j'ai tous les détails, ajouta Bronson à voix basse.

Anthony alla rejoindre Charlotte qui venait de mettre dans les bras de Victoria une Bella profondément endormie.

— Tu aimerais un petit frère ou une petite sœur ? demanda Olivia à Lily qu'elle tenait sur ses genoux. En tout cas, je suis sûre que tu vas être une grande sœur et une cousine merveilleuse.

En entendant sa mère parler ainsi, Bronson leva les yeux au ciel.

— Ne comptez pas sur moi pour bêtifier comme ça avec ma fille, déclara-t-il.

— C'est ce que je disais, moi aussi, mais je peux te parler de la fois où, vêtu de mon seul caleçon, je me suis surpris à chantonner tout le répertoire des berceuses pour consoler Lily, dit Anthony en riant. Crois-moi, tu as beau dire, tu n'échapperas pas à la règle, mon vieux.

— Tu es si mignonne, murmura Victoria à l'adresse de Bella. Si ton papa n'est pas gentil avec toi, tonton Anthony ou tata Victoria sauront le remettre dans le droit chemin.

— Je vois que tout le monde se ligue contre moi, feignit de protester Bronson.

Il vint s'installer sur un bras du canapé.

Enchantée de cette ambiance familiale chaleureuse et bon enfant, Charlotte sourit et passa un bras autour de la taille de son mari.

— Ce sera sans doute le cas tant que tu ne donneras pas la priorité aux enfants, expliqua-t-elle à son beau-frère.

— J'ai du mal à imaginer que ces deux petites filles deviendront des adolescentes aux ongles manucurés en moins de temps qu'il n'en faut pour le dire.

— Eh bien, moi, il me tarde de me prélasser avec elles des heures entières dans un centre de beauté, renchérit Olivia.

— Et si nous leur laissions le temps de grandir pour profiter pendant qu'elles sont encore bébés ? objecta Anthony, un sourire en coin.

— Nous verrons.

— En attendant, dit Victoria, sens-toi libre de nous inviter, Mia et moi. N'est-ce pas, Mia ?

— J'avoue que ce ne serait pas du luxe après les deux mois que je viens de passer.

Olivia s'empara aussitôt de son Smartphone et composa un numéro.

— Je nous prends rendez-vous pour le week-end prochain, indiqua-t-elle.

Anthony embrassa sa famille du regard. Le clan soudé qu'ils formaient était une véritable bénédiction non seulement pour lui, mais également pour Charlotte, qu'il n'avait jamais vue aussi épanouie.

Dieu merci, il avait su réagir à temps !

Anthony ne pouvait lâcher des yeux la série de clichés qu'il avait en main.

— Peux-tu le croire ? s'exclama Charlotte qui irradiait de bonheur. Une autre fille ! J'ai trop hâte d'annoncer la nouvelle à tout le monde.

— Je suis étonné que tu ne l'aies pas encore fait, ironisa-t-il en la serrant dans ses bras.

— Je ne veux pas annoncer une telle nouvelle par téléphone. Si tu es d'accord, je pensais plutôt organiser un dîner de famille.

Il répondit en la serrant un peu plus fort contre lui.

— Je trouve que c'est une excellente idée. Même si, parfois, j'ai l'impression de trahir Rachel, je suis vraiment content que ma famille te plaise !

Sentant sans doute la souffrance qui passait derrière ces mots, elle se retourna et prit son visage entre ses mains.

— Ne te torture pas avec de telles pensées, Anthony. Tu ne la remplaces pas, tu vas de l'avant, comme elle l'aurait souhaité. Elle aurait aimé que tu recrées un environnement familial stable pour sa fille. Rachel serait fière de toi, mon chéri.

— Je sais, mais cela ne parvient pas à dissiper le sentiment de culpabilité que j'éprouve.

— Lily est heureuse de nous avoir, d'avoir ce lien avec ta famille, et c'est tout ce qui importerait à ta sœur.

La question qui le taraudait depuis plusieurs jours refit surface. Il savait bien que leur mariage était sur la bonne voie, mais rien n'avait été encore dit, ni décidé. Il supposait, bien sûr, mais...

— Charlotte, même s'il reste encore quelques semaines avant le jugement, j'ai besoin de savoir si tu as pris ta décision, lança-t-il à brûle-pourpoint.

Prise de court, elle le fixa en silence.

— A propos de quoi ? finit-elle par dire.

D'un geste tendre, il repoussa une mèche de cheveux qui lui barrait le visage et la coinça derrière son oreille.

— Comment puis-je te convaincre de rester une fois le terme échu ?

— Je n'ai pas prévu de partir, annonça-t-elle simplement.

Elle ferma les yeux et inspira profondément avant de reprendre :

— J'ai peur, Anthony. Très peur que tu te laisses déborder par ton nouveau projet professionnel et que, malgré toi, tu sois obligé de nous laisser de côté.

Comme il lui était difficile de dissiper totalement les doutes qui persistaient malgré tous les efforts qu'il avait faits !

A son tour, il prit le visage de Charlotte entre ses mains et plongea son regard dans le sien.

— Je sais désormais que tu es et seras toujours ma priorité, Charlotte. Même sans les enfants, je me serais battu comme un lion pour te reconquérir.

Visiblement submergée par l'émotion, elle avait des larmes aux yeux, qui finirent par rouler sur ses joues de porcelaine.

— Je ne veux plus te voir pleurer, ma chérie, dit-il en essuyant ses joues humides du bout de ses doigts. Nous avons toute une vie de bonheur devant nous.

— Moi qui pensais que tu ne changerais jamais ! Je te dois des excuses. Tu sais, je crois qu'en fait je manquais de confiance en moi.

— Tu manquais aussi de confiance en nous. Mais tout cela va changer, tu peux me croire.

Brusquement, la peur et les doutes qui l'avaient assailli jusque-là se dissipèrent entièrement.

Il savait désormais avec certitude qu'il serait un bon père et un bon mari.

18

Ivre de fierté, Anthony regardait sa femme faire le tour de la nouvelle aile du service pédiatrique de l'hôpital pour gratifier chaque membre de l'assemblée d'un mot gentil. Elle se comportait en véritable professionnelle de la communication.

Un peu plus tôt, elle avait su envoûter son auditoire par un discours si plein de sensibilité qu'il alla au cœur de chacun.

Son charme, sa compassion naturelle et sa beauté avaient fait le reste.

Il fixa son petit ventre arrondi, consécration de leur amour. Que de chemin parcouru en deux mois ! Alors qu'ils étaient au bord d'une rupture définitive, ils formaient aujourd'hui une vraie famille.

Il remercia le ciel qui faisait de lui un homme aussi privilégié.

— Monsieur Price.

Il tourna la tête vers une femme d'un certain âge. Elle lui rappelait sa mère, tant son visage était parfait et son port de tête altier, mais sans doute était-elle passée par les mains d'un chirurgien esthétique.

— Madame ?

— C'est un plaisir de vous rencontrer en personne, affirma-t-elle en posant sur son bras une main étincelante de bijoux. Je m'appelle Susan McCoy, je suis la présidente de cet hôpital. Je voudrais vous dire à quel point nous sommes honorés de bénéficier des œuvres de votre épouse.

— Je ne peux qu'être d'accord avec vous, répliqua-t-il. C'est une personne si dévouée.

Comment avait-il fait pour ignorer tout ce temps à quel point Charlotte était exceptionnelle ?

— Elle a tant fait pour cet hôpital et depuis tant d'années ! poursuivait Mme McCoy. Elle s'est donnée sans compter, avec une humilité qui est assez rare de nos jours pour être soulignée. Quand je pense à toutes les soirées caritatives qu'elle a organisées dans votre magnifique manoir. Je sais que nombre de personnes ici présentes aimeraient vous remercier pour toutes les heures qu'ils vous ont volées, à vous ainsi qu'à votre épouse.

Toutes ces heures, elle les avait passées avec eux pour combler le vide abyssal qu'il avait creusé dans sa vie. Et elle, vaillant petit soldat, œuvrait sans relâche, sourire aux lèvres, pour cacher sa détresse et sa mélancolie.

— Oh ! je n'y suis pour rien, vous savez ! finit-il par dire. Tout le mérite revient à Charlotte et à elle seule.

— Je me souviens de la fois où, grâce à son association « Un enfant – Un souhait », elle a permis à l'un de nos petits malades de se rendre à Disneyland avec sa famille. Quelle merveilleuse récompense que la joie de cet enfant !

Il lança un regard admiratif à sa femme. L'avoir accompagnée à cette inauguration lui avait fait prendre conscience de l'ampleur de la tâche qu'elle avait accomplie, alors qu'il menait sa vie de son côté, en parfait égoïste qu'il était.

Si leur séjour à Tahoe lui avait fait comprendre à quel point elle lui manquait et à quel point il avait besoin d'elle, cette soirée suscitait en lui admiration et respect.

— Vous avez beaucoup de chance de vous être rencontrés, déclara Susan. J'ai perdu mon mari il y a trois ans, et je ne manque jamais de conseiller aux jeunes couples comme le vôtre de chérir le moindre instant passé avec l'être aimé. On ne sait jamais ce que la vie nous réserve. Au fait, ajouta-t-elle, félicitations pour vos bébés.

— Merci.

— Charlotte m'a parlé de Lily, et je suis très impatiente de la

deuxième chose ; je t'aime à la folie et ne désire qu'une chose : passer le restant de mes jours à tes côtés.

Les yeux de Charlotte se mirent à briller de larmes contenues, tandis qu'elle lui offrait ses lèvres entrouvertes.

19

— Je n'arrive pas à croire que demain Lily sera légalement notre fille, dit Charlotte en caressant son ventre renflé.

Le téléphone coincé entre l'oreille et l'épaule, elle regardait Lily jouer par terre avec des cubes de couleur.

Trois mois s'étaient écoulés depuis qu'Anthony avait frappé à sa porte pour lui demander de l'aide. Et voilà qu'aujourd'hui ils formaient un couple solide avec en prime deux bébés à aimer et à élever.

— Je ne peux pas quitter New York avant demain matin, expliqua Anthony. Je propose que nous nous retrouvions directement au tribunal. J'ai une réunion avec Bronson, les acteurs et leurs agents, et il faut absolument que je les rencontre tous avant de repartir. Le projet a l'air de ne pas trop mal se présenter, et si tu voyais Olivia ! Elle trépigne d'impatience.

Elle tenta de refouler la crainte que lui inspirait le discours d'Anthony. Pourquoi ne parlait-il que de son film, alors qu'un jour si important les attendait le lendemain ?

— Le bébé a bougé ce matin, annonça-t-elle avec un détachement qu'elle était loin de ressentir.

— C'est super, ma chérie ! Ecoute, il faut vraiment que j'y aille, je suis attendu pour dîner. A demain au tribunal. Je t'aime.

Et ce fut tout.

Elle considéra un moment son téléphone silencieux, ne sachant pas trop ce qu'elle devait penser.

Elle comprenait bien que ce projet était important pour lui

mais, après leur séjour à Tahoe, leurs séances de psychothérapie et la soirée d'inauguration à l'hôpital, elle avait bien cru qu'ils avaient réussi leur pari.

Désormais, elle ne pouvait que constater la triste réalité : durant la semaine qu'il avait passée à New York, il ne l'avait appelée que deux fois. Elle essaya de lui trouver encore des excuses, mais ses craintes refirent surface.

Désireuse de ne pas se laisser aller à trop de mélancolie, elle alla rejoindre Lily.

— Je crois bien que demain tu seras officiellement notre fille, ma chérie. Et tu deviendras la meilleure grande sœur au monde.

Lily la fixa, visiblement peu préoccupée de son avenir, mais bien plus intéressée par le fait de mordiller de bon cœur un cube rouge.

— Tu as des dents qui percent, mon pauvre chou.

Elle essaya de se concentrer sur les cubes, et sur le fait que dans moins de vingt-quatre heures Lily serait légalement leur fille. Et puis, dans cinq mois, ils accueilleraient leur nouveau-né.

Mais il y avait toujours la même appréhension qui lui nouait la gorge. Elle se mit alors à espérer de toutes ses forces qu'Anthony poursuivrait le chemin qu'il avait déjà largement accompli, dès qu'il les aurait retrouvées, Lily et elle.

D'ailleurs, ne l'avait-elle pas entendu intimer à son assistante de prendre en charge une bonne partie de ses courriels et de ses appels téléphoniques, afin de pouvoir consacrer plus de temps à sa famille ?

Mais ce qu'elle redoutait le plus au monde était peut-être déjà en train de se produire. Une fois replongé dans le monde du cinéma, Anthony risquait bien de renoncer à toutes ses promesses.

Elle le saurait très vite dès le lendemain. Elle le connaissait si bien !

— Très bien, déclara-t-elle fermement. Quoi qu'il arrive, tonton Anthony et tata Charlotte présenteront un front uni, Lily Luciole. Pour toi.

— Comment cela, nous devons dérouter l'avion ? demanda Anthony sans chercher à dissimuler son anxiété.

Si tel était le cas, il ne serait jamais à l'heure au tribunal.

— Je vous l'ai déjà expliqué à New York, monsieur, dit le pilote. Nous ne pouvons prendre le risque de traverser la tempête qui se trouve sur notre plan de vol.

— Nous ne pouvons pas passer au-dessus ? insista-t-il en tournant en rond, comme un lion en cage.

Il était impensable qu'il rate cette audience. C'était aussi vital pour lui que l'air qu'il respirait.

Bien sûr, la présence de Charlotte suffisait, d'un point de vue juridique, mais il était important qu'ils accomplissent cette formalité à deux. Pour Lily, il fallait que ses deux parents soient là, à ses côtés, pour démarrer au mieux la vie familiale qui serait désormais légalement la sienne.

C'était le jour où elle allait devenir sa fille. Il fallait qu'il soit là. Il l'avait promis à Charlotte, il ne pouvait pas la laisser tomber en un moment aussi important. Pas quand leur couple était de nouveau sur les rails.

— Je peux tenter le coup, monsieur, annonça le pilote depuis le cockpit. Mais cela suppose que vous restiez attaché. Et je ne peux rien promettre, car nous risquons d'être pas mal secoués.

— Faites votre possible, répliqua-t-il d'une voix presque suppliante.

Bien sûr, il ne souhaitait pas mettre leurs vies en péril, mais le jeu en valait la chandelle. Dame nature étant capricieuse, pourquoi ne pas espérer que la tempête allait se déplacer, voire se dissiper ?

Il regretta amèrement de ne pas avoir prévenu Charlotte de ces mauvaises conditions climatiques, alors même qu'il était au courant.

Mais il y avait deux raisons à cela : le décalage horaire lui avait fait craindre de la réveiller en pleine nuit et, par ailleurs, il n'avait pas voulu la contrarier inutilement, au cas où il aurait pu se rendre à l'heure au tribunal.

Rongé d'inquiétude et de nervosité, il alla s'asseoir et boucla sa ceinture de sécurité. Il *fallait* qu'il soit présent à cette audience. Des années de déceptions avaient conduit Charlotte à le quitter. Comment réagirait-elle s'il n'était pas à ses côtés, pour le jour le plus important de leur nouvelle vie ?

— Le juge est prêt à vous recevoir, madame Price.

Pour la dernière fois, Charlotte fixa la porte, mais personne n'apparut.

Anthony ne viendrait pas.

Une vague de nausée la submergea. Ainsi, le cauchemar recommençait. La Charlotte d'avant n'aurait pas été étonnée, mais la nouvelle Charlotte, celle qui avait cru, celle qui avait de nouveau fait confiance, cette Charlotte-là était abasourdie.

Elle s'en voulait tellement d'avoir été crédule une nouvelle fois ! Il ne lui avait même pas téléphoné, et lorsqu'elle avait tenté de le joindre elle était tombée directement sur sa messagerie.

— Madame Price, répéta le clerc. Vous êtes prête ?

— Oui, nous sommes prêtes.

Elle plaqua un sourire sur ses lèvres et, Lily bien calée sur la hanche, entra dans le bureau du juge.

Le cœur meurtri, elle n'arrivait pas à croire qu'elle allait devoir accomplir seule une formalité aussi importante.

Elle décida de ne pas s'apitoyer sur son sort. Elle devait concentrer son attention sur Lily qui méritait, ce pauvre chou, une belle vie au sein d'un foyer stable.

Quelques minutes plus tard le juge les déclarait, Anthony et elle, tuteurs légaux de Lily. Elle s'étonna du fait qu'une décision aussi importante puisse être réglée en un temps aussi record.

Elle s'empressa de chasser les images qu'elle s'était si souvent repassées : eux trois, sortant de cette audience heureux et comblés, pour fêter cet événement dans un bon restaurant.

— Eh bien, nous devrons nous passer de lui, dit-elle en espérant de tout son cœur que Lily n'aurait pas à subir les conséquences de l'absence perpétuelle de son père.

Le cœur soudain en berne, elle décida de rentrer et de coucher

Lily pour sa sieste matinale. Anthony serait peut-être rentré. Ou pas.

Une fois Lily installée dans son siège-auto, elle vérifia l'écran de son téléphone portable. Aucun appel en absence n'était signalé. Rien. Pas même un SMS.

Furieuse, elle s'assit au volant et compta lentement jusqu'à dix. En jetant un coup d'œil dans son rétroviseur, elle vit le petit visage souriant de Lily. Non, elle ne devait pas s'énerver, et surtout pas flancher.

Avec bientôt deux enfants à charge, elle ne pouvait se permettre la moindre faiblesse.

« Inutile de t'énerver, ma fille, murmura-t-elle en démarrant la voiture. Tu savais depuis le début ce qui t'attendait. »

Elle ne pouvait s'en prendre qu'à elle-même.

Anthony ne prit même pas la peine de sortir ses bagages de la voiture. Il fonça vers la maison, trop impatient de retrouver Charlotte et Lily et, à dire vrai, anxieux à l'idée de l'accueil qui lui serait réservé.

Dès qu'ils avaient atterri à Los Angeles, il avait tenté d'appeler Charlotte, mais il était tombé sur sa boîte vocale. Il l'imaginait assez bien lancer son téléphone à travers la pièce, en voyant son nom s'afficher sur l'écran.

Il se rua dans l'escalier et gravit les marches quatre à quatre. Charlotte devait être en train de donner son bain à Lily avant de la coucher pour la nuit.

Le cœur battant à tout rompre, il entendit Lily pousser de petits cris aigus comme chaque fois qu'elle jouait dans l'eau. Voilà ce à quoi il aspirait désormais. Retrouver avec bonheur, tous les soirs, les femmes de sa vie.

Il pria pour que Charlotte le croie et admette que, s'il avait manqué un rendez-vous aussi important que celui-ci, ce ne pouvait qu'être indépendant de sa volonté.

Comprendrait-elle ? La question était d'autant plus angoissante qu'il estimait malgré tout avoir une part de responsabilité dans cette situation.

Car, s'il n'était effectivement pour rien dans la tempête qui avait retardé son retour à Los Angeles, c'était lui qui avait effectué ce voyage à New York.

Parvenu sur le seuil de la porte, il manifesta bruyamment sa présence afin de ne pas les prendre par surprise.

Charlotte ne tourna pas la tête dans sa direction et, lorsqu'elle croisa son regard, elle le fit sans esquisser le moindre sourire ni prononcer le moindre mot.

— Je suis désolé, dit-il sans s'embarrasser d'excuses. Je sais bien que tu as entendu ces mots des centaines de fois, mais c'est vrai que je n'ai pas pu faire autrement.

Charlotte enveloppa Lily dans une serviette de toilette et passa devant lui, glaciale.

— Je vais la coucher, annonça-t-elle d'un ton morne. Si tu as quelque chose à dire, j'imagine que cela peut attendre.

Il n'esquissa pas le moindre geste ni ne tenta la moindre parole. Il resta immobile dans l'embrasure de la porte, buvant des yeux ce qui était devenu un rituel : Charlotte passant une lotion sur la peau de porcelaine de Lily avant de lui enfiler son pyjama.

— Je vais préparer son biberon, dit-il pour rompre le malaise qui régnait entre eux.

— Je l'ai déjà préparé, répliqua-t-elle en le prenant effectivement au passage, sur la tablette qui se trouvait près du berceau de Lily.

Elle se dirigea ensuite vers la porte et la referma sur Anthony, le forçant à rester dans le couloir.

Mieux valait ça qu'une gifle, finalement.

Résigné à attendre le bon vouloir de Charlotte, il alla décharger ses bagages et les monta dans leur chambre.

Frustré, furieux et mort d'inquiétude, il prit une douche à la hâte. Il était en train de se sécher lorsque Charlotte entra dans la pièce.

— Tu n'imagines tout de même pas que tu vas m'avoir aussi facilement, lui lança-t-elle avec un mépris non dissimulé.

— Non, je pensais que tu en aurais pour plus longtemps que ça, répliqua-t-il en toute franchise. Comment s'est passée l'audience ? se hasarda-t-il à demander.

— Celle que tu as ratée ce matin ? ironisa-t-elle. Disons que me retrouver seule devant le juge qui ne comprenait pas qu'un des tuteurs soit absent était assez embarrassant. Mais comme dire que tu es trop égoïste n'aurait pas suffi, j'ai dû expliquer que tu étais en déplacement professionnel, mais que c'était tout à ton honneur, parce que tu trimais dur pour pouvoir offrir le meilleur à ta famille.

Il crispa les doigts sur sa serviette. La partie n'était pas gagnée, loin s'en fallait.

— Je suis désolé que tu aies dû mentir et encore plus désolé de t'avoir mise dans l'embarras. J'aurais vraiment aimé être à tes côtés en un moment aussi important.

Charlotte posa une main sur son ventre rebondi et, de l'autre, essuya les larmes qui coulaient sur ses joues.

— C'est bien là le problème, Anthony. Tu es *toujours* désolé. Et moi, d'autant plus désespérée d'avoir vu juste. Avant que tu ne partes, j'étais inquiète. J'ai prié pour que tu ne retombes pas dans le cycle infernal des obligations professionnelles, au détriment de ta nièce et de ta femme enceinte. Mais tu m'as malheureusement prouvé que mes craintes n'étaient pas infondées.

— Charlie, dit-il en faisant un pas vers elle.

Elle l'arrêta d'un geste péremptoire.

— Non. Ne prononce plus un mot. Tu vois, j'avais le terrible pressentiment qu'à la moindre occasion tout redeviendrait comme avant. Moi, c'est une chose, mais je ne peux pas accepter que tu fasses passer nos deux enfants après ta vie professionnelle.

Il sentit un vide immense l'envahir, de même que la peur panique qu'elle ne le quitte encore, et cette fois de façon définitive.

— J'ai tout fait pour être à l'heure...

— Vraiment ? le coupa-t-elle d'un ton sarcastique. Etait-ce avant ou après la journée que tu as passée avec tes stars, leurs agents et ton frère ?

— Après, admit-il entre ses dents. Mais je suis parti à temps, je te le jure ! Je t'en prie, Charlie, laisse-moi t'expliquer avant de prendre une décision radicale.

Elle fronça les sourcils, mais ne bougea pas, signe manifeste qu'elle lui accordait une chance de se justifier.

— Avant de décoller, rapporta-t-il avec une pointe de fébrilité, le pilote m'a annoncé que notre avion devait être dérouté à cause d'une tempête qui sévissait dans le Midwest. J'ai refusé et ordonné au pilote de suivre le plan de vol habituel.

Il interrompit son récit pour aller s'asseoir à côté d'elle, au bord du lit.

— Si je ne t'ai pas appelée, c'est à cause du décalage horaire, reprit-il. Et puis, je n'imaginais pas qu'il puisse y avoir le moindre problème. Mais en approchant de la zone sensible nous avons été pris dans des turbulences qui nous ont obligés à nous poser en catastrophe dans un champ, quelque part au fin fond du Kansas.

— Anthony, cette histoire...

— Est la pure vérité, affirma-t-il avec force. Nous n'avions aucune autre possibilité, si ce n'était d'attendre dans l'avion que la tempête se calme. Et là non plus je ne pouvais pas te joindre, parce que je n'avais pas de réseau. Nous étions au beau milieu de nulle part, sans aucun moyen d'appeler qui que ce soit.

Il marqua une pause, attendant en vain que Charlotte fasse un commentaire. Devant ce silence persistant, il comprit qu'il se retrouvait au même point que trois mois auparavant.

— Je sais que cela semble ridicule, insista-t-il, mais j'ai vraiment essayé de rentrer à temps. Je te jure, j'ai essayé.

Charlotte baissa les yeux sur son ventre avant de les relever sur lui.

— Tu essaieras aussi d'arriver à temps pour la naissance de notre enfant ? Et si tu n'es pas là et qu'il y a un problème ? Tu penses pouvoir tout rater et attendre de moi que je te pardonne juste parce que tu auras essayé ?

— Je ne raterai pas la naissance de notre enfant, affirma-t-il d'une voix forte, tout en détestant la position dans laquelle il s'était mis.

— Tu ne pensais pas non plus pouvoir rater l'audience de ce matin, n'est-ce pas ?

— Non, admit-il dans un profond soupir. Mais je ne prendrai plus jamais le risque de manquer un événement important de notre vie. Charlie...

Elle releva fièrement la tête et dédaigna la main qu'il lui tendait.

— Je t'aime, Anthony. Mais au nom de l'amour que je porte à nos enfants, ainsi qu'au nom de ma propre estime, je ne peux plus accepter que tu manques à une autre de tes promesses. Nous méritons beaucoup mieux que ces miettes de toi dont tu veux bien nous gratifier.

Elle alla chercher un pyjama dans son armoire et pivota pour le regarder droit dans les yeux.

— Je vais dormir dans la chambre d'amis, et dès demain je me mettrai en quête d'un appartement.

— Tu ne peux pas abandonner la partie, Charlotte, je t'en supplie. Pas après tout le chemin que nous avons parcouru depuis trois mois.

— Je ne suis pas responsable, Anthony. Tu ne comprends donc pas que, malgré tous tes efforts, tout tournera toujours autour de ta carrière ? Et rien, ni ta nièce, ni notre mariage, ni le bébé que je porte, ni même mon amour pour toi, ne changera quoi que ce soit à cela. Aussi, je t'en prie, ne m'accuse pas d'abandonner quand je ne cesse depuis des années de te prouver à quel point je t'aime. Et je me dis qu'au fond je mérite que tu me traites mieux.

Il ne chercha pas à la retenir. Elle avait subi un énorme stress et elle avait besoin d'être seule. Lui aussi d'ailleurs, car elle avait raison. Elle méritait mieux, et puis, qui était-il pour exiger d'elle qu'elle l'attende indéfiniment ?

Il s'allongea sur le lit et fixa le plafond sans le voir, résistant au besoin fou de hurler à la mort.

20

D'un doigt tremblant, Charlotte appuya sur le bouton de la sonnette de leur demeure de Hollywood Hills. Son cœur se mit à battre à tout rompre tandis qu'elle attendait qu'on vienne lui ouvrir.

Cela faisait une semaine qu'elle avait quitté la maison pour s'installer chez son amie, en attendant de trouver un autre logement. Si elle passait voir Lily tous les jours, elle ne s'attardait pas trop longtemps, car tout dans cette maison lui rappelait ce qui aurait pu être et ne serait jamais.

Mais ce matin-là, alors qu'elle avait allumé son ordinateur afin de reprendre ses recherches, l'un des gros titres avait retenu son attention.

Elle avait alors senti que sa vie allait basculer.

La porte s'ouvrit sur Monique qui l'accueillit avec son éternel sourire bienveillant.

— Je ne comprendrai jamais pourquoi vous vous obstinez à sonner.

Charlotte lui rendit son sourire avant de pénétrer dans la demeure.

— Parce que ici c'est chez Anthony, répondit-elle de bonne grâce. Il est là ?

— C'est aussi chez vous, que je sache, grommela l'employée comme pour elle-même. Vous le trouverez dans la salle de jeux, avec la petite.

Elle alla les rejoindre, un sourire aux lèvres.

— Que cherches-tu ? demanda-t-elle en voyant Anthony à quatre pattes.

— Je joue à cache-cache avec Lily Luciole, expliqua-t-il.

Ayant reconnu la voix de sa mère, Lily sortit d'une démarche chancelante de derrière un fauteuil, avant de retomber sur ses fesses.

— Mon Dieu ! s'exclama-t-elle, émue aux larmes. Elle marche !

— Elle a fait ses premiers pas il y a quelques heures à peine. Autant te dire que ce n'est pas de tout repos.

— Je ne peux pas croire que j'aie raté un moment aussi important, déclara-t-elle sans pouvoir contrôler ses larmes. Tu te rends compte ? ajouta-t-elle en l'embrassant sur le bout du nez. Tu vas pouvoir te déplacer partout, maintenant.

Anthony se redressa et écarta du bout du pied les cubes qui se trouvaient sur son chemin.

— Je te laisse avec elle.

— Reste, s'il te plaît. Il faut que je te parle.

— C'est au sujet du bébé ? s'enquit-il. Je te rassure, je n'ai pas l'intention de manquer un seul rendez-vous.

Elle reposa doucement Lily à terre.

— Non, je ne suis pas ici pour te parler du bébé. Je suis venue pour m'assurer que ce que j'ai lu est vrai.

Il la dévisagea quelques secondes en silence avant de lâcher un « oui » laconique.

— Pourquoi ? insista-t-elle.

Il haussa les épaules, puis alla s'asseoir sur l'un des canapés.

— Il fallait que je choisisse entre ma carrière et ma famille. J'ai choisi.

Elle le scruta, incapable de croire à ce qu'elle venait d'entendre.

— Tu as renoncé à ce projet qui te tenait tellement à cœur pour t'occuper de ta famille ? demanda-t-elle, encore sceptique.

— Oui. Si je t'ai perdue, en revanche, je ne veux pas courir le risque de passer à côté de mes enfants. Et puis, je ne veux pas qu'ils doutent de mon amour pour eux.

A ces mots, son cœur se serra.

Elle vint se placer à côté de lui et attendit qu'il lève les yeux sur elle.

— Ils n'en douteront jamais parce que tu es un papa merveilleux. Et j'ai été stupide de penser que tu n'avais pas changé.

— J'ai commis une erreur impardonnable en ratant l'audience. Et, si j'ai commis cette erreur, c'est parce que je voulais tout gérer dans un laps de temps trop court. Ce qui est parfaitement impossible.

Touchée par la détresse qu'elle percevait en lui, elle s'assit à côté de lui et posa une main sur son genou.

— Je sais que tu aimes ta famille, Anthony, et je sais aussi que tu culpabilises d'avoir manqué ce rendez-vous.

Il pinça les lèvres, signe chez lui d'une vive émotion.

— Ecoute, poursuivit-elle. Je pense qu'en fait nous étions de nouveau partis sur de mauvaises bases. Moi, j'attendais un miracle, et toi, tu étais obsédé par le fait de devoir me prouver à tout prix que tu étais la perfection même.

— Bon sang, Charlotte ! Tu n'imagines pas à quel point je voulais ne pas te décevoir.

— Et moi, je te le reprochais sans cesse, sans tenir compte des efforts que cela te demandait. Tu viens de me donner la preuve ultime de ton amour pour moi et pour nous, Anthony. Mais, je t'en conjure, ne renonce pas à une partie importante de toi-même pour essayer de me prouver, encore et toujours, que tu es parfait. Appelle Bronson et essaie de rattraper le coup.

Il se leva et passa une main dans ses cheveux.

— Tu n'as pas compris. Je me fiche de ce film, Charlie. Si j'ai renoncé à ce projet, c'est parce que je veux me concentrer sur ce qui m'est devenu essentiel, c'est-à-dire vous.

Un mélange d'amour, de chaleur et d'espoir l'envahit.

— Tu renonces à ta carrière pour devenir père au foyer ?

— C'est le seul moyen que j'ai trouvé pour attirer ton attention et te prouver à quel point vous êtes importantes à mes yeux.

Devant un tel sacrifice, elle éprouva à son tour un profond sentiment de culpabilité. Elle lui avait fait subir une telle pression !

— Chéri, je veux que tu appelles Bronson, répéta-t-elle, et

que tu lui dises que tu reviens sur le projet. Ensuite, j'aimerais que tu ailles chercher mes bagages dans la voiture, parce que j'ai bien l'intention de ne plus te quitter.

Visiblement au comble de l'émotion, il caressa son ventre rebondi, là où palpitait une nouvelle petite vie.

— C'est bien ce que tu veux ? Tu en es sûre ?

— Je veux que tu fasses ce que tu aimes et pas ce que je te dicte de faire. Tu ne peux pas vivre ta vie à travers moi.

— Charlie, lui murmura-t-il à l'oreille, je ferai vraiment tout pour vous rendre heureuses, les filles et toi.

— Alors, commence par faire ce film.

Epilogue

Anthony avait trébuché sur une pile de poupées, renversé sur sa chemise le verre plein de jus d'orange de Lily et l'avait déjà changée trois fois, mais il n'aurait échangé sa place pour rien au monde.

Assis sur le pliant qui lui était réservé, il s'amusait de voir la fillette jouer à ses pieds.

— Désolée, lança Charlotte qui entrait en trombe sur le plateau de tournage déserté. Je suis en retard, mais tu connais Hannah, elle est bavarde comme une pie.

— J'imagine que les travaux de décoration avancent comme tu le souhaites ? fit-il en l'embrassant tendrement.

— Absolument. Il faut dire qu'elle a de très bonnes idées.

Il se pencha pour prendre Lily dans ses bras.

— Eh bien, nous, nous avons appris plein de choses intéressantes sur la réalisation de films, n'est-ce pas, Lily Luciole ?

— Je vois ça, répliqua Charlotte en pointant du doigt la tache qui maculait sa chemise. Tu es sûr qu'elle ne t'a pas dérangé ? J'aurais pu la garder avec moi, tu sais.

— Elle a été très sage. Et puis, j'adore l'amener ici. Qui sait ? Ça lui donnera peut-être envie de devenir réalisatrice, plus tard, et de mettre nos vies en scène, lorsque nous serons plus âgés.

Il regarda Charlotte caresser son ventre protubérant et se sourit à lui-même. Quelle chance il avait de devenir bientôt père de deux enfants !

Il enserra sa femme de son bras libre et l'attira tout contre lui.

— Je t'aime.

— Je t'aime aussi, Anthony, répondit-elle. Tu pourrais me faire visiter les lieux ?

— Tu es sérieuse ?

— Bien sûr. Tu as manifesté un tel intérêt pour mon travail que j'ai envie de m'intéresser à mon tour à ce qui constitue une grande partie de ta vie. Et puis, il est important que nous nous soutenions mutuellement.

Sans se faire prier, il la prit par la main et commença la visite.

— Fais attention aux câbles qui traînent un peu partout.

A peine avait-il prononcé ces mots que le pied de Charlotte se prit dans l'un d'eux. Rapide comme l'éclair, il resserra son étreinte, l'empêchant de trébucher.

— Mon équilibre est un peu perturbé en ce moment, dit-elle en souriant. Heureusement que tu étais là !

Il la couva du regard en souriant.

— Je serai toujours là, Charlie. N'en doute plus jamais.

NAIMA SIMONE

Une proposition très tentante

Traduction française de
PEGGY SASTRE

PASSIONS

HARLEQUIN

Titre original :
TRUST FUND FIANCÉ

Ce roman a déjà été publié en 2021.

1

Tout homme a ses petits plaisirs dans la vie.

Pour Ezekiel Holloway, dit Zeke, cela comportait entre autres s'affaler sur le canapé en cuir noir du salon de la luxueuse maison qu'il partageait avec son frère aîné, Luke, sur le domaine familial des Wingate, une bière glacée dans une main, une tranche de pizza pour carnivores dans l'autre, et l'équipe de football américain de Pittsburgh faisant le show dans son téléviseur à écran plat de quatre-vingt-cinq pouces. Il avait beau être un pur produit du Texas, son cœur appartenait pour toujours aux Steelers.

Et puis il y avait cet autre péché mignon qu'il assouvissait en ce moment même. Il leva le cigare brun foncé avec son emblématique étiquette noir et rouge, et étudia sa pointe fumante avant de le porter à ses lèvres et de garder une grande bouffée dans sa bouche. Il y avait là un soupçon de poivre et de chocolat, de noix de macadamia grillées et, bien sûr, la sombre saveur du cognac. Cela pouvait devenir une drogue… s'il se le permettait. Ces cigares coûtaient quinze mille dollars la boîte. C'est pourquoi il ne s'en autorisait qu'un par mois. Pas parce qu'il n'avait pas les moyens d'en acheter davantage. Non, c'était une question de discipline ; il était maître de ses pulsions, pas l'inverse.

Et dans un monde devenu soudainement étranger, froid et incertain, il avait besoin de croire qu'il pouvait contrôler quelque chose dans sa vie. Même si c'était quand il fumait un cigare.

Il soupira, posa une main sur un balustre du balcon et expira lentement dans l'air de la nuit. Derrière lui, le bourdonnement sourd des conversations filtrait à travers les portes vitrées fermées. Les invités s'étaient rassemblés dans la grande salle à manger derrière lui. James Harris, actuel président du Club des éleveurs du Texas – dont Ezekiel était membre – avait organisé un « petit » dîner. Riche éleveur de chevaux à Royal, au Texas, et homme d'affaires prospère, James attirait naturellement l'attention. Et, quand il invitait quelqu'un dans l'élégant palais qui lui servait de maison, personne ne pouvait refuser.

Même si cela signifiait devoir croiser les Wingate, les nouveaux parias de la région.

Ramenant le cigare à ses lèvres, le regard d'Ezekiel se perdit dans l'obscurité. Sous la couverture de la nuit noire et étoilée, il pouvait à peine distinguer les écuries, les corrals et la longue étendue de terre qui constituaient la propriété de James.

Il roula des épaules, comme si ce mouvement allait pouvoir le libérer du lourd fardeau d'inquiétude, de colère et, oui, de peur qui semblait pendre à son cou. C'était ridicule, mais il avait l'impression de sentir les ragots ramper sur sa peau à travers sa veste noire et sa chemise blanche comme un insecte aux mille pattes. La presse, les accusations valant condamnation jetées sur son chemin et celui de sa famille. Le poids de l'opprobre.

Même l'influence et le soutien de James Harris ne pouvaient rien changer.

Heureusement pour Ezekiel et sa famille que les habitants de la haute société de Royal faisaient passer leur envie d'assister à une soirée organisée par James devant leur désir d'ostraciser les Wingate.

Ezekiel renifla. Ses lèvres se crispèrent autour du cigare. *Merci, mon Dieu, pour ces petits plaisirs.*

— Et dire que je pensais avoir trouvé la cachette parfaite !

Ezekiel secoua la tête et se tourna en direction du gloussement rauque, mais très féminin, qui venait de le tirer de ses pensées. Sa bouche se courba en un sourire. Et pas le genre de mimique polie et complètement hypocrite qui l'avait accompagné toute la soirée. Non, un sourire traduisant une tendresse aussi profonde que sincère.

Reagan Sinclair sortit de l'ombre et s'avança dans la faible lueur débordant de la porte-fenêtre. Ce fut suffisant pour qu'il aperçoive son corps mince mais tout en courbes. Le renflement de sa poitrine aussi délicieusement menue que deux petites pommes. Le creux de sa taille soulignant ses hanches pleines et fascinantes. Alors qu'elle s'approchait de lui et qu'un parfum lui rappelant la fraîcheur du chèvrefeuille et la douceur sucrée de la crème Chantilly taquina ses narines, il se sermonna intérieurement.

À vingt-six ans, Reagan n'était que de quatre ans sa cadette, mais elle était l'une des meilleures amies de sa cousine, Harley, et il la connaissait depuis sa plus tendre enfance. Autrement dit, il valait mieux qu'elle s'éloigne de lui au plus vite, surtout dans son état d'esprit actuel.

Pas quand la seule chose qui pouvait encore lui changer – temporairement – les idées était une femme sexy et partante pour l'accompagner dans un moment aussi bref que sauvage de... Non, le mot qui lui venait spontanément ne convenait définitivement pas à Reagan.

Ezekiel expira bruyamment sa frustration. Oui, il multipliait les aventures sexuelles avec des femmes, mais depuis quand n'avait-il pas *fait l'amour* ? Depuis huit longues années.

Pourquoi hésitait-il encore ? Il n'y avait qu'une chose à faire : éteindre son cigare, saisir doucement Reagan par le coude et la raccompagner chez ses parents. Et au plus loin de lui.

Reagan avança la main.

Le contact de ses doigts délicats sur son biceps lui fit l'effet d'un baume rafraîchissant et cicatrisant. Comme si, subitement, sa colère, sa peur, s'étaient évaporées.

— Moi je sais pourquoi je me cache, dit-il d'une voix traînante en essayant d'injecter dans son intonation une pointe d'espièglerie qu'il était loin de ressentir. Mais toi, quelle est ton excuse ?

Oh ! ses yeux... Ils avaient la couleur du délicieux mélange de café et de chicorée que sa mère lui envoyait régulièrement de La Nouvelle-Orléans. Leur douceur, leur empathie, les rendaient d'autant plus beaux. Et insupportables.

Il détourna les siens.

Tu la connais quasiment depuis qu'elle est bébé. Tu n'as aucune raison de l'imaginer nue et luisante de sueur sous toi...

Bon sang ! Il concentra son regard au loin, sur le paysage blanchi par la lune entourant le ranch de James. Sauf que son sexe ne comprit absolument pas le message. N'avait-il pas suffisamment de choses à gérer avec la tempête qui s'annonçait dans sa vie, sa famille, dans Wingate Enterprises ? Fallait-il qu'il ajoute à cette convergence des catastrophes une aventure avec Reagan ? Non, il s'y refusait. Et il devait tenir bon.

Et qu'importe ce que pouvaient penser certaines personnes, il avait ses lignes rouges à ne jamais franchir sous aucun prétexte. Un sens de l'honneur qui avait été planté en lui par sa famille avant même qu'il ne soit assez vieux pour comprendre le sens du mot. Et malgré les coups et les bosses qu'affichait désormais le nom de Wingate, c'était toujours son nom.

Qui signifiait quelque chose à Royal.

Qui signifiait tant pour lui.

Elle fit la moue et pressa un doigt contre la pulpe parfaite de sa lèvre inférieure.

— Voyons voir. Tu veux que je te fasse une liste ? Alors, un, pour éviter que mes parents me présentent à chaque type ici présent entre vingt-deux et quatre-vingt-deux ans. Deux, pour échapper à l'ennui des discussions sur l'été qui est trop chaud – incroyable, nous sommes au Texas –, sur la différence entre les ongles en acrylique et le vernis gel semi-permanent, et, mon préféré, sur MTV qui devrait sérieusement songer à reprendre le tournage de *Laguna Beach*. Ce à quoi je réponds évidemment *non*. Et il y a aussi, trois, le karma : j'ai ignoré tous les appels de Tracy Drake la semaine dernière parce qu'elle est une atroce cancanière, et voilà que le plan de table me colle à côté d'elle pour tout le dîner. Ça te va ?

Il renâcla.

— Saleté de karma, dit-il en arquant les sourcils.

— Je ne te le fais pas dire.

Leurs rires ricochèrent dans l'air de la nuit, et pour la première fois depuis son arrivée ce soir le barbelé de stress qui le torturait sembla desserrer son étreinte.

Reagan ajouta :

— Et j'avais juste besoin de prendre l'air. Un air qui ne soit pas saturé de politique, de sous-entendus mesquins ou de fumée de cigare.

Elle lui glissa un regard de côté.

— J'en ai deux sur trois, ce n'est pas si terrible comme performance.

Encore une fois, le miracle se produisit et il éclata de rire.

— Merci, ça me touche. Je sais que j'aurais dû l'éteindre, quand tu es arrivée, en bon gentleman, mais, que veux-tu, c'est l'un de mes rares vices...

— Et quels sont les autres ? l'interrompit-elle, une fossette se formant sur l'une de ses joues.

Des joues à croquer.

Mieux valait ignorer sa question.

— Alors je vais le savourer, termina-t-il en la gratifiant d'un froncement de sourcils exagéré, comme pour la réprimander pour son insolence. De toute façon, plus personne ne croit que je suis un gentleman.

Oh non. Certes, il ne voulait pas attraper la perche que lui tendait Reagan, mais il ne voulait pas pour autant laisser échapper l'amertume qui le consumait. Il avait une autre réputation : celle d'être le rigolo, le plus insouciant des frères Holloway. Celui qui avait toujours une bonne blague en bouche et sur lequel les vicissitudes de l'existence semblaient glisser comme sur les plumes d'un canard. Sauf qu'il était arrivé au bout de sa bonhomie. Ces derniers mois l'avaient usé. Et transformé en quelqu'un qu'il avait peine à reconnaître.

Comme il avait du mal à admettre l'acidité des potins méchants et des accusations de corruption et de fraude. Et l'effet que tout cela avait eu sur lui.

Mais comment pouvait-il en être autrement quand vous chutez brutalement de votre piédestal et que des gens que vous pensiez connaître depuis des années, que vous pensiez être vos amis, révèlent leur vrai visage ?

Celui de requins, de vautours.

De prédateurs.

Il se força à sourire et reconnut sur les beaux traits de Reagan le sombre éclat de la tristesse. Non, il pouvait supporter bien des choses, mais pas qu'elle le prenne en pitié. Il fourra une main dans sa poche et serra nerveusement le poing.

— Oh ! tu sais, je crois qu'on surestime grandement les gentlemen, dit-elle d'une voix blanche, l'empêchant de laisser échapper des mots qu'il aurait immédiatement regrettés .

À la bonne heure, le calme de son ironie sembla étouffer le brasier de sa fureur. Une fois de plus, sa présence le submergea d'un sentiment de sérénité, de simplicité. Comme si la crasse accumulée ces derniers mois avait subitement disparu. Comme si sa peau, son cœur, son âme, étaient libérés de la gangue de plomb qui les étouffait. Reagan était décidément un enchantement de femme.

— Qui plus est, ajouta-t-elle, tu ne m'as pas répondu sur tes vices. Je veux tous les connaître.

— Oh non, jeune fille, je te jure que tu n'en as pas envie.

Incapable de se contenir, il tendit la main vers ses cheveux tombant en vagues épaisses sur ses épaules. Il y entrelaça ses doigts et pressa une mèche entre le pouce et l'index. Pas besoin d'avoir une imagination débordante pour se figurer la sensation de cette masse soyeuse sur son torse, son ventre, ses cuisses, son…

Il se raidit et retira sa main comme s'il l'avait posée sur la plaque d'une cuisinière allumée.

Pour se donner une contenance et le temps de bannir de son esprit ces pensées impures, il alla se servir un verre de cognac et porta le cigare à sa bouche. Avec un peu de chance, leur saveur allait lui faire oublier le mélange de chèvrefeuille et de vanille qu'exhalait la peau de Reagan.

— Tu es trop jeune pour ce genre de discussions, dit-il en gardant ses distances.

— Oh ! vraiment ?

Elle pencha la tête sur le côté.

— Tu sais que je n'ai que quatre ans de moins que toi, non ? Ou tu es d'un âge tellement avancé que tu ne sais plus à quoi on peut penser lorsqu'on a 26 ans ?

Il plissa les yeux.

— Sale gosse, gronda-t-il.

— Ce n'est pas la première fois qu'on me le dit, je te rassure.

Une ombre sembla passer dans son regard. Mais lorsqu'un large sourire étira sa bouche, il fut convaincu que ce n'était qu'une illusion, un sale tour joué par l'obscurité.

— Alors arrête avec ta fausse pudeur, je veux tout entendre. Commence par le mieux, et, quand je dis mieux, je veux bien sûr dire le plus sale.

Il expira et l'étudia derrière le panache de fumée piquante qu'il souffla à travers ses lèvres légèrement entrouvertes.

— Tu penses pouvoir m'exorciser, Ray ? railla-t-il, utilisant délibérément le surnom masculin qui avait le don de l'agacer.

En fronçant les sourcils, elle se planta devant lui.

— Allez, arrête de me faire mariner, je sais que tu en meurs d'envie.

D'envie ? Pour Reagan ? La chose était aussi certaine qu'elle lui était absolument interdite. Alors il opta pour une parade.

— Bon, très bien, je vais tout t'avouer. Premièrement, je peux m'envoyer une pizza à la viande à moi tout seul sans le moindre problème. Ensuite, je pourrais tuer si on me réveille avant 7 heures du matin, surtout s'il n'y a pas de café alentour pour apaiser mon courroux. Et le plus honteux de tous mes vices, tiens-toi bien, c'est que je m'achète peut-être cinq paires de chaussettes par mois. Il semblerait que mon sèche-linge ouvre sur une dimension parallèle qui les avale. Voilà, c'est...

— Tu es sérieux ? coupa-t-elle.

— Absolument, mentit-il. Alors à ton tour, ma petite Ray. Régale-moi de tes péchés.

Comme il s'y attendait, l'agacement fit briller ses yeux chocolat.

— C'est du lourd tout ça, je ne sais pas comment je vais pouvoir rivaliser.

L'épais sarcasme qui recouvrait ses mots le fit doucement rire. Elle poursuivit :

— Alors tous les soirs, quand la maison est endormie, je redescends à la cuisine pour me servir un scotch. Toute seule, comme une grande et sans personne pour me juger. Étant donné que mon rituel nocturne pourrait indiquer que je suive la voie tracée par mon oncle James et que je devienne alcoolique. Quoi d'autre ?

Elle fredonna en passant le bout de ses doigts sur sa clavicule et en baissant les yeux pour faire croire à une profonde réflexion. Mais Ezekiel n'était pas dupe. Il savait qu'elle avait déjà beaucoup songé à cela. Qu'elle avait déjà répertorié ses défauts bien avant cette conversation.

De l'acide tourbillonna dans son estomac et se fraya un chemin jusqu'à sa poitrine. Il se redressa de sa posture contre le pilier, prêt à étouffer l'aigreur dans l'œuf, mais elle le devança en parlant à nouveau. Et même si une partie de lui voulait lui dire d'arrêter, de ne pas dire un autre mot, l'autre partie… voulait entendre à quel point elle était imparfaite. En vérité, il en avait besoin. Parce que ça le faisait se sentir moins seul.

Plus humain.

— Je déteste les roses. Je veux dire, vraiment. Ce qui est important parce que ma mère les adore. Et chaque matin, des bouquets frais sont livrés à la maison pour toutes les pièces, y compris la cuisine. Et chaque jour, je lutte contre l'envie d'en renverser un juste pour les regarder se disperser sur le sol dans un désordre d'eau, de pétales et d'épines. Parce que je suis ce genre de sale gosse. Et enfin…

Elle inspira, se tournant pour le regarder. Ses yeux austères et magnifiques, dans leur intensité, le clouèrent à sa place contre la balustrade.

— Une fois par mois, je me rends à Joplin et fais la tournée des bars et restaurants pour trouver un homme à emmener à l'hôtel pour une nuit. Le sexe est toujours aussi torride que cradingue, puis je rentre à la maison pour redevenir la gentille petite Reagan Sinclair.

Il fut traversé de chaleur comme s'il avait été frappé par la foudre. Que venait-elle de lui avouer ? Le désir le consuma. Du désir, et de l'horreur. Pas parce qu'elle prenait en charge sa propre sexualité. Le préjugé était aussi tordu et injuste. Des hommes comme lui pouvaient multiplier les aventures, souvent avec l'assentiment et même la consécration de leur milieu, mais, lorsqu'une femme faisait la même chose, surtout lorsqu'elle était de la haute société comme Reagan, alors la chose était intolérable ? Sûrement pas. Ce n'était pas qu'elle prenne son plaisir en main qu'il lui reprochait.

Par contre, l'idée qu'elle arpente des établissements interlopes bourrés d'hommes ivres ? Qui n'auraient aucun scrupule à ne pas prendre le plus grand soin d'elle ? Voire de lui faire du mal ? Cette pensée, envahissante, le sciait.

Et puis, sous l'horreur, quelque chose d'autre l'agaçait. Quelque chose de plus sombre. De plus piquant. Quelque chose qu'il ne valait mieux pas déterrer ou examiner de trop près.

— Reagan..., murmura-t-il.

— Allez, détends-toi, se moqua-t-elle, passant une main sur son visage. J'ai inventé cette histoire. Mais c'est de bonne guerre, vu que je suis à 82 % persuadée que tu as menti sur au moins deux de tes aveux. Voire tous.

Il se figea et la fixa. Abasourdi. Sans voix. Des émotions contradictoires – l'hilarité et la colère – se disputaient en lui. Il ne savait pas s'il devait la réprimander pour lui avoir ôté vingt ans d'espérance de vie ou... éclater d'un rire si tonitruant qu'il risquait d'attirer l'attention des convives de l'autre côté des portes vitrées.

— Ce n'était pas très urbain, marmonna-t-il, les doigts tellement crispés sur son cigare qu'il n'allait pas tarder à se casser en deux. Mais la vengeance est un plat qui se mange froid, je te préviens.

— Je tremble dans mes Jimmy Choo, ronronna-t-elle.

Et cette fois, il ne put se retenir et s'abandonna au besoin de la toucher, ne serait-ce que d'une manière platonique. Il s'avança vers elle et glissa un bras autour de ses épaules, puis il serra

Reagan contre lui, comme il avait l'habitude de le faire quand elle portait encore un appareil dentaire et des bracelets d'amitié.

Sauf qu'il n'y avait plus rien d'enfantin dans le corps qui s'alignait contre le sien. Et rien de platonique dans les frémissements de son torse, de ses tripes... et dans ce qu'il ressentait encore plus bas. Une nouvelle tension avait élu domicile dans son organisme. Quelque chose qui n'avait plus rien à voir avec les messes basses et les commérages qui l'attendaient dans la bonne société de Royal. Et tout à voir avec le parfum léger et taquin qui agaçait ses narines, la main posée sur son torse et les seins fermes qui se pressaient contre lui.

— Merci, Reagan, murmura-t-il avant de la relâcher.

Elle l'étudia. Il n'y avait rien de timoré dans son regard.

— Le plaisir est pour moi, dit-elle sans feindre un malentendu.

C'était encore quelque chose qu'il adorait chez Reagan Sinclair. Elle ne jouait pas. Du moins pas avec lui.

— C'est à ça que servent les amis, murmura-t-elle. Et qu'importe ce que tu peux penser en ce moment, tu as des amis, Zeke, je te le jure.

Il la regarda. La gentillesse irradiait son regard. Il aurait voulu la contredire. Lui déverser tout ce qu'il avait sur le cœur. Mais il préféra poser son cigare sur un cendrier qu'une bonne âme avait laissé sur une table en fer forgé et lui tendre la main. Sans la moindre hésitation, elle l'attrapa.

Alors qu'ils se rapprochaient pour une nouvelle étreinte, la porte du balcon s'ouvrit et Douglas Sinclair s'avança vers eux.

Ezekiel connaissait cet homme, le père de Reagan, car il était membre du Club des éleveurs du Texas. Grand, longiligne et portant généralement son stetson géant, il aurait pu être une version afro-américaine du Marlboro Man. Il avait les mêmes yeux bruns que sa fille. Des yeux subitement braqués sur eux et, plus précisément, sur leurs mains nouées.

Son père n'exprima pas son mécontentement à voix haute, mais Ezekiel ne put manquer le rétrécissement de ses pupilles et l'aplatissement de sa bouche. Non, Douglas Sinclair était trop poli pour dire à Ezekiel de retirer ses mains de sa fille.

Certes, Ezekiel était lui aussi membre du Club des éleveurs du Texas, mais il n'avait pas pour autant le droit de badiner avec sa précieuse fille.

Pas quand la famille d'Ezekiel était accusée d'avoir falsifié les inspections des avions fabriqués par WinJet, une filiale de Wingate Enterprises. Pas quand trois de leurs ouvriers avaient été blessés dans l'incendie d'une de leurs usines de fabrication en raison d'un système de gicleurs défectueux. Pas quand ils avaient été poursuivis en justice parce que ces systèmes n'étaient en réalité pas à jour, contrairement à ce qu'indiquaient les rapports bidonnés.

Même en tant que vice-président du marketing pour Wingate Enterprises, Ezekiel n'avait pas réussi à épargner leur nom de l'opprobre. Plus personne ne voulait faire des affaires avec une entreprise si corrompue qu'elle privilégiait ses profits aux dépens de la santé de ses employés. Bien sûr, sa famille n'était pas coupable de ce péché. Mais aux yeux du public, c'était tout comme.

Et si la plupart des membres du club n'avaient pas renié les Wingate, Douglas n'avait pas pour autant manifesté ouvertement son soutien. Et encore moins qu'il était persuadé de leur innocence.

Rien d'étonnant à ce que l'homme ne saute pas de joie en voyant sa fille se cacher dans l'obscurité avec Ezekiel.

Ezekiel ne pouvait pas lui en vouloir, parce que Reagan aurait dû ne pas se trouver avec lui en ce moment. Mais probablement que ses raisons étaient à mille lieues de celles que son père avait à l'esprit.

— Reagan, dit Douglas, une main restant sur la porte et la tenant ouverte. Ta mère te cherche. C'est presque l'heure du dîner, et Devon Granger est impatient de t'accompagner dans la salle du banquet vu que tu es placée à côté de lui.

Ezekiel capta le léger soupir qui s'échappa de la bouche de Reagan, et sentit qu'elle se crispait. Mais quand elle parla son ton, fut aussi doux et respectueux que celui de n'importe quelle fille aimant et vénérant son père.

— Merci, papa. Je serai là dans un instant, murmura-t-elle.

— Je t'attends, répondit Douglas, implacable.

Ezekiel fit un pas de côté, et lâcha la main de Reagan.

— C'était agréable de te revoir, déclara Ezekiel.

Tournant son attention vers Douglas, il lui fit un bref signe de tête.

— Vous aussi, Douglas.

— Ezekiel.

Puis, tendant la main à sa fille, il insista :

— Reagan.

Reagan s'avança et glissa sa main dans celle de son père. Elle ne lui lança pas un dernier regard par-dessus son épaule. Ni un autre de ses sourires doux et taquins, ni même un ultime « au revoir ». Non, elle se contenta de disparaître par la porte-fenêtre et de le laisser dans l'obscurité.

Seul, une fois de plus.

Ce qui était pour le mieux.

Qu'importent les raisons pour lesquelles son père ne voulait pas la laisser seule avec Ezekiel, elles étaient parfaitement valables. Si quelqu'un d'autre avait remarqué qu'elle était avec lui sur le balcon, les ragots auraient décollé comme un feu de broussailles.

Car plus ils seraient restés seuls dans la douce obscurité de ce balcon, plus il aurait eu du mal à se rappeler qu'elle lui était interdite. À cause de leur histoire. Parce qu'elle était trop bien pour lui. Parce que ses parents lui cherchaient un bon parti.

Et Ezekiel – un homme avec un empire commercial en plein effondrement et des bagages émotionnels plus lourds que tous les avions fabriqués par WinJet – n'était pas un bon parti.

Vraiment pas.

2

Reagan gravit à petites foulées les quatre marches de pierre menant au manoir familial de Pine Valley. Une fois qu'elle eut atteint le portique qui s'étendait d'un bout à l'autre de la façade, elle s'arrêta. Sa poitrine se soulevait et se creusait en des respirations lourdes et profondes.

Qu'est-ce qu'elle détestait courir... Qu'importe le magnifique paysage des allées bien entretenues et des maisons à plusieurs millions de dollars autour de leur résidence, elle ne pouvait oublier la brûlure dans ses cuisses, son souffle pantelant ou même l'ennui qui l'engourdissait tout entière. Ce qui ne l'avait pas pour autant empêchée, comme tous les matins, d'être sortie de chez elle à 7 heures pour aller sillonner les rues où dormait encore la haute société de Royal. La corvée n'était pas une question de plaisir, de santé ou même un moyen de conserver une taille de robe précise.

Non, c'était une question de discipline.

Faire du jogging chaque matin était un moyen de ne jamais oublier ce qui pouvait se passer lorsqu'on perd le contrôle. Lorsqu'on permet à des désirs égoïstes de prendre le pas sur tout ce qu'il y a d'important dans la vie.

Tel était son rappel.

Sa pénitence.

Quelques instants plus tard, alors qu'elle finissait de s'étirer, la porte de la grande demeure s'ouvrit. Son père sortit et, une fois de plus, elle fut traversée par le flot d'émotions familier et complexe qui l'assaillait à chaque fois qu'elle était en présence de Douglas Sinclair.

De l'admiration. De la révérence. De la culpabilité. De la honte, de la colère, de la rancœur.

Et de l'amour.

— Bonjour, papa, le salua-t-elle en se redressant.

— Reagan.

Il la regarda, son large stetson n'arrivant pas à camoufler le froncement de ses sourcils et les plis réprobateurs de son front.

— Encore à courir, à ce que je vois. Je te rappelle que nous avons une salle de gym parfaitement équipée au sous-sol et, toi, tu t'acharnes à vouloir baguenauder dans le quartier.

« Baguenauder. » Si l'évidence de sa désapprobation ne lui rongeait pas les nerfs comme une râpe à fromage, elle aurait ri de ce terme vieillot. Mais tel était son père. Démodé. Traditionnel. Conservateur.

Se forçant à sourire, elle rétorqua :

— Je ne baguenaude pas, papa, je fais de l'exercice.

Avant qu'il ne puisse répondre quoi que ce soit, elle continua :

— Tu vas au bureau ? demanda-t-elle.

Elle connaissait déjà la réponse, tant elle aurait pu régler sa montre sur ses actions. Petit déjeuner à 7 heures. Départ pour le cabinet d'avocats à 7 h 45. Pour Douglas Sinclair, l'intégrité était une religion. Ce qui comprenait évidemment être au carré avec son temps et ses clients.

Il baissa les yeux sur sa montre.

— Oui. J'ai laissé un message à ta mère, mais, maintenant que je te vois, n'oublie pas que nous avons un dîner ce soir. Nous avons invité les Granger, et je veux que tu sois présente. Et à l'heure, insista-t-il. Sois prête pour 18 heures précises.

Non, il ne veut pas être condescendant. Ou autoritaire. Ou paternaliste. Il t'aime.

Elle se répéta le refrain dans sa tête. Encore et encore jusqu'à ce que les mots se mélangent. Il ne savait rien de ses projets sur le foyer pour filles mères de Colonial County. Ce n'était pas sa faute s'il la voyait à travers le prisme d'une autre époque – des traditions dépassées, des attentes inaccessibles...

Un père déçu.

— Devon sera là avec ses parents, poursuivit-il. Tu dois donc être à ton avantage ce soir. J'ai l'impression que vous vous êtes bien entendus à la soirée de James Harris, la semaine dernière. Avec sa famille, sa position dans l'entreprise de promotion immobilière de son père, et ses relations commerciales, il ferait un mari idéal.

Jésus. Et c'était reparti pour un tour. Reagan eut bien du mal à ne pas se pincer la crête du nez et à cracher un juron qui aurait pu faire tressaillir son père.

Non, jamais, il ne s'arrêtait jamais. Il ne la laissait pas respirer. Ni prendre une seule décision pour elle-même.

Depuis son vingt-sixième anniversaire il y a cinq mois, la voir mariée était devenu son obsession. Tout comme son frère, et sa sœur l'année précédente.

Ce qui était tellement ridicule. Vétuste. Étouffant. Elle était assez grande pour se trouver un mari si elle en avait envie.

Sauf qu'elle ne le voulait pas.

Bien sûr, elle aimait ses parents. Ils lui avaient toujours offert une maison plus que confortable, les meilleures écoles, une vie de famille stable et solide. Mais son père était sans conteste le chef de famille, et Henrietta Sinclair, bien que souvent médiatrice et voix de la raison, allait très rarement à l'encontre de ses décisions. Ce type de relation avait beau parfaitement fonctionner entre eux, Reagan ne pouvait s'imaginer permettre à un homme d'avoir autant de contrôle sur elle.

Même si elle l'avait déjà permis une fois. Qu'un homme dévore son monde – *soit* son monde. Ce qui s'était terminé en un spectacle des plus désastreux.

Non, elle ne voulait pas d'un mari qui ne lui donnerait qu'une maison et son ombre pour vivre.

— Papa, j'apprécie que tu te fasses du souci pour moi, mais j'aimerais que maman et toi arrêtiez avec vos tentatives de mariage arrangé. Je vous ai dit à tous les deux que le mariage n'est pas une priorité pour moi en ce moment. Alors je serai là pour le dîner ce soir, mais ne vous attendez pas à ce que cela fasse des étincelles. Devon Granger est peut-être très gentil et bon à marier, mais il ne sera pas *mon* mari.

Pauvre Devon. En réalité, le seul intérêt qu'elle lui avait trouvé était... qu'il se trouve à sa gauche et lui permette de ne pas trop parler à Tracy Drake, assise à sa droite.

Son père secoua la tête, son expression débordant d'exaspération.

— Ne sois pas ridicule. Je ne prévois pas qu'il mette un genou à terre à la fin de la soirée. Je veux juste que tu lui donnes au moins une chance.

Il jeta à nouveau un coup d'œil à sa montre, manifestement impatient.

— En tant que père, je veux te voir heureuse, installée. Avec un mari qui peut subvenir à tes besoins.

Il secoua la main qui ne tenait pas sa mallette.

— Ne sois pas naïve, Reagan. Tu ne crois pas que les gens jasent de voir ta sœur, qui a trois ans de moins que toi, déjà mariée alors que, toi, tu...

— Je ne suis pas Christina, l'interrompit-elle, la voix calme malgré la douleur qui la traversait comme une feuille battue par le vent.

Elle savait ce que sous-entendait ce *toi* et elle n'avait pas besoin de l'entendre.

— Je ne suis pas Doug non plus, ajouta-t-elle, mentionnant son frère aîné. J'ai mes propres aspirations, et le mariage n'est même pas en tête de ma liste.

— Oh non, ne dis pas ça.

— Si, papa, et le plus simple, tu le sais très bien, serait que tu débloques l'héritage que m'a laissé mamie. Ainsi, je pourrais réaliser ces aspirations. Mener ma vie comme je l'entends.

Du bout des doigts, elle frôla la cicatrice qui lui barrait la clavicule.

— Nous en avons déjà parlé, et la réponse est toujours non, affirma-t-il. Ta grand-mère t'aimait si fort qu'elle t'a laissé cet héritage, mais elle a également ajouté la clause que tu connais pour une bonne raison. Nous savons tous les deux pourquoi, Reagan.

« Nous savons tous les deux pourquoi… Nous savons tous les deux pourquoi… »

Les mots résonnèrent dans l'air déjà chaud du matin.

Un avertissement.

Une accusation.

Comment pouvait-elle oublier pourquoi sa grand-mère bien-aimée, qui lui avait laissé suffisamment d'argent pour la transformer sur-le-champ en millionnaire, avait ajouté une clause dans son testament ? Reagan ne pouvait pas accéder à l'héritage avant d'avoir épousé un homme convenable ou, à défaut, son trentième anniversaire.

Pour être totalement indépendante, pour gérer sa propre vie, elle devait se lier à un homme, lui offrir son indépendance ou attendre quatre ans de plus avant de simplement pouvoir… vivre.

Telle était sa punition, sa pénitence. Pour s'être rebellée. Pour ne pas avoir suivi le scénario Sinclair. Pour avoir osé être moins que parfaite.

À seize ans, elle avait fait ce que la plupart des adolescentes font à cet âge – tomber amoureuse. Mais la chute avait été douloureuse.

La flamme du premier amour l'avait consumée pour un garçon de dix-neuf ans qui ne trouvait pas grâce aux yeux de ses parents. Alors, quand ils lui avaient interdit de le voir, elle l'avait quand même vu en cachette.

Elle lui avait tout offert : sa loyauté, son cœur, sa virginité.

Et était tombée enceinte.

Naturellement, ses parents avaient été horrifiés et déçus. Ils avaient voulu l'envoyer en pension pour le reste de sa grossesse, qu'elle donne naissance à son enfant et le fasse adopter. Mais Reagan avait voulu garder sa fille ou son fils à naître.

Aucun des deux souhaits contradictoires n'avait été exaucé. Elle avait fait une fausse couche. Et le Gavin avec qui elle était si sûre de passer le reste de sa vie avait disparu.

Le prix à payer pour sa stupidité obstinée ? Sa dévastation totale et la confiance de sa famille.

Et parfois… Quand elle n'arrivait pas à dormir, quand elle baissait la garde et qu'elle était incapable d'endiguer le flux de ses pensées et de ses souvenirs, elle se disait même qu'elle avait perdu un peu de leur amour.

Au fil des ans, elle avait essayé de se rattraper en étant la fille la plus obéissante, loyale et parfaite qu'elle pouvait être. Raison pour laquelle elle vivait encore dans la maison qui l'avait vue naître, alors qu'elle aurait pu prendre son indépendance depuis des années.

Mais qu'importe, dix ans plus tard, il lui arrivait encore de surprendre le regard inquiet de sa mère sur elle. Et de réaliser qu'elle serait pour toujours l'adolescente impétueuse et stupide qui leur avait causé tant de malheurs.

— Bon, souffla-t-elle. Je suppose que ce n'est pas encore aujourd'hui qu'on se mettra d'accord. Passe une bonne journée, papa.

Sur ces mots, elle tourna les talons et se dirigea vers l'intérieur de la maison sans lui donner le temps de répondre quoi que ce soit. Elle ne voulait pas risquer, une nouvelle fois, qu'il déchire sans le savoir un autre morceau de son cœur.

3

Ezekiel se pencha sur l'herbe encore verte, en équilibre sur la plante des pieds. Le soleil de fin d'après-midi ne pénétrait pas ce coin du cimetière où les branches d'un chêne centenaire masquaient le ciel bleu et ombrageaient le marbre de la pierre tombale. En retraçant le lettrage qui donnait l'impression d'avoir été gravé la veille et non pas huit ans auparavant, il fut étonné par la fraîcheur du matériau. S'il fermait les yeux, il pouvait imaginer un autre nom inscrit sur la tombe.

Pas celui de Melissa Evangeline Drake.

En poussant un soupir, il se releva et enfonça les mains dans les poches de son pantalon, sans jamais détacher son regard du monument rendant hommage à la femme qui avait autrefois tenu son cœur dans ses petites mains.

Un nom. Des dates. La naissance et la mort bien trop jeune. Fille, sœur, amie.

Pas *fiancée*. Pas *l'autre moitié de l'âme d'Ezekiel Holloway*.

Comment leur en vouloir ? Après tout, il ne l'avait eue dans sa vie que quatre courtes années, alors qu'ils en avaient vingt-deux. Elle leur appartenait plus qu'elle ne lui avait jamais appartenu. Mais pendant un moment, elle n'avait été que sienne. Sa joie. Sa vie. Son tout. Et elle lui avait été arrachée par un homme qui s'était dit que prendre le volant en étant plein comme une barrique était une bonne idée.

Un jour, ils étaient heureux de planifier leur avenir en commun. Le lendemain, il avait reçu un appel téléphonique dévastateur de son père. Elle n'était plus là. La seule bénédiction miséricordieuse avait été d'apprendre qu'elle était morte sur le coup, quand la voiture de l'ivrogne s'était encastrée dans la sienne côté conducteur.

Et une partie de lui était morte avec elle cette nuit-là. La partie qui lui avait appartenu, à elle et à elle seule.

— Je ne peux pas croire que cela fait huit ans jour pour jour que je t'ai perdue, dit-il à la pierre tombale comme si elle pouvait lui répondre.

Il avait désormais du mal à se rappeler à quoi ressemblait sa voix. Le temps ne guérit peut-être pas toutes les blessures, mais il obscurcit à coup sûr les détails qu'on tente de thésauriser comme un avare cache son précieux or.

— Je dois te dire que ce n'est pas l'anniversaire que j'imaginais passer avec toi.

Il exhala un petit rire sans humour.

— J'ai essayé d'appeler tes parents hier et ce matin, mais ils n'ont pas répondu. Je les comprends. Te perdre les a dévastés et je leur rappelle cette douleur. Pourtant...

Il s'arrêta, la mâchoire bloquée, essayant de formuler des mots qu'il ne pouvait dire qu'ici, devant la tombe de sa fiancée morte.

— Ils me manquent. J'ai eu tante Ava et oncle Trent après la mort de papa et maman, mais tes parents... Ils étaient gentils avec moi. Et j'ai détesté les perdre si peu de temps après toi. Mais non, je ne leur en veux pas.

Tout le monde faisait de son mieux pour continuer à vivre. Continuer à habiter le monde des vivants.

Pour sa part, il s'était noyé dans le travail et les activités à haut risque comme pour tenter le destin. Le parachutisme, l'escalade, la descente en rappel.

Et les femmes. Le sport permettait de consumer son agitation, mais il ne faisait rien pour la solitude. Le vide. Seul le sexe en était capable. Même si ce n'était que pour ces quelques heures bénies où il était à l'intérieur d'une femme et oubliait tout. L'adrénaline et le sexe. Telles étaient ses drogues préférées. Des ivresses temporaires.

Et si c'était sa façon de faire face au passé, à la perte, comment pouvait-il en vouloir aux Drake qui avaient choisi de le sortir de leur vie ?

— Je sais que cela fait plusieurs mois que je ne suis pas venu, mais tellement de choses se sont passées depuis...

— Zeke ?

Il releva la tête et, voyant la femme debout de l'autre côté de la tombe, il cligna des yeux. Sans doute que son cerveau hallucinait pour le narguer. Dans le cas contraire, comment expliquer la présence de Reagan Sinclair dans ce cimetière ?

Sans que sa volonté n'y puisse rien, son regard parcourut son corps élancé vêtu d'une robe jaune pâle qui dénudait ses épaules et ses bras, et moulait divinement ses seins. Pendant une seconde, il s'attarda sur le décolleté qui lui offrait un aperçu sur une poitrine lisse et galbée avant de poursuivre sa lecture sur la longue jupe fluide qui effleurait l'herbe et le bout de ses orteils. On aurait dit une déesse, une déesse à la peau brun mordoré et aux longs cheveux coiffés en une tresse reposant sur une de ses épaules. Et quand il leva son regard sur son visage, il ne put s'empêcher de parcourir les courbes vulnérables et sensuelles de sa bouche, l'inclinaison presque hautaine de ses pommettes et ses yeux café au lait.

Silencieusement, il jura, ramenant son regard sur la pierre tombale. Il se détestait d'avoir détecté des détails sur cette femme qu'il n'avait pas *le droit* de remarquer. D'autant plus au-dessus de la tombe de la femme qu'il avait tant aimée.

— Hé, le salua-t-elle doucement, parfaitement inconsciente de l'amertume et du désir qui le harcelaient à parts égales.

— Que fais-tu ici ? demanda-t-il, d'un ton plus dur qu'il ne l'aurait voulu.

Elle s'agenouilla, sa jupe tourbillonnant autour d'elle, et déposa des fleurs devant la pierre tombale. Se redressant, elle s'arrêta, posa une main sur le marbre avant de reculer. Ce n'est qu'à ce moment qu'elle rencontra son regard.

Et à cet instant, il fut transporté huit ans en arrière. Ses souvenirs des funérailles de Melissa étaient flous, mais une image était nette dans son esprit : c'était Reagan qui l'avait trouvé couché sur cette même tombe fraîchement recouverte alors que tout le monde était parti pour le repas chez les Drake. Reagan qui avait glissé sa main dans la sienne et s'était simplement postée en silence à côté de lui. Sans le presser, sans parler. En étant simplement là. À l'époque, elle n'était que l'amie de sa cousine, mais elle était devenue la sienne ce jour-là.

Il étouffa un soupir et fit glisser une main sur son visage, sa barbe de quelques jours lui grattant la paume.

— Je suis désolé, murmura-t-il. Ce jour...

Elle secoua la tête, levant sa main pour empêcher le reste de ses excuses.

— Je comprends.

Elle s'arrêta puis reprit :

— Est-ce que ça devient plus facile avec le temps ? demanda-t-elle quasiment en chuchotant.

Était-ce le cas ? Un autre jour, à un autre endroit, il lui aurait répondu par un cliché du genre « oui, le temps guérit tout », mais d'autres mots tombèrent sur sa langue.

— La plupart du temps, oui, confessa-t-il. La douleur s'émousse, donc on n'a plus l'impression que chaque respiration est comme un coup de poignard dans la poitrine. Mais il y a d'autres jours où...

Son regard dériva vers l'autre côté du cimetière. Ce que ses yeux ne pouvaient voir, son esprit le lui offrit. Deux pierres tombales assorties, côte à côte. Des gens enterrés ensemble dans la mort comme ils avaient voulu l'être durant leur vie.

Je me sens vide, poursuivit-il silencieusement. *Perdu. Seul. Abandonné.*

— Je ne me rappelais pas que tes parents étaient aussi enterrés ici, ajouta Reagan, la voix de plus en plus proche, les effluves de son parfum de plus en plus forts. Je me suis toujours demandé pourquoi ils n'étaient pas avec le reste des Wingate dans leur mausolée.

— Parce qu'ils n'étaient pas des Wingate, répondit-il, le regard toujours au loin et essayant d'étouffer l'aigreur qui l'assaillait perpétuellement lorsqu'il prenait conscience que dans la grande famille des Wingate et des Holloway son frère Luke et lui avaient toujours été à part.

— Mon père était un Holloway, le frère aîné de tante Ava. Il a fait un peu de scandale dans la famille et la société en épousant ma mère, une femme noire. Mais malgré les moqueries et l'ostracisation auxquelles ils ont dû faire face, parfois même au sein de sa propre famille, mes parents ont eu un mariage heureux. Mais ils se sont quelque peu éloignés du reste des Holloway.

— Ils protégeaient leur monde, murmura Reagan. Je pense qu'il n'y a rien de mal à cela.

— Ils étaient très prudents, protecteurs. Mais ils nous ont quand même appris la valeur de la famille. Quand ils sont morts dans cet accident de voiture il y a onze ans, tante Ava et oncle Trent nous ont pris chez eux avec Luke. Même si, à ce moment-là, nous étions tous les deux à l'université et techniquement des adultes. Ils nous ont donné un nouveau foyer quand le nôtre avait été irrévocablement brisé.

Il se tourna vers elle.

— Ils nous ont peut-être accueillis et nous travaillons maintenant pour l'entreprise familiale, mais mes parents ne se considéraient pas comme des Wingate, donc Luke et moi ne les avons pas enterrés comme tels.

Elle acquiesça lentement. L'étudia avec le calme qui la caractérisait. Contrairement à la plupart des gens, elle ne semblait pas satisfaite de ne voir en lui que le charmeur, le chercheur de sensations fortes.

Ce qui ne lui plaisait guère. La pente était glissante.

— Et toi, tu voudras être enterré où ? Du côté Wingate ou Holloway ?

Son pouls résonna dans ses oreilles. Et à l'intérieur de sa poitrine, il sentit comme le tranchant d'une flèche. Il préféra changer de sujet. S'éloigner de l'histoire de sa famille. De son propre inconfort et de ses démons intérieurs.

— Que fais-tu ici ? demanda-t-il. Je suppose que tu ne viens pas juste fleurir la tombe de Melissa.

— Non, ma grand-mère repose juste là-bas. Je viens toutes les deux semaines. Cela fait seulement quelques mois que nous l'avons perdue, donc être ici…

Elle haussa les épaules et poursuivit :

— Cela me réconforte, c'est certain. Mais j'essaye toujours de prendre suffisamment de fleurs pour sa tombe et celle de Melissa.

— Merci, dit-il.

Sa paume le démangeait d'envie de caresser sa longue natte. Il glissa plutôt sa main dans sa poche.

— Et je suis désolé pour ta grand-mère.

Les problèmes avec WinJet et l'incendie dans l'usine de fabrication l'avaient englouti, et il avait travaillé comme un fou depuis. Il n'avait donc pas entendu parler de sa mort.

— Je ne la connaissais pas, mais elle devait être très spéciale.

Sa brève hésitation n'aurait sans doute pas été remarquée par la plupart des gens. Mais la plupart des gens ne prêtaient pas attention à la moindre respiration qui passait par les lèvres de Reagan.

— Nous étions très proches, déclara-t-elle.

— Mais ? proposa Ezekiel.

Il y avait certainement un *mais* là-dessous.

Sa taquinerie n'eut pas l'effet escompté – la dissipation des ombres qui s'étaient amassées dans son regard.

— Mais c'est difficile de découvrir que la personne que vous croyiez vous aimer de façon inconditionnelle ne vous faisait pas confiance.

Son ton – calme, presque nonchalant – ne correspondait pas à sa phrase. L'un ou l'autre relevait de la duperie. Par expérience personnelle, il misa sur le ton.

— Pourquoi tu penses qu'elle ne te faisait pas confiance ?

Le soupir qu'elle exhala marqua son exaspération.

— Pense ? Non, je sais.

Elle se tourna, et son profil lui donna une vue imprenable sur l'ourlet de ses lèvres. Elle porta la main à son cou et fit traîner ses doigts sur le côté gauche de sa clavicule. Il plissa les yeux en remarquant ce geste. Elle l'avait fait le soir de la fête. Était-ce quelque chose d'inconscient de sa part ? Il nota mentalement de l'analyser plus tard.

— Alors dis-moi pourquoi elle ne te faisait pas confiance.

— Tu savais que j'étais millionnaire ? demanda-t-elle, esquivant sa question – non, sa demande.

Ezekiel acquiesça.

— Je ne suis pas surpris. Ton père a beaucoup de succès dans ses affaires.

— Non.

Elle agita une main.

— Pas grâce à mon père. De mon propre chef, je suis millionnaire. Lorsque ma grand-mère est décédée, elle a laissé à chacun de ses trois petits-enfants suffisamment d'argent pour qu'ils n'aient plus jamais à s'inquiéter de rien de toute leur vie. Sauf qu'elle s'inquiétait pour moi.

Elle croisa les bras sur sa poitrine, et l'atmosphère sembla subitement glaciale.

— Et pour moi, elle a ajouté une clause spéciale. Je ne toucherai l'argent qu'à mes trente ans, ou avant si je me marie. Et pas avec n'importe quel homme. Un homme *convenable*.

Ses lèvres se crispèrent sur le mot *convenable*. Il résista à l'envie d'y faire passer son pouce pour les lisser et la débarrasser de l'amertume qui semblait couver en elle. Une émotion qui ne lui allait pas.

— Mais la clause ne veut pas dire qu'elle ne te faisait pas confiance. Peut-être qu'elle voulait juste s'assurer que tu sois parfaitement mature pour assumer la responsabilité et le fardeau qui viennent bien trop souvent avec un tel compte en banque.

Croyait-il réellement à ce qu'il racontait ? Non. Il savait que l'âge importait moins que l'expérience. Il y avait d'ailleurs des matins où il s'attendait à voir dans le miroir un vieil homme courbé et usé.

— Ce serait une explication valable si je n'étais pas le seul petit-enfant concerné. Doug et Christina se sont peut-être mariés, mais aucun d'eux n'avait cette restriction particulière dans leur héritage. Non, juste moi.

— Pourquoi ? demanda-t-il prudemment.

Il fut assailli de confusion et de colère. Il connaissait le frère aîné et la sœur cadette de Reagan. Tous deux étaient des gens normaux et gentils. Peut-être même frisant l'ennuyeux. Mais Reagan ? Elle était l'image parfaite d'une mondaine de Royal – posée, bien élevée et bien articulée, siégeant à plusieurs comités caritatifs, à l'abri de toute odeur de scandale, une réputation irréprochable. Alors quoi ?

Elle ne répondit pas immédiatement, et le regarda pendant un long moment.

— La plupart des gens auraient demandé ce que j'ai fait pour mériter ça.

— Je ne suis pas la plupart des gens, Ray, grogna-t-il.

— Non, effectivement, murmura-t-elle en scrutant son visage avant de hocher la tête. Le pourquoi n'a pas vraiment d'importance, n'est-ce pas ? Ce qui importe, c'est qu'à vingt-six ans je suis dans ce schéma d'attente. Où je peux voir tout le monde profiter de la vie qu'ils se sont façonnée. Et moi, je ne peux pas bouger. Soit je m'enchaîne à un homme que je connais à peine et que je n'aime pas pour accéder à mon héritage. Soit j'attends à stagner pendant encore quatre ans tandis que mes propres rêves, mes propres besoins et désirs se fanent et meurent.

Une fois de plus, elle avait adopté un ton placide, mais Ezekiel y détecta des traces de douleur et de colère.

— Je ne suis pas que la fille de Douglas Sinclair. Je ne suis pas que le membre de tel ou tel comité de charité. Non pas que je dénigre leur travail. C'est juste que... je veux... être libre, murmura-t-elle.

Il sentit qu'elle n'avait pas voulu que ces derniers mots sortent. Qu'il les entende.

Que voulait-elle dire par *libre* ? Ce n'était pas la première fois qu'il avait l'impression que le masque poli et amical de Reagan cachait des eaux plus profondes. Des secrets. Il n'aimait pas les secrets. Ils n'avaient pas leur pareil pour se réveiller au mauvais moment.

— Ton père peut sûrement trouver un moyen de faire annuler

cette clause. Surtout si cela semble te pénaliser par rapport à ton frère ou à ta sœur, fit-il valoir.

Il envisagea même d'obtenir une copie du document et de la soumettre au service juridique de Wingate Enterprises pour déterminer ce qui, le cas échéant, pouvait être fait. Quelle faille pouvait être exploitée.

— Mon père ne va pas m'aider, admit-elle dans un souffle comme si elle était sur le point de s'évanouir. Ma grand-mère a ajouté un codicille. Elle a laissé le respect de la clause à la discrétion de mon père. Il peut décider de me remettre l'argent tout de suite ou respecter ses souhaits. Il a décidé qu'il préférait me voir mariée et installée. Que quelqu'un s'occupe de moi, voilà ce qu'il répète tout le temps. Comme si j'étais un enfant passant d'un tuteur à un autre. Comme des bagages. Ou un colis très fragile.

Elle s'esclaffa d'un rire amer, et la lourdeur qui émanait d'elle, la tristesse, fut comme un poing pressé contre la poitrine d'Ezekiel.

Subitement, il comprit. Et eut par la même occasion envie de saisir Douglas Sinclair par la gorge.

— C'est donc ça, tous les hommes que tes parents voulaient te présenter ? demanda-t-il.

Elle acquiesça.

— Le soir de la fête chez James Harris ? Oui. *Idem* pour les dîners qui se succèdent chez nous. Rien que la semaine dernière, il y en a eu trois. J'ai l'impression d'être une voiture de collection proposée aux enchères. Ou un cheval de course. Qu'est-ce que c'est humiliant !

Enfin, le feu éclata sous le calme. Que devait-il faire ? Applaudir l'émotion ou la prendre dans ses bras pour la tempérer ? Il ne fit ni l'un ni l'autre, conservant une prudente distance avec d'elle.

— Tout ce que je voudrais, c'est leur hurler d'aller au diable. Mais je ne peux pas. Parce que je n'ai pas l'argent, ni le mari dont je ne veux pas. Mais…

— … mais la loyauté familiale est une belle garce, coupa-t-il.

Un sourire apparut sur ses lèvres.

— Mais tellement ! Une sacrée sale garce.

— Ray.

Ce sourire. L'affreuse résignation qu'il y lisait... Il n'en pouvait plus de ne pas la toucher. Comblant le petit espace qui les séparait, il prit en coupe l'arrière de son cou, la rapprochant. Plaçant un baiser sur sa tempe, il murmura :

— Je suis désolé, ma puce. La famille peut être notre plus grande bénédiction et notre plus lourd fardeau.

Brossant ses lèvres sur ses cheveux une dernière fois, il laissa tomber son bras et recula de nouveau. Ignorant la douceur de ses cheveux contre sa bouche. Ou comment sa paume le démangeait de l'envie de reprendre sa nuque et de...

— Quoi que tu fasses, lui dit-il fermement, assure-toi que c'est la meilleure décision pour toi. Cette vie est bien trop courte pour la remplir de regrets.

Ses cils s'abaissèrent, mais pas avant qu'il ne saisisse une lueur d'émotion dans ses yeux.

Oh oui. Plus de doute possible. Des secrets habitaient là-dedans.

— Des regrets, répéta-t-elle à voix basse. Non, je n'en veux pas.

Secouant la tête, elle sourit sans le regarder.

— Bon, il se fait tard, je dois y aller. On m'attend à une réunion. Prends soin de toi, Zeke.

Après un petit geste de la main, elle tourna les talons et prit la direction de la sortie du cimetière. Son regard se fixa sur sa silhouette élancée et tout en courbes, puis se réorienta sur la tombe à ses pieds.

Son esprit était resté avec la femme qui venait de s'éloigner. Pas avec celle qui reposait dans la terre.

« Soit je m'enchaîne à un homme que je connais à peine et que je n'aime pas pour accéder à mon héritage. Soit j'attends à stagner pendant encore quatre ans tandis que mes propres rêves, mes propres besoins et désirs se fanent et meurent. »

Les mots tourbillonnèrent dans sa tête comme une tempête déchaînée. Dans l'œil du cyclone apparut son propre conseil.

« Cette vie est bien trop courte pour la remplir de regrets. »

Une idée... folle, commença à se former dans son esprit. Et s'il commençait par se l'appliquer à lui-même ?

4

Cela faisait quelques années que Reagan n'était pas venue au domaine Wingate.

Cinq exactement.

Les magnifiques collines et le grand manoir construit sur la plus élevée ravivèrent tant de souvenirs d'une époque plus heureuse et beaucoup moins compliquée.

Bien que Reagan ait deux ans de plus qu'elle, elle avait été très amie avec Harley Wingate. Et même pour certains, sa meilleure amie, toujours fourrées l'une chez l'autre, à comparer leurs journaux intimes, à bavarder de garçons, à partager leurs secrets.

Elle soupira.

Oui, une époque vraiment moins compliquée.

Quelque temps avant sa fausse couche, Harley avait quitté les États-Unis pour la Thaïlande. Reagan n'avait jamais révélé sa grossesse à son amie, sans compter que Harley était elle-même partie avec ses propres secrets – y compris l'identité du père de son bébé.

Le père de Reagan, par contre, avait été très fier que sa fille soit amie avec une Wingate.

Une fierté qu'elle avait déchirée en mille morceaux.

Allez, n'y pense plus.

Mieux valait effectivement se concentrer sur la raison de sa présence. Le mystérieux message qu'elle avait reçu un peu plus tôt d'Ezekiel Holloway. Il lui demandait de venir le rejoindre dans la maison d'hôtes qu'il occupait avec son frère dans le domaine. Que pouvait-il avoir à lui dire ? Et, surtout, pourquoi ne lui avait-il pas donné rendez-vous à son bureau de Wingate Enterprises ?

Et pourquoi son ventre avait-il effectué une triple vrille que n'aurait pas reniée Simone Biles juste en se remémorant le son de sa voix suave et rocailleuse à la fois ?

Elle secoua la tête, comme si le geste allait pouvoir atténuer la folie des sensations qui l'animaient lorsqu'elle était en présence d'Ezekiel. Même si les autres raisons pour lesquelles il lui était interdit – c'était un play-boy, un ami, il l'avait vue avec de l'acné et un appareil dentaire – disparaissaient, il restait qu'il n'avait toujours pas fait le deuil de sa fiancée morte.

Huit ans.

À quoi cela pouvait-il ressembler d'aimer quelqu'un ainsi ? Dans sa folie adolescente, elle avait cru partager ce genre de relation avec Gavin. Mais, vu la facilité avec laquelle il l'avait sortie de sa vie après sa fausse couche, sa naïveté n'aurait pu être plus évidente. Dans tous les cas, c'était la cicatrice de la perte de son enfant à naître qui lui faisait aujourd'hui le plus mal. Pas la perte de Gavin.

Contrairement à Ezekiel.

Se garant derrière une élégante Jaguar XJ noire, Reagan coupa le moteur et sortit de sa Lexus gris foncé. Comme un aimant, elle s'avança vers la bête rutilante. Les bouts de ses doigts la démangeaient, et elle ne tarda pas à les faire courir sur la carrosserie. Quel plaisir cela devait être de saisir le volant et d'entendre le moteur ronronner sous le capot.

— Je te laisse avec ma voiture pour un moment d'intimité, si tu veux ?

Captée.

Reagan grimaça, jetant un coup d'œil vers le porche où Ezekiel appuyait une épaule sur une colonne. À moins qu'il ne se prélasse chez lui en costume, il avait à l'évidence quitté depuis peu son bureau. Une chemise blanche tombait à la perfection sur ses larges épaules, sa poitrine musclée et son ventre plat, tandis qu'un pantalon de costume anthracite soulignait sa taille et ses longues et puissantes jambes.

— C'est une idée, dit-elle, les yeux de nouveaux braqués sur la Jaguar. C'est un V8 ?

Il acquiesça.

— Je ne te pensais pas fan de mécanique, remarqua-t-il, se redressant alors qu'elle s'approchait de lui.

Reagan gravit les quelques marches donnant sur le porche et haussa les épaules.

— C'est la faute de mon frère. Mon obsession a débuté quand il jouait avec moi aux Hot Wheels quand nous étions enfants. Et depuis que nous sommes adultes, nous sommes passés aux modèles grandeur nature. Nous faisons au moins deux salons de l'automobile chaque année ensemble.

— Que me caches-tu d'autre, Reagan ? murmura Ezekiel, ses yeux verts hypnotiques scrutant son visage.

Une sensation de chaleur prit naissance dans sa poitrine et se fraya un chemin jusqu'à son cou et… oh non, ses joues. Baissant la tête pour cacher sa réaction révélatrice, elle souffla un petit rire.

— Ce que je te cache ? Allez, ne te moque pas de moi, s'il te plaît. Je suis un livre ouvert.

Il ne répondit rien et, incapable de s'en empêcher, elle leva la tête et fut prise au piège de son regard. Son souffle devint haletant et, pendant un instant, elle eut l'impression de se noyer. Était-elle la seule à ressentir cela ?

Bonté divine, pourquoi cet homme devait-il être si sexy ?

Objectivement, elle comprenait pourquoi tant de femmes de Royal se disputaient pour l'avoir dans leurs bras, dans leur lit. Même pour quelques heures. Oh oui, sa réputation de « monogame d'une nuit » était bien connue. La rumeur disait-elle vrai ? Une partie d'elle voulait savoir.

Et l'autre ?

Eh bien l'autre ne voulait pas l'imaginer au lit avec une autre femme, point final. Pourquoi cette pensée lui tordait-elle autant l'estomac ?

— Allez, viens, l'invita-t-il en écartant la porte moustiquaire.

Hochant la tête, elle se glissa devant lui et entra dans la maison d'hôtes.

Ce n'était pas la première fois qu'elle marchait sur son vieux plancher. Après la mort de leurs parents, Luke et Ezekiel y avaient emménagé et ils étaient souvent dans les parages lorsqu'elle venait voir Harley. Sauf qu'à l'époque elle n'avait pas été personnellement invitée par Ezekiel. Et elle ne se retrouvait pas non plus seule avec lui.

Comme aujourd'hui.

Il la conduisit jusqu'au salon.

Ezekiel s'installa dans un fauteuil et lui désigna le canapé.

Lorsqu'il se pencha en avant, calant ses coudes sur ses cuisses musclées, sa chemise moula ses épaules et son torse. Mais elle n'eut pas le temps de fantasmer en s'imaginant l'arracher car ses yeux s'obscurcirent soudain pour l'emplir d'un profond malaise.

Un malaise mâtiné d'inquiétude.

— Quoi, qu'est-ce qui ne va pas ? chuchota-t-elle. Que s'est-il passé ?

Harley ? Ses parents ? Quelque chose concernant Wingate Enterprises ? Comme tout le monde à Royal – et même dans le pays –, elle avait entendu parler des problèmes dans leur usine de fabrication de jets. Mais, contrairement à ce que pouvaient susurrer les ragots, elle ne croyait pas aux accusations de corruption. Cela ne collait pas avec les gens qu'elle connaissait depuis des années. Et cela ne correspondait absolument pas à Ezekiel. Ils n'étaient peut-être pas proches, mais le garçon et l'homme qu'elle avait connu, connaissait et appréciait débordait d'intégrité et d'honnêteté. Jamais il n'aurait toléré de tremper dans une histoire de fraude ou d'escroquerie. Surtout de celles qui auraient pu coûter la vie à ses employés.

Il resta silencieux un long moment. Elle se prépara au pire.

Puis, enfin, il la fixa du regard et lui dit :

— Reagan, épouse-moi.

La respiration qu'elle avait retenue ne put que s'exhaler bruyamment.

Elle cligna des yeux.

Cligna de nouveau des yeux.

Sûrement, il... Non, il ne pouvait pas avoir...

— Pa, pardon ? bégaya-t-elle, le choc ralentissant son esprit et sa langue.

— Épouse-moi, répéta-t-il.

Son regard de jade ne flanchait pas. Son expression était solennelle. Déterminée.

— Sois ma femme.

Oh mon Dieu. Sa détermination dégela lentement la glace dans laquelle la surprise l'avait enveloppée, permettant à la panique de s'infiltrer. Il avait perdu la tête. Voilà, il avait craqué sous la pression de la tempête qui balayait Wingate. Quelle autre explication pouvait-il y avoir ?

— Ezekiel...

— Je ne suis pas fou, lui assura-t-il, ayant apparemment développé un talent de mentaliste.

Ou peut-être qu'il l'avait vue se tortiller sur le canapé et se lever à moitié, signe de son besoin de s'échapper. Il tendit une main, bloquant le mouvement.

— Reagan, écoute-moi. S'il te plaît.

Il avait l'air sain d'esprit. Calme, même. Mais cela ne voulait rien dire et ne changeait rien au fait que... l'homme en face d'elle venait de la demander en mariage.

Elle secoua nerveusement la tête. Et si c'était elle qui était en train de perdre la raison ? Oui, il ne pouvait pas en être autrement. Elle hallucinait. Ou alors elle rêvait, elle était encore dans son lit, il n'y avait pas eu de message, pas de Jaguar. Le réveil allait sonner, et tout rentrerait dans l'ordre.

Sauf qu'aucune alarme ne retentit et Zeke ne la quittait pas du regard.

— Je comprends ta réaction, dit-il d'une voix blanche. Vraiment. Mais laisse-moi t'expliquer.

De toute façon, ses lèvres étaient incapables de former le moindre mot intelligible. Elle le laissa poursuivre.

— J'ai beaucoup réfléchi à ce que nous nous sommes dit au

cimetière il y a deux jours. Ta situation avec le testament, les arrangements matrimoniaux de ton père.

— J'appellerais plutôt ça un siège, grommela-t-elle.

Un sourire complice se dessina au coin de la bouche d'Ezekiel.

— D'accord, va pour un siège.

Une fois de plus, son visage devint sérieux et elle résista à l'envie de croiser nerveusement les bras devant elle. Parce que ce n'était qu'une vaine tentative de se protéger des mots qui allaient dans tous les cas sortir de sa bouche.

— La clause du testament de ta grand-mère dit que tu dois épouser un homme convenable pour recevoir ton héritage. Tu as aussi dit que tu ne voulais pas épouser un homme que tu ne connaissais pas. Quelqu'un qui essaierait de te contrôler.

Il relâcha une respiration rauque et irrégulière.

— Nous nous connaissons, nous sommes amis depuis des années. Et je n'ai aucun intérêt à te contrôler, ni même à vouloir de ton argent. Je suis même prêt à signer un contrat stipulant que ton héritage restera en ton nom seul, sans la moindre ingérence de ma part.

— Attends, attends.

Elle leva une main, paume tournée vers l'extérieur. Il fallait vraiment qu'il se taise. Qu'il lui laisse le temps de digérer ses mots. De les comprendre.

— Quoi, tu es en train de me dire que tu veux m'épouser juste pour que je puisse accéder à l'argent de ma grand-mère ?

— Oui.

— Mais pourquoi ? lâcha-t-elle.

Incapable de rester assise plus longtemps, elle se leva et s'éloigna de lui. Loin de l'intensité qu'il dégageait et qui brouillait d'autant plus ses pensées. Se dirigeant vers les larges baies vitrées, elle regarda fixement à l'extérieur, mais sans réellement voir les grandes écuries ou les chevaux dans le corral au loin. Cette fois, elle céda à la nécessité de croiser les bras sur sa poitrine. Qu'importe si le geste trahissait sa vulnérabilité, sa confusion.

— Pourquoi ? répéta-t-elle, plus douce mais non moins perplexe.

D'après son expérience, personne dans le monde ne faisait rien gratuitement. Qu'est-ce qu'Ezekiel attendait d'elle ? Comment allait-il pouvoir tirer profit de cette offre apparemment purement altruiste ?

— Je ne savais même pas que tu voulais te marier.

Quarante-huit heures plus tôt, elle l'avait vu penché sur la tombe d'une femme avec laquelle il avait voulu sceller sa vie.

— Pourquoi voudrais-tu t'engager de ton plein gré avec une femme que tu n'aimes pas ?

— Je ne cherche pas l'amour, Reagan.

Elle sentit sa présence derrière elle lorsqu'il prononça ces mots.

La simplicité, la franchise, la tranquillité de cette déclaration n'auraient pas dû la secouer comme un tremblement de terre, mais c'est bien cependant ce qu'elle ressentit. Certes, elle ne cherchait pas non plus l'amour et avait appris à ses dépens à s'en méfier, mais l'entendre le dire…

— Non, vraiment pas, poursuivit-il. L'amour n'est pas inclus dans le marché, et je préfère le préciser dès le départ. Si c'est ce que tu espères de moi, j'annule l'offre. Je ne veux pas te mentir ou t'induire en erreur. Et encore moins te faire de mal.

— Je n'espère rien, murmura-t-elle. Mais cela ne répond toujours pas à ma question. Pourquoi ?

Son soupir lui ébouriffa les cheveux, et, alors qu'il se déplaçait derrière elle, sa poitrine effleura son omoplate. Mais plutôt que de se sentir acculée ou étouffée, elle ne put que lutter contre l'envie de se presser contre lui. De s'abandonner à la chaleur et à la force qu'il dégageait.

Alors elle se raidit et se pencha en avant.

— Est-ce que je peux tirer profit d'une alliance avec une Sinclair, avec tout ce qui arrive avec WinJet ? Oui, évidemment. Est-ce que j'apprécie ta compagnie ? Oui, aussi. Est-il difficile d'admettre que non seulement je me sens parfois seul, mais aussi que j'en souffre ? Oui, oui, oui. Mais ce ne sont pas les raisons principales de ma proposition.

Une *proposition*, nota-t-elle mentalement. Pas une *demande en mariage*. Seigneur, elle était plus que bien placée pour savoir quel trou la solitude pouvait creuser dans un cœur. Et comment on pouvait être prêt à faire n'importe quoi pour y remédier.

— La liberté, dit-il. C'est ce que tu as chuchoté. Peut-être que tu ne voulais pas que je l'entende, mais je l'ai compris. Tu veux être libre, c'est ton rêve. Je ne sais pas pourquoi et je ne vais pas t'obliger à me le dire, cela n'a pas d'importance. Mais cette liberté, je sais que je peux te l'offrir. Si tu acceptes, tu pourras toucher l'héritage et tous tes rêves et objectifs ne stagneront pas pendant encore quatre ans.

Elle ferma les yeux et se sentit comme tétanisée. Il l'avait écoutée. Voilà quelque chose qui ne lui était pas familier. Quelqu'un l'avait écoutée. Avait prêté attention à ses désirs, ses besoins, l'avait considérée. *Elle.*

— Je ne sais pas si c'est très juste, hésita-t-elle. Que tu te lies comme ça légalement à moi, sans...

Elle baissa les yeux en silence et poursuivit :

— Le mariage, ce n'est pas quelque chose à prendre à la légère.

— Ce ne sera pas éternel, répliqua-t-il. Un an, dix-huit mois tout au plus. Juste assez longtemps pour que tu touches l'argent. Ensuite, on pourra divorcer à l'amiable et rester amis. Ray, c'est aussi simple que ça.

Il lui prit les épaules et la retourna doucement mais fermement pour lui faire face. Elle inclina la tête en arrière et rencontra son regard aussi indéfectible qu'ombrageux.

— Outre les raisons évidentes, je comprends pourquoi tu pourrais hésiter. Je suis peut-être lié aux Wingate, mais, avec l'incendie et la mauvaise presse, notre réputation n'est plus aussi impeccable qu'avant. Et tu pourrais très bien être salie par notre association...

Elle le coupa et agita la main entre eux.

— Comme si j'en avais quelque chose à faire, pouffa-t-elle. Non, ma préoccupation principale, c'est que ton histoire ne paraîtrait même pas crédible dans une sitcom. Personne ne va croire à notre union vu qu'on n'a jamais été vus ensemble comme un couple.

— Laisse-moi m'occuper des apparences et des histoires

qu'il faudra raconter. Je suis vice-président du marketing, je te rappelle. D'autant plus qu'il n'y a en réalité qu'une seule personne à impressionner et c'est ton père. C'est lui qui tient les rênes de ton héritage. S'il approuve, la cérémonie pourra être aussi simple que rapide et tu n'auras pas à attendre longtemps avant de pouvoir toucher ton argent.

Reagan étudia la mâchoire d'Ezekiel recouverte d'une barbe courte. Était-elle réellement en train de prendre sa demande au sérieux ? Non, pas *demande*, se ravisa-t-elle mentalement, *proposition*.

Effectivement, ce qu'il avait conçu s'apparentait davantage à un accord commercial qu'à un mariage. Avec un contrat, une bague et...

Son cou et son visage s'enflammèrent de nouveau. Comment pouvait-elle envisager d'inclure le sexe dans le cadre de leur marché ? Ezekiel la considérait comme la meilleure amie de sa cousine, pas comme une femme désirable. Mais à des fins de crédibilité, il fallait quand même qu'il mette la pédale sur ses conquêtes le temps de leur mariage blanc.

Elle bredouilla :

— En ce qui concerne le...

— ... le sexe ? demanda-t-il sans détour.

— Oui, murmura-t-elle. Si nous devons faire croire que nous sommes ensemble et amoureux, il ne faut pas que tu fréquentes d'autres femmes, si tu vois ce que je veux dire.

— Ray, regarde-moi.

Elle fit ce qu'il demandait.

— Tu me prends pour qui ? Je sais me contrôler.

Elle déglutit nerveusement.

— Pas besoin de rentrer dans les détails, je prends cela pour un oui, qu'il n'y aura pas d'autres femmes pendant la durée de...

Elle s'éclaircit la gorge et termina sa phrase :

— ... de notre arrangement, dit-elle, en arquant un sourcil.

— C'est un oui, Ray.

Un sourire courba sa bouche, et elle ne put s'empêcher de se demander quel goût avaient ses lèvres. Il n'y aurait pas de sexe avec d'autres femmes durant leur union factice, mais entre eux ? Était-elle prête à prendre ce risque ?

Les battements de son cœur s'accélérèrent et, sans en avoir vraiment conscience, elle s'entendit dire comme on plonge la tête la première dans un étang glacé :

— D'accord, Ezekiel, marions-nous.

5

— Tu es vraiment sûr de vouloir faire ça ?

Reagan posa la question à Ezekiel pour, oh ! probablement la dix-septième fois depuis qu'elle avait accepté son… marché.

— Si tu changes d'avis, ce n'est pas trop tard, ajouta-t-elle alors qu'il tournait la clé dans le contact et coupait le moteur.

Même faire le trajet en Jaguar n'avait pas suffi à calmer ses nerfs, tant pis si la voiture avait tout d'un rêve à quatre roues.

Ses longs doigts s'enroulèrent tendrement autour du poing qu'elle serrait sur ses genoux. Il resta silencieux en attendant qu'elle éloigne son regard de leurs mains jointes et le porte sur son visage.

— Oui, je suis sûr, Reagan. Tout comme j'en étais sûr la dernière fois que tu m'as demandé. Et la fois d'avant, et aussi celle d'avant.

En riant, il lui serra la main une dernière fois avant de la relâcher et d'ouvrir la portière. En quelques secondes, il avait fait le tour du capot pour venir lui ouvrir. Il tendit une main vers elle, et avec un soupir résigné elle couvrit sa paume de la sienne.

Et ignora le grésillement qui semblait crépiter de leurs mains jointes pour remonter le long de son bras et descendre en un irrésistible picotement sur ses seins. Il allait vraiment falloir qu'elle s'habitue à sa présence sans qu'une tempête ne manque de l'emporter à chaque seconde. La chose était aussi gênante qu'irritante.

Mais aussi si excitante…

Il garda leurs mains jointes en gravissant les quelques marches menant à sa maison. Selon Ezekiel, mieux valait ne pas perdre de temps à fomenter un plan et se jeter tout de suite dans l'arène. Elle avait donc appelé l'administrateur du foyer pour jeunes filles et lui avait fait savoir qu'elle ne serait pas là aujourd'hui. Elle avait beau détester se faire porter pâle, Reagan était d'accord avec Ezekiel. Le plus tôt ils auraient passé l'étape de la présentation à sa famille, le mieux ce serait. Raison pour laquelle elle avait aussi appelé ses parents pour leur dire qu'elle dînerait avec eux et qu'elle avait une « annonce à leur faire » – sans mentionner cependant la présence d'Ezekiel.

— Chérie, regarde-moi.

Reagan s'arrêta sur la plus haute marche, sa poitrine agitée par une respiration saccadée. Puis elle inclina la tête en arrière et obéit à la douce demande d'Ezekiel.

Elle fit tout son possible pour ne pas tressaillir lorsqu'il prit sa mâchoire en coupe et fit glisser son pouce sur sa joue.

— Tout va bien se passer, Reagan, lui assura-t-il en frôlant le coin de sa bouche. Je serai à tes côtés quoi qu'il arrive. Promis.

Elle se raidit et réussit à piéger dans le silence de sa conscience les mots qui venaient d'y surgir : *Ne fais pas de promesses que tu ne pourras pas tenir.* Évidemment qu'il partirait. Que ce soit à la fin de cette soirée si elle se passait mal ou à la fin de leur mariage. Tous les hommes partent, à un moment donné. Gavin était parti. Le père affectueux et chaleureux avec lequel elle avait passé son enfance avait été remplacé par une version plus froide, sévère et intransigeante.

Il fallait qu'elle s'en souvienne, coûte que coûte. Pour ne pas être blessée quand Ezekiel finirait inévitablement par disparaître de sa vie.

— Allez, rentrons, ils nous attendent.

Un instant plus tard, la pression ferme et chaude de sa main s'installa sur le bas de son dos. Et la porte d'entrée s'ouvrit sur son père, aussi majestueux et impénétrable qu'à l'accoutumée.

— Reagan.

Il marqua une pause, étudiant Ezekiel sans laisser transparaître quoi que ce soit de ses pensées.

— Ezekiel.

Il tendit une main vers lui.

— C'est une belle surprise.

Alors que les deux hommes se serraient la main et se saluaient, Reagan inspira lentement et profondément.

Je vais y arriver, je peux le faire, je dois le faire, se répéta-t-elle.

Parce que les options qui s'offraient à elle – la reprise du défilé d'hommes tous les soirs, la déception grandissant dans les yeux de ses parents à chacun de ses refus, sa vie bloquée sur pause – étaient impossibles à accepter.

— Eh bien, entrez. On t'attendait, Reagan. Par contre, je vais aller demander à Marina d'ajouter un couvert supplémentaire pour notre invité.

— Merci, Douglas. J'apprécie que vous m'accueilliez à l'improviste, déclara Ezekiel.

Sa main ne quittait pas son dos. Il avait raison, sa grande silhouette avait tout d'une présence rassurante à ses côtés.

— Aucun problème.

Douglas ouvrit la voie vers le petit salon où ils retrouvèrent sa mère. Dès qu'ils entrèrent, elle se leva de son fauteuil préféré, celui installé près de la grande cheminée. À cinquante-cinq ans, Henrietta Sinclair possédait une élégance et une beauté défiant le temps. Ses cheveux sombres étaient à peine balayés de gris aux tempes et encadraient son beau visage dans un carré classique. Petite et élancée, elle avait beau paraître fragile, elle savait parfaitement jouer le rôle de médiatrice et de pacificatrice entre Reagan et son père. Elle était une force tranquille, souvent sous-estimée. À commencer par Reagan elle-même.

— Eh bien, s'exclama sa mère en la fixant du regard. On se doutait que ta grande annonce allait être surprenante, et pour l'instant c'est bien parti.

À ces mots, Henrietta traversa la pièce pour venir à leur hauteur.

— Bienvenue, Ezekiel.

Elle tendit ses bras vers lui, joignant ses mains aux siennes. Il baissa la tête et l'embrassa sur chaque joue.

— C'est si bon de te revoir.

— Le plaisir est partagé, madame Henrietta, fit Ezekiel. Merci de m'accueillir chez vous.

Il dégagea doucement ses mains des siennes et en retourna une à la base de la colonne vertébrale de Reagan.

Ce que le regard attentif de sa mère ne manqua pas.

— Allez, on arrête tout de suite les chichis. C'est Henrietta et c'est tout, le réprimanda-t-elle avec un sourire. Ma chérie, tu es magnifique ce soir.

Elle inspecta des yeux la robe fourreau violette de sa fille et ses sandales à talons hauts.

— Une raison particulière ?

— Toujours aussi subtile, maman, ironisa Reagan en secouant la tête.

Elle était aussi surprise que soulagée par la bonne humeur qui s'était immédiatement installée dans la pièce, et oublia un peu de l'anxiété qui ne l'avait pas quittée depuis qu'elle était montée dans la Jaguar d'Ezekiel. Après tout, peut-être qu'elle s'était trompée, que cela n'allait pas être aussi difficile qu'elle l'avait imaginé...

— Pour tout dire, Zeke et moi aimerions vous parler avant le dîner.

Son père s'avança pour se poster aux côtés de sa mère, son visage tellement fermé qu'il aurait pu faire pleurer de jalousie le Sphinx.

Les nerfs de Reagan reprirent leur forme de pelote, et elle perdit la trace des mots qui avaient commencé à se ranger sur sa langue.

Bon sang, elle était adulte. Pourquoi l'approbation de son père comptait-elle toujours autant pour elle ?

Parce que cela fait longtemps que tu l'as perdue.

Tellement vrai. En dix ans, elle aurait pu se baigner dans sa déception et sa frustration. Cela faisait si longtemps qu'elle n'avait pas vu ses yeux scintiller d'une lueur de fierté. Pas depuis qu'une adolescente de seize ans avait brisé le cœur de son papa.

Est-ce qu'Ezekiel avait senti le torrent d'émotions qui tourbillonnait en elle ? Ou peut-être n'était-il simplement qu'un très bon acteur, mais dans tous les cas il déplaça sa main de son dos et enroula un bras autour de ses épaules. Il la tira ensuite doucement contre lui. Comme s'il lui proposait un abri. Ce qu'elle fut bien incapable de refuser.

Qu'importe qu'il soit aussi factice qu'éphémère.

Il s'éclaircit la gorge et commença :

— Douglas, Henrietta, comme vous le savez, Reagan et moi sommes amis depuis des années. Ces derniers mois, nous avons ravivé cette amitié et nous n'avons cessé de nous rapprocher. Tellement que, ce soir, je viens vous demander la main de votre fille.

Dans la pièce, l'humour et la décontraction laissèrent subitement place à un épais silence. Reagan se força à rester immobile malgré le poids du regard impassible de son père et des deux disques noirs qui avaient remplacé les yeux de sa mère.

— Eh bien, je...

Henrietta les regarda tous les deux, puis tourna la tête vers son père avant de revenir vers eux.

— Certes, je dois admettre que je m'attendais à ce que vous nous disiez que vous sortiez ensemble, mais là...

Elle ne termina pas sa phrase et resta bouchée bée en clignant rapidement des yeux.

— Je sais que ça semble rapide, maman, dit Reagan, abasourdie par la régularité de son ton alors que sous sa poitrine couvait un feu nourri alimenté par de l'inquiétude, de la peur, de l'incertitude. Mais si on prend en compte toute notre relation avec Zeke, finalement, on peut dire que nous avons pris notre temps.

Bon Dieu, les mensonges roulaient sans aucun souci sur sa langue. Elle allait aller en enfer, avec un M majuscule pour « menteuse » gravé au fer rouge sur sa poitrine.

— C'est vrai ? demanda son père, rompant enfin son silence.

Dans ce cas, pourquoi est-ce la première fois que nous entendons parler de cette... relation ?

Reagan releva le menton, redressa ses épaules et se dégagea des bras d'Ezekiel pour rencontrer le regard de son père rétréci comme une meurtrière.

C'était leur cercle vicieux.

Ses reproches. Sa douleur. Ses provocations.

Puis sa mère interviendrait pour apaiser et arbitrer.

— Parce que nous avons décidé de la garder pour nous jusqu'à ce que nous soyons prêts à en parler. La seule chose plus rapide que la machine à potins de Royal est la vitesse de la lumière. Nous voulions nous assurer que ce que nous avions était solide et réel avant de l'exposer au grand jour. Parce que nous sommes un Wingate et une Sinclair, tout simplement.

— D'ailleurs, ajouta Douglas en tournant son attention vers Ezekiel et en durcissant son expression, avec le pétrin dans lequel est aujourd'hui Wingate Enterprises, tu ne t'es pas dit que cela pouvait affecter Reagan ?

— Papa !

— Bien sûr, Douglas, intervint Ezekiel, son ton tranchant comme du silex. Jamais je ne voudrais l'exposer à un scandale ou à un manque de respect. Croyez-moi, j'ai assez souffert et je ne veux pas la soumettre à ça. La protéger est ma priorité. Mais si mon propre passé et cette situation m'ont appris quelque chose, c'est que la vie est trop courte et l'amour trop précieux pour permettre à des ragots ou à de la mauvaise presse de dicter nos vies. Sans compter que nous sommes innocents, même si le tribunal de l'opinion publique a rendu son verdict. La famille, nos vrais amis et les membres du Club des éleveurs du Texas nous croient et nous soutiennent. Et ils soutiendront et protégeront également Reagan. En tant que membre vous-même, vous comprenez le pouvoir et la force de cette influence.

Son père ne répondit rien, mais continua à étudier Ezekiel en silence.

— Et je crois moi aussi que les Wingate sont innocents, papa, ajouta Reagan. Nous les connaissons depuis des années, et ils ont toujours montré qu'ils étaient des gens honnêtes et bons. Ce qui se passe depuis plusieurs semaines ne va pas tout balayer d'un coup.

Elle prit une profonde inspiration et tendit la main vers Ezekiel. Avant qu'elle n'eût le temps d'entrecroiser ses doigts avec les siens, il l'avait déjà reprise contre lui, sous ses bras puissamment protecteurs.

— Ezekiel tient de sa famille. C'est un homme bon, un homme d'honneur. Je ne choisirais pas de me marier avec un homme s'il ne méritait pas mon cœur et ta confiance.

Dès que les mots quittèrent sa bouche, elle tressaillit, si désireuse de les rattraper. Mais, trop tard, ils étaient partis et commençaient à faire son œuvre. À voir la torsion des lèvres de son père, elle put lire dans ses pensées.

Oui, comme le dernier que tu nous as amené, n'est-ce pas ? Un champion du monde, qui t'a mise enceinte et t'a abandonnée. Alors pardon de ne pas faire confiance à ton jugement, encore moins à ta capacité de choisir un homme digne.

La fureur s'embrasa en elle. Une fureur nourrie par des blessures encore vives. De l'humiliation. Elle s'entendit hurler : *Quand allez-vous arrêter de me pénaliser pour mes erreurs ? Quand m'aimerez-vous à nouveau ?* Mais aucun son ne sortit de sa bouche.

— Et cette décision soudaine de te marier n'aurait bien sûr rien à voir avec le testament de ta grand-mère ? répliqua son père, la bouche débordant de sarcasme.

Hypocrite. Ses doigts se resserrèrent nerveusement sur la main d'Ezekiel. Comment osait-il lui demander cela alors qu'il n'avait cessé de vouloir la placer ces dernières semaines ? La seule différence, c'est que c'était elle qui avait trouvé Ezekiel. Ce n'était pas son père qui l'avait choisi.

— Papa, je n'ai pas besoin…

— Excusez-moi, Douglas, intervint Ezekiel, son étreinte toujours douce et ferme. Je suis sûr que je n'ai pas à vanter les qualités de votre fille devant vous. Elle n'est pas seulement belle, elle est gentille, généreuse, diablement intelligente. Et elle est parfois si sensible que j'ai envie de la cacher dans mes bras pour la protéger de gens sans scrupules qui pourraient profiter de son cœur trop tendre. C'est ce que je veux être pour elle. Un protecteur. Son champion. Et son mari.

Tout ceci est faux. C'est pour faire semblant, se rappela-t-elle en regardant Ezekiel. Et pourtant... Personne n'avait encore parlé d'elle en ces termes. Et personne ne l'avait ainsi défendue, surtout pas devant son père. Tant de fermeté, de détermination, d'éloquence... En ce bref instant, elle y aurait presque cru.

Mais n'y croyait-elle pas ?

Elle se mit sur la pointe des pieds pour atteindre son oreille.

— Je n'aime pas qu'on me coupe, mais, pour toi, je vais faire une exception parce que cela me fait très plaisir, murmura-t-elle.

Le demi-sourire qu'elle commençait à connaître se leva au coin de sa bouche et, quand il tourna son regard vers elle, elle ressentit là encore quelque chose de familier.

Des picotements.

Sa peau qui semblait s'embraser.

Son sang qui semblait s'affoler.

Son sexe qui...

Non non non non non. Son cerveau envoya un SOS à sa chair.

— Je ne sais pas si je mérite Reagan, mais je ferai tout ce qui est en mon pouvoir pour être à la hauteur, déclara Ezekiel en lui serrant les doigts.

Une profonde tendresse illumina ses yeux. Cette émotion, elle savait qu'elle n'était pas feinte. Il l'appréciait réellement, elle en avait eu souvent la preuve, et qu'il soit prêt à subir l'épreuve de ses parents en était une nouvelle.

— Je sais que vous avez des doutes et je ne peux pas vous en vouloir. Mais n'en ayez pas sur le fait que je prendrai soin de votre fille.

Son père continua à regarder Ezekiel en silence. Ezekiel ne broncha pas, ne baissa pas le regard. Peu d'hommes en étaient capables. Puis, enfin, elle détecta une lueur de respect dans les yeux de son père.

— Très bien, vous avez notre bénédiction, dit Douglas.

Il tendit la main vers Ezekiel.

Alors que les deux hommes scellaient leur approbation mutuelle, sa mère était aux anges.

— Eh bien, Dieu merci, ça, c'est fait, souffla-t-elle, manifestement soulagée.

Henrietta s'avança pour envelopper Reagan dans ses bras. Elle se laissa bercer par les effluves de vanille, de jasmin et de fleur d'oranger de Black Opium d'Yves Saint Laurent, un parfum qu'elle portait depuis des années. Puis, en desserrant son étreinte, Henrietta recula et sourit.

— Félicitations, ma chérie.

— Merci, maman, murmura-t-elle.

— Avez-vous déjà pensé à une date ? demanda sa mère. Au printemps, ça serait bien, non ? Les salons du club sont en général réservés des mois à l'avance, mais ton père n'hésitera pas à grossir son chèque pour s'assurer qu'ils nous reviennent. Ce qui fait qu'il faudrait envoyer les invitations sans trop tarder...

— Maman, l'interrompit doucement Reagan en jetant un coup d'œil à Ezekiel. On avait plutôt pensé à une cérémonie très simple, dans quelques semaines.

— Quoi ?

Henrietta semblait avoir du mal à respirer. Son expression horrifiée aurait pu être comique dans d'autres circonstances.

— Mais tu n'y penses pas ! Qu'est-ce que vont dire les gens ? Ta sœur a eu un mariage de princesse, *idem* pour ton frère. Alors toi, tu...

Elle porta une main à sa bouche.

— Oh non, Reagan, ne me dis pas que...

— Non, souffla Reagan, qui sut instantanément ce que sa mère avait en tête. Non, maman, je ne suis pas enceinte.

Et, tandis que le soulagement éclairait le visage de la mère, ce fut la colère qui assaillit la fille. Le désespoir la submergea. Quand cesserait-elle d'être la somme de ses erreurs aux yeux de ses parents ?

6

Ezekiel jeta un coup d'œil à son tableau de bord une fois garé.

21 h 21.

Il était tard, mais, en sortant de sa voiture et du parking de Wingate Enterprises, il savait que Luke serait toujours dans son bureau. Depuis l'incendie de WinJet, les poursuites judiciaires, la mauvaise presse et la chute de leurs activités, son frère aîné se démenait pour trouver de nouveaux investissements. En tant que vice-président du développement, sauvegarder l'entreprise et les emplois de leurs quelque deux cents employés était devenu une mission vitale pour lui.

Et Ezekiel se faisait du souci.

Habituellement, les rôles étaient inversés. À la mort de leurs parents, Luke avait été le seul à garder un œil sur Ezekiel, à prendre soin de lui alors qu'il n'avait que vingt et un ans et était lui aussi affligé du chagrin du deuil. Et quand Ezekiel avait perdu Melissa, Luke ne l'avait pas quitté d'une semelle. Il avait même installé un petit canapé convertible dans la chambre de son frère cadet pour s'assurer que, si jamais Ezekiel avait besoin de lui, il serait là.

Alors, oui, Ezekiel était habitué à être le destinataire de l'inquiétude. Mais désormais, à chaque fois qu'il passait près de la chambre de son frère et voyait son lit intact, l'appréhension s'enfonçait toujours plus profondément en lui. Être un génie créatif avait ses avantages et ses inconvénients. Luke pouvait proposer des idées et des projets incroyables. Mais il pouvait tout aussi bien plonger dans une obsession maladive, tant et si bien que le reste – y compris sa santé – était relégué dans la case « on verra plus tard ».

Traversant le hall vide, Ezekiel prit l'ascenseur jusqu'au sixième étage. Dès que les portes s'ouvrirent, il se dirigea directement vers le bureau de son frère. Sans surprise, il remarqua que Kelly Prentiss, l'assistante de Luke depuis cinq ans, était assise à son bureau, qu'importe l'heure tardive. Dévouée à son frère, elle était aussi là pour s'assurer qu'il mangeait et prenait soin de lui à peu près convenablement.

— Bonsoir, Zeke, le salua-t-elle avec un sourire chaleureux qui illuminait ses yeux verts. Vous savez où il est.

Elle hocha la tête en direction de la porte entrouverte adjacente à son bureau.

— Comment va-t-il ? murmura-t-il, conscient que son frère avait une ouïe de chauve-souris et n'allait pas apprécier de les entendre parler de lui derrière son dos.

Mais il savait aussi que, s'il posait à Luke la même question, il n'allait jamais recevoir de réponse honnête.

— Écoutez...

Elle fit une pause, plissant les yeux en direction de son bureau.

— La période n'est pas facile, mais je veille sur lui. Et si je suis encore là, c'est justement pour m'assurer qu'il rentre ce soir chez lui et n'enquille pas sur une nouvelle nuit blanche.

— Merci, Kelly. J'y vais. Si vous entendez des cris, restez tranquille. Ce sera juste moi qui le plaquerai au sol pour essayer de lui faire entendre raison. Comme d'habitude, quoi.

Elle rit, se retournant vers son ordinateur.

— Je n'entends rien et j'en sais encore moins ! Autant réviser mon discours au cas où je sois appelée comme témoin à décharge.

Il sourit et entra dans la fosse aux lions.

Luke était perché sur l'accoudoir du canapé du coin salon, des papiers éparpillés sur la table en verre devant lui. Un gobelet de café était posé bien trop près du bord avec les restes du repas qu'il s'était manifestement fait livrer. Il leva les yeux et épingla Ezekiel d'un regard noir.

— Essaye un peu de me plaquer au sol, qu'on rigole.

Ezekiel renâcla. De fait, ils avaient tous les deux fait de la lutte au lycée et à l'université, et, même si cela lui faisait mal de l'admettre, il n'avait jamais pu gagner contre son frère. Certes, Luke avait été en catégorie poids lourds et Ezekiel poids moyens, mais il ne manquait jamais une occasion de lui rappeler ses cuisantes et nombreuses défaites.

— Que fais-tu ici ? marmonna Luke, son attention réorientée sur le travail s'étalant devant lui.

Sachant qu'il ne possédait qu'une toute petite fenêtre avant de perdre complètement l'attention de son frère, Ezekiel s'installa dans le fauteuil faisant face au canapé.

— Comme rentrer à la maison et te parler là-bas n'était pas une option, il a bien fallu que je vienne jusqu'à toi. Je n'allais quand même pas dire à mon grand frère que je me marie au téléphone.

Luke se figea, sa main crispée sur une feuille de papier. Lentement, sa tête se leva et l'étonnement assombrit ses yeux. Il resta immobile, à part pour cligner des yeux.

Deux.

Trois fois.

Ezekiel aurait dû ressentir un peu de satisfaction à choquer son frère – un vestige du syndrome du benjamin. Mais il ne fut qu'assailli par la lassitude.

— Hein, quoi ? finit par lâcher Luke.

Ezekiel soupira et croisa les mains sur son ventre.

— Oui, je me marie. C'est une longue histoire.

— Alors commence par le début, ordonna Luke. Et n'oublie aucun épisode.

Au lieu de se braquer devant la demande de son frère, Ezekiel soupira de plus belle et s'exécuta. Il lui raconta sa – très – brève cour à Reagan Sinclair et, quand il finit avec le dîner tendu chez sa future belle-famille, Luke le fixa sans mot dire.

Lui avait-il cassé le cerveau avec son histoire trop incroyable pour en faire une sitcom ?

— Alors attends, dit Luke, qui se laissa glisser sur l'assise du canapé comme si le récit d'Ezekiel l'avait épuisé. Tu es en train de me dire que tu t'es mis tout seul dans un mariage arrangé ? Et même que tu as arrangé tout seul, si je comprends bien, avec une femme que tu connais à peine pour lui permettre de toucher son héritage ? Et cette femme se trouve être la fille de Douglas Pet-de-Sec Sinclair ? Pardon d'offenser ton futur beau-père, mais en même temps je te rappelle que c'est toi qui lui as trouvé ce surnom.

— On ne peut pas dire que je ne connais pas Reagan. C'est la meilleure amie de Harley.

— Ah, depuis combien d'années déjà ? interrompit Luke.

— C'est ce que je dis, ce n'est pas une étrangère, poursuivit Ezekiel malgré la coupure de son frère.

— Je te l'accorde, s'esclaffa Luke. Mais dis-moi, comment es-tu passé de : « Salut, j'ai été ravi de te revoir à cette soirée » à : « Ah tiens, si je t'épousais et qu'on faisait intimement connaissance ? »

Ezekiel renifla.

— Je ne prévois pas de la connaître *intimement*, si tu veux tout savoir. Il s'agit d'un arrangement purement platonique. Je l'aide, c'est tout.

Arrangement purement platonique. Au moment même où il prononçait les mots, son esprit hurla « menteur » comme un acte d'accusation. Oui, il n'avait pas prévu d'avoir de relation sexuelle avec Reagan. Mais les images qui avaient tourmenté ses nuits – elle sous lui, ses yeux bruns brillants de passion, son corps mince cambré, ses seins écrasés contre son torse, ses jambes écartées pour s'offrir à lui alors qu'il s'enfonçait en elle encore et encore… Non, aucune de ces images n'était platonique.

Dans son cas, non seulement la chair était faible, mais l'esprit n'était pas non plus bien vaillant.

Mais il ne l'avait pas demandée en mariage pour se trouver une nouvelle partenaire facile d'accès. Il pouvait garder ses mains – et tout le reste – dans ses poches. Le sexe n'allait faire qu'embrouiller des eaux déjà bien troubles.

Reagan avait fait semblant de comprendre qu'il ne cherchait pas l'amour, qu'il n'était plus capable d'en donner à quiconque.

Mais il savait que ce n'était pas le cas. Il n'avait plus envie de rejoindre Melissa dans la tombe, mais sa mort l'avait marqué bien plus que celle de ses parents. À un moment donné, tous les enfants doivent faire face à l'inéluctabilité de perdre leurs parents. C'est une pensée qui peut même les obséder. La mort de sa mère et de son père avait été dévastatrice et douloureuse et, encore aujourd'hui, ils lui manquaient terriblement. Mais il savait que cela devait arriver tôt ou tard. Même s'il aurait évidemment préféré que cela se produise beaucoup plus tard.

À l'inverse, perdre une jeune femme non seulement qui avait toute sa vie devant elle, mais avec laquelle il pensait construire son avenir, avait été, en quelque sorte, plus tragique. Plus bouleversant. Elle n'aurait pas dû mourir. Selon les statistiques, elle aurait même dû lui survivre. Mais ce n'était pas le cas. Et il en restait une peur viscérale de l'éphémère. La conviction que rien ne dure pour toujours. Tout ce qui est important, tout ce à quoi vous tenez peut vous être arraché du jour au lendemain. Comme son cœur avait été arraché de sa poitrine.

Plus jamais il ne pourrait tolérer une telle douleur.

Et il se doutait bien qu'en *connaissant intimement* Reagan, il n'allait pas pouvoir séparer longtemps le sexe des sentiments. Alors, non, il était hors de question de prendre un tel risque. Pour le temps de leur mariage, il allait donc effectivement garder ses mains – et le reste – dans ses poches.

— Et toi, qu'est-ce que tu y gagnes ? demanda Luke, le tirant de ses pensées et le connectant de nouveau au présent. Je veux dire, autre chose qu'une canonisation accélérée ?

Ezekiel haussa les épaules.

— Une amie. La satisfaction de savoir que j'aide une femme, que je respecte et que j'apprécie, à atteindre ses objectifs. De plus, tu ne vas pas nier que les nouvelles de nos fiançailles et de notre mariage pourraient améliorer la réputation de la famille Wingate qui n'est pas au top en ce moment. Qui n'aime pas les romances dans cette foutue ville ?

Il expira lourdement et se pencha en avant pour caler ses coudes sur ses cuisses.

— Bon, je ne sais pas si ce que je raconte a un sens quelconque…

— Non, au contraire, c'est parfaitement logique, coupa Luke. Enfin pour moi. Mais je ne sais pas si c'est aussi clair pour toi.

Ezekiel fronça les sourcils.

— Qu'est-ce que tu veux dire par là ?

Luke se pencha en avant pour imiter sa posture.

— Ce que je veux dire, c'est que tu n'as pas réussi à sauver Melissa, alors tu essayes de sauver Reagan.

— N'importe quoi, claqua Ezekiel, une colère froide s'emparant de sa poitrine. Cela n'a absolument rien à voir !

Il se leva d'un bond et traversa le bureau jusqu'aux fenêtres qui donnaient sur Royal. Quelques secondes plus tard, il rebroussa chemin et s'arrêta devant Luke. La table basse qui les séparait aurait parfaitement pu être une *tumbleweed* roulant dans le décor poussiéreux d'un western.

— Tu m'accuses d'avoir un complexe du sauveur mais, jusqu'à preuve du contraire, ce n'est pas moi qui ai emménagé dans mon bureau en pensant que je suis le seul à pouvoir ressusciter cette entreprise. Alors commence par te regarder dans la glace avant de jouer les psys de comptoir !

La pièce s'était subitement remplie de tension, de colère et de silence. *Sa* colère. Car Ezekiel semblait parfaitement calme, désormais allongé sur le canapé, un bras sous sa nuque.

— J'ai touché une corde sensible, n'est-ce pas ? murmura-t-il en arquant un sourcil.

— Ferme-la ! souffla Ezekiel.

Son frère ne disait pas la vérité. Après Melissa, Ezekiel avait fait tout son possible pour éviter de s'impliquer trop profondément auprès de personnes extérieures à sa famille. Il n'était pas assez arrogant pour se penser capable de sauver des gens comme un super héros.

— Zeke.

Le soupir de Luke l'atteignit quelques instants avant qu'il ne se lève et ne fasse le tour de la table basse.

— Ce que tu fais pour Reagan, c'est super. Pardon si je n'ai pas été assez clair. C'est juste que je me fais du souci pour toi.

Il se redressa, se leva et vint poser une main sur l'épaule d'Ezekiel, l'obligeant à regarder le visage qui lui était aussi familier que le sien.

— J'ai besoin que tu fasses attention, d'accord ? Je ne veux pas te récupérer en miettes, tu comprends ?

Ezekiel secoua la tête.

— Il s'agit bien plus d'un arrangement commercial que d'une relation. Nous en sommes parfaitement conscients tous les deux. Tu n'as pas à te faire du souci pour moi. Je te promets, tout va bien se passer.

Luke acquiesça, mais le scepticisme qui assombrissait ses yeux ne se dissipa pas pour autant.

Ezekiel choisit de l'ignorer. Tout comme il avait choisi d'ignorer son envie inattendue de protéger Reagan contre son père. Et de mettre son bonheur avant ses propres préférences quand il avait accepté le souhait de sa mère de prolonger leurs fiançailles de deux semaines à six mois.

Reagan ne lui avait jamais semblé fragile. Elle avait beau être petite et menue, elle possédait une confiance et une assurance qui la rendaient incassable... intouchable. Mais ce soir ? Il y avait eu des moments où il aurait pu jurer que ses os avaient été changés en verre. Et, oui, il avait combattu l'envie folle de la protéger contre l'étrange tension qui avait surgi entre ses parents et elle.

Luke lui serra l'épaule.

— Me dire de ne pas m'inquiéter, c'est comme demander à un chat d'aboyer, tu le sais bien. Cela ne va pas arriver de sitôt.

Ezekiel renâcla, et Luke retourna s'installer sur l'accoudoir du canapé devant sa pile de papiers. Avant de perdre complètement l'attention de Luke, Ezekiel récupéra le gobelet et les restes du repas à emporter. Puis il traversa la pièce et les jeta à la poubelle.

— Merci, Luke, dit-il en se dirigeant vers la porte du bureau.

— Pour quoi ? murmura son frère d'un air absent.

— Pour être là.

La tête de Luke se releva brusquement, ses yeux brun clair concentrés et perçants.

— Tu peux toujours compter sur moi.

Là-dessus, Luke avait raison, songea Ezekiel en sortant du bureau et en refermant la porte derrière lui.

Malgré tout, malgré toutes les épreuves, Luke avait toujours été là pour lui. Il ne l'avait jamais déçu.

Et ce, même quand Ezekiel avait failli.

7

Reagan sortit de l'ascenseur à l'étage exécutif du bâtiment de Wingate Enterprises, son attention à peine attirée par le mobilier de bon goût et coûteux ou par la décoration exquise.

Par contre, elle avait remarqué le silence.

Un silence qui n'avait rien de paisible comme celui du cimetière où elle avait croisé Ezekiel quelques semaines plus tôt.

Non, il y avait de la tension dans ce calme. Tellement qu'elle en devenait presque palpable.

Elle passa devant des bureaux où des gens avaient l'air de travailler dur, concentrés sur leurs écrans d'ordinateur. L'anxiété qui semblait imprégner l'atmosphère comme un parfum rance lui nouait l'estomac.

Elle avait vu les informations ce matin. Elle avait regardé fixement l'écran alors que des mots comme *drogue*, *contrebande*, *trafic* s'étalaient sur les bandeaux. Et que les visages des présentateurs semblaient s'illuminer d'une joie mauvaise d'avoir une histoire juteuse à narrer à leurs spectateurs.

Sa première pensée avait été pour Ezekiel. Aller le voir. Voir s'il allait bien. Pour… le protéger.

Arrivée devant son bureau, elle rencontra le regard dubitatif de la jolie femme qui devait être sa secrétaire. Lorsqu'elle la reconnut quelques secondes plus tard, elle lui sourit.

— Ah, bonjour, mademoiselle Sinclair. Vous allez bien ? Comment puis-je vous aider ?

Regardant la plaque dorée sur le bureau, Reagan rendit son sourire à la femme.

— Je vais bien, madame Reynolds. Je n'ai pas de rendez-vous, mais Ezekiel est-il disponible quelques minutes ? J'ai besoin de lui parler.

— Bien sûr. Je suis sûre qu'il appréciera une visite de sa fiancée ce matin. Il est peut-être en conférence téléphonique cependant, laissez-moi juste vérifier.

Elle décrocha le combiné de son téléphone et appuya sur un bouton.

— Monsieur Holloway, Mlle Sinclair est là.

Après avoir écouté les consignes d'Ezekiel, elle poursuivit :

— Très bien, monsieur, tout de suite.

Raccrochant le téléphone, elle hocha la tête.

— Il vous attend, et toutes mes félicitations tardives pour vos fiançailles.

— Merci, murmura Reagan, en direction du bureau d'Ezekiel.

Allait-elle un jour s'habituer à être la fiancée de quelqu'un ? Non, pas de quelqu'un. D'Ezekiel Holloway. Elle en doutait. Trois semaines s'étaient écoulées depuis qu'ils avaient annoncé leur projet à ses parents et, parfois, elle avait l'impression d'être dans un rêve. Ou un cauchemar.

Certains jours, elle avait du mal à trancher.

Même s'il l'attendait, elle frappa tout de même à la porte, puis baissa la poignée. Lorsqu'elle entra, elle repéra vite le bureau au fond de la pièce aussi spacieuse qu'une suite de palace, et y vit Ezekiel, assis derrière son écran d'ordinateur, les sourcils froncés. Pendant un court instant, elle eut envie de tourner les talons et de partir aussi vite – et aussi impulsivement – qu'elle était venue.

Mais Ezekiel leva les yeux et la fixa. Alors ses talons s'enfoncèrent dans la moquette et l'empêchèrent de bouger.

Dieu, qu'il avait l'air... épuisé. Sa peau brune se tendait sur le renflement acéré de ses pommettes et donnait plus de sévérité à son visage déjà anguleux. La netteté de ses traits ne faisait qu'amplifier la plénitude presque décadente de sa bouche. Elle se sentit coupable de l'avoir remarqué. Des cernes meurtrissaient la chair sous ses yeux, trahissant de trop longues heures passées sans sommeil.

Inspirant profondément et maudissant la folie qui l'avait amenée jusqu'ici, elle s'avança jusqu'à atteindre le fauteuil installé pour les invités devant le bureau aussi large que celui d'un ministre. Mais elle préféra cependant rester debout et prendre appui sur son dossier. C'était plus prudent, car en présence d'Ezekiel elle avait la malheureuse habitude de... perdre l'équilibre.

— Tu as vraiment une sale tête, dit-elle sans préambule.

C'était brutal, mais préférable à : « Tu as besoin d'un câlin ? »

Un faible sourire narquois tordit le coin de sa bouche et disparut aussitôt.

— Sympa, ça fait toujours plaisir. Mais je doute que tu aies fait tout ce trajet pour commenter ma mine abattue. Que se passe-t-il ?

— Je..., bredouilla-t-elle en serrant plus fort le dossier du fauteuil en cuir et en étouffant un soupir. J'ai vu les infos ce matin et je voulais m'assurer que tu allais bien.

— Est-ce que je vais bien ? répéta-t-il d'un ton sardonique qui la glaça. Voyons voir. De la drogue a été découverte dans l'usine WinJet, alors maintenant, en plus de falsifier nos rapports et de mettre nos employés en danger, nous sommes accusés de trafic de drogue. La DEA a été dépêchée, et nous faisons l'objet d'une enquête. Donc non, Reagan, je suis loin d'aller bien.

Il repoussa sa chaise en arrière et se leva d'un bond pour se diriger vers la grande baie vitrée donnant sur Wingate Enterprises et la ville de Royal au loin. La vue était belle, mais sans doute n'y voyait-il que ses propres démons.

— Pardon, je suis désolé, râla-t-il quelques secondes plus tard. Je ne voulais pas te parler comme ça. La journée a été rude, tu n'y es pour rien.

— Je ne peux qu'imaginer, murmura-t-elle.

Après une brève hésitation durant laquelle elle s'ordonna silencieusement de rester en place, elle se désobéit et traversa la pièce pour le rejoindre.

— Non, en fait, je ne peux pas imaginer. Et je suis désolée. Les dernières semaines ont dû être un enfer pour toi et ta famille.

— Les travailleurs blessés dans l'incendie nous ont fait un procès, et nous avons décidé de le régler au civil. Juste au moment où nous pensions que le pire était derrière nous, voilà que...

Il s'interrompit, sa mâchoire serrée si fort qu'un muscle tressaillit le long de ses tempes.

— C'est comme si nous étions maudits. Comme l'une de ces histoires qu'on raconte aux enfants sur une famille prospère et unie à laquelle une méchante sorcière décide de jeter un sort.

Sa poitrine se serra si fort qu'elle put à peine expirer.

— Je suis désolé, vraiment, souffla-t-il, frottant sa paume contre son visage.

Le son rêche de ses poils de barbe contre sa peau sembla résonner dans le silence.

— Merci d'être venue. C'était gentil de ta part. Très gentil.

— C'est ce que font les *amis*, répondit-elle, en insistant sur le dernier mot pour se rappeler à elle-même pourquoi elle ne pouvait pas le toucher.

— Et les fiancées ? demanda Ezekiel, un soupçon de taquinerie pointant sous la lassitude de sa voix.

— Bien sûr, répondit-elle avec un haussement d'épaules décontracté. Une vraie fiancée se jetterait sur toi pour te réconforter en nature, mais cela n'est pas dans notre contrat, n'est-ce pas ?

Oh bordel. Que n'avait-elle pas dit ?

Les joues en feu, elle se pressa d'ajouter :

— Je rigole, hein.

— Oui, fit Ezekiel d'une voix blanche. Tu n'es pas *vraiment* ma fiancée, n'est-ce pas ?

Elle ne put manquer son accentuation du *vraiment*. Essayait-il lui aussi de se rappeler à l'ordre ?

— Non, murmura-t-elle. Pas vraiment.

— Parce que nous sommes amis et que tu ne penses pas à moi comme ça, n'est-ce pas ? demanda-t-il.

Ses yeux perçants allaient-ils voir la vérité derrière ses mensonges ?

— Non, effectivement, parce que nous sommes amis.

Elle leva une main vers sa clavicule et frotta sa cicatrice à travers la soie de son chemisier. Il ne fallait pas qu'elle tarde à changer de sujet ou l'édifice de ses mensonges allait céder sous la pression de son désir.

— Que va-t-il se passer maintenant ? demanda-t-elle. Je veux dire, pour les entreprises Wingate ?

Il se tourna de nouveau vers la fenêtre.

— Je ne sais pas, admit-il dans un souffle rauque. Je suppose que, tant que durera l'enquête de la DEA, ils vont geler nos actifs. Confisquer tout ce qui, selon eux, est lié aux accusations. Sceller les portes du bâtiment. Arrêter tous ceux qu'ils considèrent comme suspects...

Il leva les bras derrière la tête et se frotta la nuque.

— Mais merde, grogna-t-il, comment est-ce qu'on en est arrivé là ?

— Zeke, calme-toi. C'est encore tout frais, laisse-leur le temps. Ils vont trouver qui a mis la drogue dans les avions pour vous nuire, et les Wingate seront blanchis.

Il lui lança un coup d'œil vif et secoua la tête.

— Mis la drogue pour nous nuire ? C'est fou, tu es la première personne à penser que nous ne sommes pas coupables de contrebande ou de trafic.

Elle agita une main en l'air.

— Arrête, c'est absurde. Ta famille ne pourrait jamais être impliquée dans un truc comme ça. Vous n'êtes pas des barons de la drogue !

Elle ne put s'empêcher d'éclater de rire. Parce que, oui, l'idée était tout simplement ridicule.

— Merci, Ray, dit-il en se retournant vers elle pour lui prendre la main. Tu ne sais pas quel bien cela me fait de t'entendre rire.

— Bon, d'accord, je n'aime pas qu'on me rouspète, mais je vais faire une exception et accepter tes excuses, dit-elle en répétant quasiment mot pour mot ce qu'elle lui avait dit chez ses parents.

À voir son sourire, il s'en rappelait. Malheureusement, son visage reprit aussitôt son expression terne et soucieuse.

— Ray, dit-il en baissant la voix. Si tu as des doutes sur notre mariage, je comprendrai. Tu n'as pas à avoir peur de me le dire.

— Hein ?

La surprise la traversa et elle fronça les sourcils.

— Pourquoi aurais-je des doutes ?

Il soupira, l'épuisement brouillant son expression.

— La clause de ta grand-mère stipule que tu dois épouser un homme convenable. Et quand ton père nous a donné sa bénédiction, il ne savait pas que ma famille allait bientôt être accusée d'être les épigones de Pablo Escobar. Il ne peut en aucun cas être satisfait de cette tournure des événements. Ou que sa fille soit contaminée par association.

— Je ne suis pas contaminée par toi, Zeke, claqua-t-elle, offensée.

Et, oui, son père était peut-être coincé et démodé, mais il restait un homme de droit et savait l'importance de la présomption d'innocence.

Elle croisa les bras sur sa poitrine.

— Et ceux qui le penseront sont des abrutis. Je vais m'occuper de mon père, mais je ne veux pas annuler les fiançailles. Toi si ?

Il la fixa du regard, et elle y détecta quelque chose qu'elle n'y avait encore jamais vu. Ses pupilles semblaient subitement plus brillantes, comme humides. Est-ce qu'il avait les larmes aux yeux ?

— Non, murmura-t-il, je ne veux rien annuler. Merci.

— Tu te répètes, lui rappela-t-elle.

— Non, parce que je ne t'ai pas remerciée d'être mon amie.

8

— Je dois avouer que ta soirée de fiançailles est un franc succès, observa Luke.

Ezekiel ne pouvait qu'être d'accord. Des dizaines d'invités en smoking et en robe de soirée se pressaient dans la grande salle d'apparat du Club des éleveurs du Texas. Leurs bavardages et leurs rires épaississaient l'air et, oui, il était manifeste que sa fête de fiançailles avec Reagan se déroulait sans accroc.

Quand il avait demandé à sa cousine Beth de l'aider à organiser la fête trois semaines auparavant, elle avait sauté de joie et fait en sorte que la plus belle salle du club soit disponible pour eux. L'endroit avait récemment subi un ravalement majeur, et le vieil esprit colonial, avec ses boiseries sombres et ses alcôves feutrées, avait été remplacé par quelque chose de plus léger et aéré, avec des couleurs plus vives, des fenêtres plus grandes et des plafonds plus hauts. Ce soir, toutes les portes-fenêtres avaient été ouvertes sur la nuit de juillet, et l'air chaud embaumant de parfums fleuris rendait l'endroit encore plus féerique.

Des fleurs, du blanc, de minuscules guirlandes et même une belle arche décoraient l'espace, ce qui rendait par contraste les parquets sombres d'autant plus brillants. Des chandeliers éphémères avaient été placés sur le patio, et les colonnes et les balustrades étaient baignées de lumière. Les tables drapées de nappes épaisses et décorées de bouquets de fleurs fraîches bordaient une généreuse piste de danse.

Tout était sophistiqué, luxueux et magnifique. Sa cousine avait réussi l'impossible en quelques semaines.

Pourtant, Ezekiel n'avait pas pris une seule respiration sereine de toute la soirée. Pas facile lorsque vous avez une épée de Damoclès au-dessus de la tête, prête à s'abattre sur vous à tout moment.

— Même tante Ava semble apprécier ton choix de fiancée, poursuivit Luke. Vu ses exigences, c'est un petit miracle.

Ezekiel renâcla, sirotant son gobelet rempli de whisky.

Luke n'avait pas tort. Sa tante était peut-être une femme mince, d'apparence quelque peu frêle avec ses cheveux blond foncé parsemés de mèches grises, mais, une fois pris au piège de son regard gris-vert, il était impossible de la dire fragile. C'était une femme forte et déterminée, qui avait été une épouse, une femme d'affaires et une mère.

Tous ses enfants auraient été d'accord pour le dire dans cet ordre. Mais la mort de l'oncle Trent avait été un coup dur, et elle commençait tout juste à sortir la tête de l'eau lorsque les problèmes avec WinJet étaient apparus.

— Je suis heureux qu'elle soit venue ce soir, déclara Ezekiel, les yeux rivés sur sa tante et l'homme à côté d'elle. Je vois qu'elle a amené Keith.

— Oui, il ne la lâche plus d'une semelle, marmonna Luke. Ça en devient gênant pour tout le monde.

Meilleur ami de son oncle, Keith Cooper était dans leur vie depuis des années. En surface, l'homme aux cheveux bruns clairsemés, aux yeux noirs et à la silhouette athlétique un peu ramollie par des excès de bourbon était un homme affable et décontracté, facile à vivre et à faire rire. Marié et divorcé trois fois et sans enfants, il avait adopté les Wingate et les considérait comme sa famille.

Ou plutôt il s'était *incrusté* dans leur famille.

Ce qui n'était pas sans agacer Ezekiel et son frère.

Keith était toujours là. Dans l'ombre, comme un serpent. Son grand sourire plein de dents camouflait mal les yeux qu'il avait pour Ava et l'avarice qui n'était pas loin de donner la chair de poule à Ezekiel. Certes, Keith n'avait rien fait de manifeste pour mériter leur aversion, mais les frères Holloway ne lui faisaient pas confiance.

Pas du tout.

— Et sinon, j'ai préparé mon discours, dit Luke d'une voix traînante qui poussa Ezekiel à quitter sa tante des yeux.

Il fronça les sourcils.

— Quel discours ?

— Le discours du témoin. Beth a réservé un temps pour les toasts après le dîner. Avec tout ce qui se passe, j'ai pensé que tu n'avais pas encore eu le temps de me demander.

Luke lui lança un regard de biais.

— Mais je savais que tu demanderais, alors je me suis préparé.

— Eh bien, on peut dire que tu as la subtilité chevillée au corps, s'esclaffa Ezekiel. Évidemment que tu es mon témoin, sans compter que Sebastian a dit non.

Au regard renfrogné de Luke, il aboya un autre éclat de rire.

— Je blague ! Oh ! là, là ! je vais demander à Kelly de te préparer un lavement pour t'enlever le balai que tu as où je pense.

— Hilarant. Tu es tellement hilarant, grommela Luke, avec un sourire étirant néanmoins le coin de sa bouche. Ce doit être pour ton joli minois que Reagan t'apprécie, parce que, si c'est pour ton sens de l'humour, j'ai mal pour elle.

— Oh non, j'aime les deux, intervint Reagan, apparaissant aux côtés d'Ezekiel et glissant un bras autour de sa taille.

Elle inclina ensuite la tête pour la faire reposer sur son épaule.

En la voyant, avec sa beauté aussi rayonnante que son sourire, le commun des mortels y aurait vu une femme merveilleusement amoureuse. Bordel, il était même à deux doigts d'y croire. Si les œuvres caritatives finissaient par ne plus la passionner, elle pourrait toujours se reconvertir dans le cinéma.

Reagan était une énigme.

Un puzzle magnifique et sensuel dont il voulait s'éloigner prudemment avant que l'envie d'en connaître toutes les pièces ne le consume.

Qui était vraiment Reagan Sinclair ? Et pourquoi était-il si désespéré de le découvrir ?

Il porta de nouveau le whisky à sa bouche et en but une généreuse gorgée. Avec sa hanche pressée contre sa cuisse, il n'avait qu'une envie : la prendre dans ses bras, la faire monter sur ses épaules pour que tous les convives voient à quel point ils allaient bien ensemble.

En vérité, Reagan méritait un homme capable de lui donner tout son cœur. Un homme qui ne considérait pas l'amour comme un piège avec des mâchoires en lames de rasoir. Un homme capable de lui offrir une sécurité et un nom irréprochables.

Il n'était pas cet homme.

Et pourtant, il était bien là, à côté d'elle, à faire comme si elle était réellement sa fiancée et allait bientôt devenir sa femme.

Devant sa famille, ses amis et tout Royal.

Depuis quand était-il devenu si égoïste ?

Luke s'éclaircit la gorge et arqua les sourcils. Un sourire éclaira ses yeux bruns. Et quelque chose lui fit dire que son frère se moquait de lui.

— Qu'est-ce qu'il y a ? demanda-t-il, agacé.

— Tu es dans la lune ou dans ton verre ? Ta fiancée t'a posé une question.

Ezekiel ravala le grognement et le juron qu'il prévoyait pour son frère. Heureusement, Luke n'avait pas la moindre idée de ce qui peuplait ses pensées.

— Je suis désolée, ma chérie, s'excusa Ezekiel. Qu'est-ce que tu as dit ?

— Je t'ai demandé de m'avouer la vérité, lui dit-elle en lui lançant un regard réprobateur. Tu as engagé un bataillon d'organisateurs d'événements pour réussir cette prouesse ? Et ils ont œuvré nuit et jour comme les lutins du Père Noël ?

Il sourit, penchant la tête sur le côté.

— Je siège au conseil d'administration d'un conglomérat national extrêmement prospère, je te rappelle. Tu crois qu'organiser des fiançailles me fait peur ?

Elle lui rendit son sourire, en croisant les bras pour faire bonne mesure.

Son sourire à lui s'élargit. Depuis ce matin dans son bureau quelques semaines auparavant, ils se rapprochaient de plus en plus. Devenaient de plus en plus complices.

Ce qui tenait à la fois du paradis et de l'enfer.

— Allez, d'accord, je te révèle mes secrets. J'ai supplié ma cousine Beth de m'aider. Avec Gracie Diaz, elles ont un appétit et une compétence pour ce genre de choses qui me feraient presque peur. Et tout ce que j'avais à promettre en échange, c'était que tu les aides avec le bal masqué caritatif plus tard dans l'année. Tu vois ? On me donne un problème, je le résous !

— En d'autres termes, tu m'as collé l'organisation d'une autre fête sans me demander mon avis ? Tu as de la chance que je t'épouse. Mais rassure-toi, papa étant membre du CET, les bals de charité, ça me connaît. Je serai ravie de les aider.

— Alors c'est super. Surtout depuis que Beth m'a mis en garde. Il paraît que, si je n'apprends pas fissa à demander son avis à ma future femme, je vais devoir me commander une grande niche pour chien sur Internet et y emménager.

— Beth a toujours été brillante, s'esclaffa Reagan. Oh ! et puis, au fait, je viens de rencontrer tes cousins Sebastian et Sutton. Et je ne sais pas comment tu arrives à les différencier. Certes, ce sont de vrais jumeaux, mais tout de même c'est bluffant !

— M'en parle pas. Je les connais depuis toujours et j'ai parfois du mal à les distinguer si je ne les regarde pas d'assez près.

Luke renifla.

— Pas étonnant qu'ils aient eu l'habitude de faire des c… pardon, des bêtises quand ils étaient adolescents en se faisant passer l'un pour l'autre, commenta-t-il.

— Je ne peux qu'imaginer. Et ça va, Luke, dit-elle en souriant. Je suis une grande fille, j'ai déjà entendu le mot « conneries » plusieurs fois dans ma vie. Je ne vais pas m'évanouir et demander mes sels.

Luke gloussa, levant les mains pour former le signe séculaire de la reddition.

— Oui, mais, même si ma mère n'est plus avec nous, je n'ai pas envie que son fantôme vienne me taper sur les doigts pour avoir dit une grossièreté devant toi.

— Il n'a pas tort, ajouta Ezekiel en riant. Nina Holloway était à cheval sur les bonnes manières. Mais, pour revenir à mes cousins, Sebastian a une cicatrice dans le bas du dos qu'il s'est faite quand nous étions enfants. Chaque fois qu'ils essayaient de nous berner, j'en attrapais un par le col et descendais son pantalon à la recherche de la cicatrice. Après, c'est sûr, je te déconseille de faire cela aujourd'hui.

— Promis, j'attendrai la réception de mariage, pépia-t-elle.

Ezekiel aurait pu se baigner dans ce rire tellement il lui faisait du bien.

Oh oui, Reagan lui faisait beaucoup de bien. Parce qu'elle n'était pas seulement belle et drôle, elle était aussi fière, brillante et féroce.

Et leur relation avait beau n'être que de la comédie, il était sincèrement heureux de pouvoir faire croire au monde que cette femme allait devenir la sienne.

Ce qui ne cessait de le terrifier.

9

— Reagan, tu peux venir ? J'ai besoin de te parler, s'il te plaît.

Reagan s'arrêta alors qu'elle traversait le foyer de sa maison en direction de l'escalier, et jeta un coup d'œil à son père qui se tenait à l'entrée du salon.

Vérifiant sa fine montre en or, elle fronça les sourcils. 17 h 15. Douglas Sinclair n'avait pas pour habitude de rentrer avant 18 heures de son cabinet. L'avait-il attendue ?

— Bien sûr, papa. Mais cela prendra-t-il longtemps ? J'ai des projets pour ce soir.

Elle avait accepté d'accompagner Ezekiel à un dîner dans la propriété de sa famille à 18 heures. Mais elle avait perdu la notion du temps au foyer pour filles mères et n'était pas loin de se mettre en retard. Ce qui se produisait de plus en plus souvent, car ses responsabilités au foyer n'étaient plus seulement administratives, elle passait désormais aussi beaucoup de temps auprès de ses pensionnaires.

Ezekiel avait été très compréhensif lorsqu'elle l'avait appelé pour s'excuser et lui proposer de reporter leur rendez-vous. Elle aurait dû lui dire où elle passait la majeure partie de son temps, car, depuis la fête de fiançailles trois semaines auparavant, ils n'avaient cessé de se rapprocher et de gagner en complicité. Mais elle gardait toujours son travail au foyer secret, de peur qu'il lui demande pourquoi cela lui tenait tant à cœur.

Sauf qu'il n'était pas son père. Alors peut-être qu'elle lui dirait ce soir après le dîner. Elle ne lui dirait pas tout, certes. Mais une bonne partie.

Peut-être.

Son père ne lui répondit pas, mais se retourna et entra dans le salon, sachant qu'elle allait le suivre. Que se passait-il ? L'expression sombre de Douglas et la tension de son estomac n'auguraient rien de bon pour cette conversation.

— Assieds-toi, s'il te plaît, dit-il en lui désignant le canapé et en prenant place dans le fauteuil adjacent.

Même si elle aurait préféré rester debout – plus facile pour s'échapper –, elle se laissa tomber sur le canapé club qu'elle aimait tant.

— Qu'est-ce qui ne va pas, papa ?

Il croisa une jambe sur l'autre et appuya ses coudes sur les bras du fauteuil, plaçant ses doigts sous son menton. Le sentiment d'appréhension augmenta. Avec son frère et sa sœur, ils avaient appris à décrypter le langage corporel de leur père. Cette position, celle du penseur, anticipait en général un sermon ou une leçon sur un sujet désagréable.

— Reagan, j'ai d'abord accepté cette relation soudaine avec Ezekiel Holloway et je vous ai donné ma bénédiction pour vos fiançailles, mais maintenant je suis inquiet.

— À propos de ? demanda-t-elle pour combler son silence.

Son cœur battait à tout rompre contre sa poitrine, mais elle se força à rester calme. Douglas Sinclair détestait les simagrées. Et la dernière chose qu'elle pouvait se permettre était de l'entendre l'accuser d'être trop émotive pour prendre une bonne décision.

— Le nom Wingate était impeccable et irréprochable non seulement dans Royal, mais au Texas. Mais maintenant, avec les divers scandales de corruption, de falsification, les procès des employés et maintenant la drogue, pour l'amour de Dieu, je crois que cela a été souillé sans espoir de retour.

— Miles Wingate a prouvé que la famille n'était pas responsable de la falsification des rapports d'inspection, rétorqua-t-elle d'une voix qu'elle voulut assurée. Ce qui me fait douter de tout le reste, et d'autant plus de cette histoire de drogue. Tu connais la famille Wingate depuis plus longtemps que moi, papa. Tu devrais savoir qu'ils sont incapables de choses aussi répréhensibles.

— Je ne sais rien de la sorte, contesta-t-il. Et j'ai appris à me méfier des apparences. Trent Wingate était peut-être un homme en qui j'avais toute confiance, cela ne présume rien du reste de sa famille. Pas individuellement, en tout cas.

Il baissa les bras et se pencha de plus belle en avant, la fixant d'un regard implacable.

— D'ailleurs, aux yeux du public, ils sont coupables. Leur réputation est entachée. Je ne pense pas qu'il soit sage de lier ton nom – ou le nom de notre famille – au leur en ce moment.

Son estomac sembla sombrer dans son abdomen. Elle pensait bien que c'était pour cette raison qu'il lui avait demandé cette audience privée, mais entre le prévoir et l'entendre le dire...

— James Harris, le président du club et d'autres membres du CET soutiennent tous les Wingate. Ils ne sont pas inquiets de voir leur réputation *entachée*, ajouta-t-elle en insistant avec une ironie froide sur le vocabulaire élitiste qu'avait choisi son père.

— Tu es peut-être aveuglée par ton... affection pour Ezekiel, poursuivit Douglas. Mais je pense que la bonne décision à prendre, pas seulement pour toi, mais aussi pour cette famille, serait de rompre vos fiançailles. Tu imagines mon cabinet associé à des gens faisant l'objet d'une enquête de la DEA pour trafic de drogue ?

Sa bouche se retroussa de dégoût, ses pupilles se rétrécirent.

— Tu n'es pas la seule concernée. Sache que ta mère est en train de se faire ostraciser par certains membres de cette communauté parce que sa fille se marie avec cette famille.

— Cette famille ? répéta-t-elle, avec un rire sans humour. Papa, tu t'entends parler ? Cette famille est installée à Royal depuis des générations. Ils ont fait énormément de bien non seulement pour cette communauté, mais aussi en dehors de la ville avec leurs initiatives philanthropiques. Ce sont de bonnes personnes. Et à cause d'une seule accusation, d'une période difficile qu'ils traversent, tu vas tout oublier et les laisser tomber ?

Elle expira.

— Avant qu'Ezekiel ne soit mon fiancé, il était mon ami. Harley était ma meilleure amie. Je refuse de les jeter sous le bus simplement parce que des gens n'ont rien de mieux à faire de leur vie que de cracher sur d'autres en préférant des rumeurs aux faits. Si cette communauté te plaît, eh bien, moi, je n'en ferai pas partie.

— Tu n'as pas le choix, annonça-t-il d'un ton sévère. Le testament de ta grand-mère stipule que tu ne recevras ton héritage que si tu épouses un homme convenable. Et c'est à moi que revient la caractérisation du convenable. Ezekiel Holloway ne l'est pas. Tu peux poursuivre ton projet de mariage, mais tu n'auras pas un sou avant tes trente ans. N'essaye même pas de me convaincre que l'héritage n'est pas la raison de ce mariage expéditif. J'ai toléré tes mensonges au départ, mais plus maintenant.

La fureur s'empara d'elle. Lorsqu'elle se leva, elle tremblait comme une feuille. Seul le respect brida sa langue lorsqu'elle voulut déverser un flot d'insultes sur le père qu'elle aimait tant. Et comme elle ne se faisait pas confiance pour résister plus longtemps, elle pivota et sortit de la pièce.

— Tu vas annuler ces fiançailles, Reagan, lui ordonna son père derrière elle.

Elle ne prit même pas la peine de se retourner ou de lui jeter un coup d'œil par-dessus son épaule. Elle ne perdit pas non plus davantage de temps à remonter dans sa chambre pour se changer. Sans la moindre hésitation supplémentaire, elle sortit de chez elle, sans savoir quand elle allait y revenir.

Ezekiel était en train de boutonner sa chemise quand quelqu'un frappa à la porte de la maison d'hôtes. Ce devait être Reagan. Il avait reçu son texto laconique lui disant qu'elle était en route.

Elle l'avait précédemment appelé pour lui dire qu'elle serait en retard, mais elle finissait par avoir quinze minutes d'avance. Il n'avait pas eu besoin de réentendre sa voix pour deviner que quelque chose ne tournait pas rond.

Quelques secondes plus tard, en ouvrant la porte, ses

soupçons furent confirmés. Si elle était toujours magnifique dans un ensemble pantalon à pont vert et chemisier blanc, son visage n'était plus éclairé par son sourire habituel. Et d'épaisses coulures de mascara cerclaient ses yeux.

Un malaise le parcourut, et il recula en l'invitant en silence à rentrer.

— Qu'est-ce qui ne va pas, Reagan ? demanda-t-il, fermant la porte derrière elle.

Elle se retourna, lui faisant face et, heureusement, ne le fit pas attendre avant de lui annoncer la nouvelle.

— Mon père m'a tendu une embuscade à mon retour à la maison.

Ses lèvres se tordirent en un sourire amer.

— Il est revenu sur son approbation quant à notre mariage. Apparemment, ce ne serait pas bon pour sa réputation ou son entreprise. Bordel !

Elle se frotta nerveusement les yeux et se mit à faire les cent pas dans le hall, ses chaussures vibrant sous sa colère. S'arrêtant devant un tableau représentant le domaine des Wingate, elle le regarda pendant de longues minutes.

— Je suis désolée, Zeke, murmura-t-elle. Je suis tellement fâchée. Et j'ai honte.

— Ray, regarde-moi, ordonna-t-il tendrement.

Quand elle se retourna enfin, il étudia ses magnifiques traits. Il y avait de la conflictualité dans ses yeux, de la tristesse dans l'ourlet de sa bouche. De la lassitude dans l'affaissement de ses épaules.

— Ton père n'a pas tort.

Le feu jaillit dans son regard, remplaçant la détresse. Bon sang, qu'elle était belle. Et son caractère passionné la magnifiait.

Pouvait-il en vouloir à Douglas ? Non, bien sûr. Dans les semaines qui avaient suivi leur visite pour lui demander sa bénédiction, Wingate Enterprises s'était écroulée. Le prix des actions avait chuté, la plupart de leurs contrats d'aéronavale avaient été annulés et leurs clients s'étaient même mis à boycotter leurs hôtels. Ils allaient bientôt devoir en passer par un plan social et licencier du personnel. Avec les actifs de l'entreprise gelés par la DEA, ils ne pouvaient pas les liquider pour garder la tête hors de l'eau et protéger leurs employés.

Donc non, Douglas avait effectivement le droit de s'inquiéter. Sa fille allait épouser un homme qui n'allait peut-être même pas pouvoir subvenir à ses besoins. Et dont le nom était bel et bien une infamie.

— Mais bien sûr qu'il a tort, trancha-t-elle. Et je ne t'abandonnerai jamais à cause de ragots et d'accusations sans fondement. Quel genre de personne cela ferait-il de moi ? Quel genre d'amie ?

Une amie intelligente. Les mots restèrent bloqués dans son esprit. Au lieu d'exprimer cette opinion, il glissa les mains dans les poches avant de son pantalon, et murmura :

— Tu ne m'as jamais dit pourquoi tu avais besoin de ton héritage, Ray. Pour en passer par des mesures aussi extrêmes qu'un mariage avec moi, tu dois avoir une sacrée raison.

Ses traits se lissèrent, et son visage devint le plus beau des masques.

— Je te l'ai déjà dit. Je veux ma liberté.

— Je m'en souviens, acquiesça-t-il, se rapprochant d'elle et ne s'arrêtant que lorsqu'ils furent à quelques centimètres l'un de l'autre. Mais au cours des semaines que nous avons passées ensemble, j'ai aussi appris à connaître une femme qui ne laisserait jamais quelque chose d'aussi futile l'empêcher de saisir cette liberté. Non, il y a autre chose.

Il fit une pause, penchant la tête sur le côté.

— Tu crois que je n'ai pas remarqué que tu disparaissais plusieurs fois par semaine toute la journée ? Autant je me rappelle la fille que tu étais, autant la femme que tu es devenue est encore parfois un mystère. Tu gardes des secrets, Ray. Et ce qui te pousse à vouloir aussi fort cet argent en fait partie.

Il glissa une main libre sur sa joue et pinça une mèche de ses cheveux entre son pouce et son doigt.

— Tu peux me faire confiance, ma puce, dis-le-moi.

L'indécision monta dans ses yeux avant que ses cils ne s'abaissent, lui cachant son émotion.

Mais il détecta le léger tremblement de ses lèvres avant qu'elles ne s'étirent en un sourire poli.

L'épaisse frange de cils se leva, et ses yeux le fixèrent d'un regard lourd. Puis sa bouche s'ouvrit.

— Je veux ouvrir un foyer pour filles mères. Pour les adolescentes enceintes ou avec des enfants en bas âge et qui n'ont pas les moyens de subvenir à leurs besoins. Des filles exclues de leur famille, aussi, à cause de cela.

Il était stupéfait. Parmi toutes les raisons qu'il avait pu imaginer, qu'elle veuille offrir un havre aux jeunes mères célibataires n'était même pas dans le top dix. L'admiration l'assaillit. À part dans sa famille, la plupart des mondains qu'il connaissait se contentaient de siéger aux conseils d'administration d'œuvres caritatives, mais très peu toléraient de se salir les mains.

Pourquoi cette cause ? Connaissait-elle une jeune femme enceinte ? Abandonnée ? Sans abri ? Les questions se pressèrent sur sa langue, mais, plutôt que de les poser, il prit son visage entre ses mains.

— C'est important pour toi, non ?

Reagan hocha la tête, et ses lèvres s'ouvrirent comme pour lui offrir une explication, mais, après une hésitation, elle les referma, déplaçant son regard sur son épaule.

— Non, ma puce, ne détourne pas les yeux.

Quand elle lui rendit son regard, il passa son pouce sur sa joue, et, pendant un instant, souhaita avoir préféré sa bouche pour se poser sur ce divin visage. Pour goûter sa peau si belle et douce.

— Merci.

— Pourquoi ? souffla-t-elle.

— Pour me faire confiance. Je suppose que tes parents ne connaissent pas tes plans ?

Elle secoua la tête, ses cheveux caressant le dos de ses mains et de ses poignets.

— Non. Ils… n'approuveraient pas.

— Ton secret est en sécurité avec moi. Et, Ray ?

Il posa un pouce sous son menton, penchant sa tête en arrière pour qu'elle n'eût d'autre choix que de croiser son regard. Son cœur battait à tout rompre contre son sternum, et il se maudit pour ce qu'il devait faire. Mais il n'avait pas d'autre choix.

— Ton projet est également en sécurité avec moi. C'est pourquoi je romps nos fiançailles.

Le chagrin et la colère s'emparèrent de son visage. Ses sourcils se froncèrent, et elle posa ses paumes sur sa poitrine. Elle le poussa, mais il resta inflexible et resserra son étreinte.

— Lâche-moi, Ezekiel, exigea-t-elle. Si tu ne veux pas...

— Et toi, tu veux quoi, Ray ? grogna-t-il. Tu veux avoir ta liberté, tes rêves sans devoir attendre encore quatre ans ? Tu veux briser tes liens avec ta famille ? C'est ça que tu veux ? Que tu l'admettes ou non, ton père et ta mère sont tout pour toi. On n'en a que deux dans la vie. Et je ne te laisserai pas t'éloigner d'eux.

Elle soupira, et la douce rafale effleura sa peau. Comme un baiser.

— Ce n'est pas vrai. Ce n'est pas juste, bégaya-t-elle, le visage baigné de larmes. Ce que je veux, c'est...

Les doigts qui essayaient de le repousser quelques secondes plus tôt s'agrippèrent à sa chemise.

— Ce que je veux, c'est...

Elle ne termina pas sa phrase, et il lui en fut reconnaissant. Parce qu'une partie de lui savait pertinemment ce qu'elle voulait. Car il le voulait aussi. Mais il savait qu'une fois cette ligne franchie il n'allait plus pouvoir jouer la comédie, pour peu qu'il l'ait jouée un jour.

— Et moi, posa Ezekiel, moi je veux que tu partes. Rentre avant que ta famille ne commence à s'inquiéter.

Elle acquiesça sans le regarder.

— Je n'ai pas vraiment mon mot à dire, n'est-ce pas ?

En silence, il hocha la tête.

— Très bien, accepta-t-elle. Je m'en vais. Prends soin de toi, Zeke.

— Toi aussi, Ray.

À ces mots, elle partit. Lorsqu'il entendit les pneus de sa voiture crisser sur le gravier, il expira et ferma les yeux.

Parce qu'il était soulagé. Sans savoir par contre si c'était parce qu'il avait évité que Reagan ne gâche sa vie ou parce qu'elle s'était approchée trop près d'une porte qu'il ne pensait plus jamais pouvoir ouvrir.

Celle de son cœur.

Cela n'avait pas d'importance. Elle était partie.

Et au final, c'était pour le mieux.

Pour eux deux.

10

Reagan poussa un soupir de soulagement en entrant dans le restaurant climatisé. Il ne restait que trois semaines avant le début de l'automne, mais la chaleur texane restait intense. Un sourire poli aux lèvres, elle se dirigea vers la réception.

— Bonjour, j'ai rendez-vous avec Douglas Sinclair. Il devrait déjà être là.

— Bien sûr, répondit le jeune homme en hochant la tête. Suivez-moi, je vous prie.

Elle avait dix minutes de retard, mais, vu que son père l'avait convoquée à peine une heure auparavant, pas moyen de faire autrement. Il pouvait s'estimer heureux qu'elle se soit débrouillée pour venir.

Elle avait accepté ce déjeuner surprise uniquement parce qu'il avait eu l'air de dire que c'était important. Urgent même. Cela faisait deux semaines que son père lui avait demandé de rompre ses fiançailles avec Ezekiel, et elle lui en voulait encore. Mais peut-être ce déjeuner serait-il un premier pas vers une réconciliation. Son père l'aimait ; au fond elle savait bien qu'il souhaitait le meilleur pour elle. Même s'il pouvait être autoritaire et têtu, elle n'en avait jamais douté...

— Reagan.

Douglas se tenait debout à une table à côté d'une immense fenêtre donnant sur le centre-ville de Royal.

— Nous t'attendions. Tu es magnifique.

Elle ne sentit pas le baiser qu'il lui déposa sur les cheveux, concentrée sur ce « nous ». C'était censé être un déjeuner en tête à tête. En voyant l'homme qui se levait de sa chaise pour la saluer, elle sentit un élan de colère et de tristesse lui poignarder le cœur.

Évidemment que son père n'avait pas juste voulu passer du temps avec elle. Il avait un plan.

— Reagan, je voudrais te présenter Justin McCoy. Justin…

Il adressa un grand sourire à l'homme debout à ses côtés, et reprit :

— … ma superbe fille, Reagan Sinclair.

Justin McCoy. Un homme blond, grand, beau, qui lui souriait et la parcourut rapidement de son regard bleu avant de planter de nouveau ses yeux dans les siens.

Mon Dieu ! Elle avait besoin d'une bonne douche. Elle jeta un regard assassin à son père.

— Je suis absolument ravi de vous rencontrer, Reagan, dit Justin en lui saisissant une main qu'elle n'avait pourtant pas offerte.

Il fit mine de la porter à ses lèvres, et elle sentit son estomac se retourner. Si elle n'avait pas senti le regard perçant de son père posé sur elle, elle aurait repris violemment sa main. D'autant qu'elle ne lui avait pas permis de la toucher.

D'ailleurs…

Elle retira sa main juste avant que Justin n'y pose les lèvres, ignorant le froncement de sourcils de son père et l'air choqué de Justin. Elle ne croyait pas dans l'idée de demander pardon après coup plutôt que la permission avant. Et si ni cet homme ni son père ne respectaient ses limites, alors elle n'allait pas s'obliger à laisser un homme qui était au mieux un coureur de dot poser sa main ou sa bouche sur elle juste pour épargner leur ego.

Elle sentit la colère monter, prit une profonde inspiration et fit un effort herculéen pour parler sur un ton poli :

— Monsieur McCoy, si vous voulez bien nous excuser un instant, je dois échanger quelques mots en privé avec mon père.

Sans attendre l'accord de l'un ou de l'autre, elle fit volte-face et se dirigea vers la sortie en claquant ses talons aiguilles poudrés.

Elle poussa la porte et attendit que son père la rejoigne devant le restaurant.

Elle n'attendit pas longtemps.

— Comment oses-tu me faire honte comme ça, Reagan ? fulmina-t-il, les yeux étincelants de colère. Reviens immédiatement et excuse-toi !

— Non.

Il tressaillit comme s'il avait reçu une gifle, et pinça les lèvres. Elle l'avait choqué. Elle s'était choquée elle-même ! Son cœur battait à tout rompre, et un frisson d'effroi circula dans ses veines. Depuis son retour dans sa famille, sans son bébé, vide et honteuse, elle n'avait jamais défié ses parents. Et surtout pas son père. Et elle se mentirait si elle n'admettait pas qu'il lui faisait peur à cet instant.

Mais non. Non.

Apparemment, elle avait des limites et venait juste de les atteindre.

— Reagan...

— Je ne suis pas une idiote, papa, l'interrompit-elle. Je vois très bien ce qui se passe. C'est une embuscade. Encore un coup monté. Eh bien je refuse de collaborer. Pas cette fois. Et sûrement pas avec ce type.

— Oh ! mais détrompe-toi, Reagan, siffla-t-il en jetant un regard par-dessus son épaule, probablement pour s'assurer que personne n'était témoin de sa démonstration d'insolence. Je ne tolérerai pas que tu me manques de respect comme ça. Et je ne sais pas ce que tu crois savoir sur Justin McCoy...

— Ce n'est pas une question de ce que je crois savoir, coupa-t-elle. Cet homme a délibérément séduit une fille innocente qu'il a mise enceinte juste pour pouvoir s'introduire dans une famille riche. Vu notre histoire familiale, ça m'étonnerait que ce genre de stratégie soit une qualité à tes yeux, ricana-t-elle.

— Baisse d'un ton immédiatement ! ordonna-t-il en regardant de nouveau autour d'eux.

Cela lui fit l'effet d'un coup de couteau dans le ventre.

Évidemment. Hors de question que quelqu'un entende parler de leur honteux secret de famille.

— Ce n'est pas toi qui disais de ne pas prêter attention aux rumeurs ? demanda son père.

— Des rumeurs ?

Elle éclata d'un rire amer.

— Il s'est servi de Julie Wheeler avant de l'abandonner, ce n'est pas un ragot. Et il a tenté de faire exactement la même chose avec Beth Wingate. Demande à Camden Guthrie ou à Bruce Wheeler. Je te promets qu'ils confirmeront qu'il est de notoriété publique que Justin McCoy n'a absolument aucun sens moral. Après tout, c'est la femme morte de Cam, et la fille de Bruce, qu'il a trahie.

— C'est mon rôle de père de décider de ce qui est le mieux pour toi, Reagan. Et j'ai peut-être failli autrefois, mais ça ne se reproduira plus.

Elle n'aurait jamais cru qu'il pouvait la faire souffrir davantage, et pourtant il était en train d'y parvenir. L'entendre affirmer qu'il pensait avoir échoué... Qu'elle avait échoué.

Sa gorge se serra, et elle ferma les yeux pour retenir ses larmes.

Elle aimait son père, mais à cet instant c'était lui qui la décevait, au moins autant que l'inverse. Douglas pensait qu'elle était restée obéissante et soumise pendant toutes ces années parce qu'il tenait les cordons de la bourse. Il se trompait. Elle avait recherché son approbation. Celle de sa mère aussi, mais surtout la sienne. Elle ne pouvait revenir à l'époque de l'innocence, où elle était la petite chérie de son père. Elle n'obtiendrait peut-être jamais de lui ce dont elle avait tant besoin. Mais maintenant, cela n'avait plus d'importance. Elle reprit :

— Que tu puisses penser qu'il vaut mieux qu'Ezekiel Holloway me sidère et me décourage.

Elle secoua la tête :

— Je t'aime, papa, mais ça suffit maintenant. Je sais que tu veux ce qui est le mieux pour moi, mais tu ne m'as jamais demandé mon avis. Tu t'en fiches. Et ça m'attriste encore plus.

Elle fit volte-face et partit. Il l'appela. Elle ne s'arrêta pas.

C'était fini, elle ne lui répondrait plus.

À partir de maintenant, elle déciderait elle-même.

— Monsieur Holloway, Reagan Sinclair est là pour vous.

Ezekiel leva la tête du rapport qu'il était en train d'étudier en entendant l'annonce de sa secrétaire à l'Interphone. Un signal d'alarme se déclencha dans sa tête. Il se leva d'un bond, contourna son bureau et s'élança vers la porte. Il n'y avait eu aucune communication d'aucune sorte depuis que Reagan et lui avaient rompu leurs fiançailles. Pourquoi réapparaissait-elle soudain ?

La porte s'ouvrit, et Reagan entra avant qu'il ait eu le temps de l'atteindre. Il fut saisi par l'émotion. Des semaines sans la voir, avait-il oublié à quel point elle était belle ? Ou avait-il tenté de se convaincre du contraire pour arrêter de penser à elle ? Dans les deux cas, échec total.

Tout en elle lui avait manqué – son rire, sa façon tranquille de l'écouter, son ton cultivé mais sensuel, son odeur... son amitié. Et, oui, rien que la regarder lui avait manqué. Elle portait une robe portefeuille sans manches qui moulait sa silhouette fine et féminine, et il se surprit bêtement à être jaloux du tissu posé sur ses adorables seins, qui épousait ses hanches et descendait le long de ses cuisses fines et parfaites. Ses doigts brûlaient de suivre les mêmes contours, d'explorer ce territoire inconnu. Et d'y planter sa bannière.

Mais elle n'était plus à lui. Même pas pour faire semblant.

Ce qui avait été inatteignable auparavant était devenu encore plus impossible.

Il reprit avec peine le contrôle de ses pensées et de son corps, et demanda :

— Reagan, que fais-tu ici ?

Il nota avec inquiétude la détresse dans son regard et la raideur de ses mouvements, d'habitude si souples.

— Quelque chose ne va pas ? demanda-t-il.

— Épouse-moi.

Il la regarda, muet de surprise. Des dizaines de questions se pressèrent dans sa tête.

— Quoi ?

— Épouse-moi, répéta-t-elle en se rapprochant dangereusement de lui.

Soudain, ses poings étaient posés contre le revers de sa veste, ses cuisses pressées contre les siennes et son parfum de chèvrefeuille l'enveloppait, parfum de nostalgie.

Il retint un grognement en la sentant si proche, son corps pressé contre le sien. Luxure, chaleur, envie le frappèrent droit au ventre et l'envahirent comme un torrent. Il fallait qu'il l'éloigne s'il voulait pouvoir penser correctement ; il la saisit par taille. Le contact fut explosif. Au lieu de la repousser, il l'attira contre lui et sentit que son corps reprenait le dessus. Deux semaines. Deux longues semaines.

— Reagan, grommela-t-il.

— Non, Zeke. Ne me donne pas la liste des bonnes raisons de ne pas le faire. Je m'en fous. Tu sais d'où je viens, là ?

Elle avait changé de sujet à une telle vitesse qu'il ne sut plus où il en était. Entre ça et sa verge appuyée tout contre son ventre, impossible de suivre.

— Je quitte juste le restaurant où mon père avait organisé un déjeuner avec Justin McCoy.

— Hein ?

Il resserra son étreinte. Douglas avait organisé un déjeuner avec ce tocard ?

Reagan hocha la tête, comme si elle lisait dans ses pensées.

— Apparemment, mon père estime qu'il est mieux pour moi que toi. Un type qui se sert des femmes avant de les jeter quand il n'en a plus besoin, plutôt que toi, un homme honorable, toujours gentil et respectueux. J'en ai assez de ses machinations. Je suis partie, j'en ai marre que ce soit lui qui décide de tout pour moi, qui fasse mes choix à ma place en me culpabilisant et en exploitant ma loyauté.

En la culpabilisant ? À quel sujet ?

Il mit cette interrogation de côté et se concentra de nouveau sur elle.

— Je comprends ta colère, crois-moi. Mais prends le temps de réfléchir avant de commettre une erreur que tu ne pourrais pas rattraper. Cette décision risque de te coûter ton héritage et de nuire à ta relation avec tes parents. Est-ce que cette rébellion en vaut la peine ? Parce que tu n'es pas...

Il ne parvint pas à finir cette phrase.

— Non, Zeke, je ne suis pas amoureuse de toi, lui assura-t-elle, et il poussa une longue expiration.

Une émotion impossible à identifier lui tordit la poitrine.

— C'est peut-être un peu de la rébellion, reprit-elle, mais c'est beaucoup plus que ça. Je reprends le contrôle – de mes choix, de mon esprit, de ma vie. Je te respecte, Zeke. Mais ce n'est pas toi, c'est moi. Il faut que je devienne enfin la femme que j'avais si peur d'être et d'assumer. Donc à partir d'aujourd'hui, je prends mes propres décisions. Et tu es dedans. C'est toi que je choisis, Zeke. Et je veux que tu m'épouses.

Mon Dieu ! Avait-elle la moindre idée de la délicieuse tentation qu'elle représentait ? Comme ça avait été dur de ne pas la rattraper, le soir où il l'avait laissée partir ? Il lui avait fallu une force dont il ne se savait pas capable. Et le refaire...

Non, elle avait peut-être des certitudes, ici, dans son bureau, mais c'était sous le coup de la colère. Elle pourrait changer radicalement d'avis d'ici demain matin, d'ici quelques heures, même. Quand ils en auraient parlé, elle verrait...

Elle se hissa sur la pointe des pieds et posa sa bouche sur ses lèvres.

Bordel.

Il perdit toute volonté.

Le contact de ses lèvres eut le même effet qu'un jerrican d'essence sur un brasero. Il prit possession de la bouche de cette si jolie sirène qu'il posséda d'un coup de langue, long et humide. Qu'il corrompit en la suçotant avec un érotisme qui dévoilait tout ce qu'il attendait d'elle.

Et il voulait tout d'elle. À cet instant où la frontière entre l'amitié platonique et le désir se volatilisait entre leurs deux bouches collées et les gémissements de désir qu'elle poussait, il voulait tout ce qu'elle avait à lui donner.

Avec un grognement presque sauvage, il attrapa ses poignets et les lui maintint dans le dos d'une main. De l'autre, il saisit ses cheveux et fit basculer sa tête en arrière pour lui donner un baiser plus profond, plus luxurieux encore, tout en la serrant contre lui. Ses seins si doux et pleins s'écrasèrent contre son torse, et son ventre accueillit son érection. Il lui avait bloqué les jambes avec les siennes et n'hésita pas à se frotter à elle pour qu'elle sente à quel point elle lui faisait de l'effet. Comme il avait durci à cause d'elle.

Il la dominait physiquement, mais elle n'était pas soumise. Ça non. Sa bouche l'embrassait voracement comme s'il était son dernier repas. Elle lui mordillait les lèvres, et il sut que, lorsqu'ils auraient terminé, il aurait les lèvres aussi pulpeuses que les siennes. Elle répondait à chaque coup de reins qu'il lui donnait. D'égale à égal.

Il frissonna lorsqu'elle lui aspira la langue qu'elle se mit à sucer. Il l'implorait. Il ferait tout ce qu'elle voudrait, pourvu qu'elle ne s'arrête jamais.

Le bourdonnement de l'Interphone résonna dans la pièce comme une corne de brume, annonçant la voix de la secrétaire.

— Monsieur Holloway, désolée de vous déranger. Vous m'avez demandé de vous rappeler votre rendez-vous de 14 heures avec l'équipe marketing.

Ezekiel regarda Reagan, la poitrine haletante, la respiration saccadée. Il était aussi bouleversé qu'excité, et, bon sang, d'où venait ce désir, ce besoin ? Comment avait-il pu perdre aussi rapidement le contrôle ?

Tout ce qui était incontrôlable, sexy, addictif à ce point n'était pas une bonne idée. Pas pour lui. Pas alors qu'il lui fallait maintenir cette distance émotionnelle. Pas alors qu'elle pouvait vouloir davantage que ce qu'il était capable de donner.

Pourtant… Elle était venue à lui ; elle avait besoin de lui. Peut-être ne pouvait-il pas l'aider à toucher son héritage, mais il pouvait la soutenir inconditionnellement, être cette personne sur laquelle elle pouvait enfin s'appuyer. La sauver, encore une fois, chuchota une voix dans sa tête qui ressemblait étonnamment à celle de son frère. Possible. Probable. Mais elle l'avait assuré qu'elle ne désirait pas davantage que ce qu'il était capable d'offrir, qu'elle ne l'aimait pas. De toute évidence, elle avait autant envie de lui que lui d'elle – ce baiser incendiaire l'avait confirmé. Et comme elle venait de l'affirmer haut et fort, elle prenait ses propres décisions et savait ce qu'elle voulait.

Dans ce cas, peut-être pouvaient-ils tenter ce mariage, quand Douglas se serait calmé, qu'elle aurait son héritage et qu'ils pourraient faire l'amour comme des bêtes. Il pourrait l'avoir, elle, et partir le moment venu.

Parce qu'il n'y avait aucun doute là-dessus. Il partirait. Comme elle.

Il la relâcha doucement et retourna à son bureau. Il la regarda, une main posée sur le plateau. Elle n'avait pas bougé et le regardait, les lèvres humides et gonflées de ses baisers.

Ezekiel appuya sur un bouton de l'Interphone.

— Laura, merci d'annuler le rendez-vous et de réorganiser mon agenda pour la semaine prochaine. Je ne serai pas au bureau. Si on me demande, je me marie.

11

Ils l'avaient fait.

Depuis deux heures, elle était Mme Reagan Holloway, épouse d'Ezekiel Holloway. Elle regarda par l'immense fenêtre de la luxueuse suite les lumières étincelantes de Las Vegas. Ezekiel n'avait pas fait les choses à moitié pour leur lune de miel

Leur lune de miel. Elle luttait avec les émotions qui se bousculaient dans sa tête. Mon Dieu, c'était irréel. Autant que le trajet en coup de vent à Las Vegas après avoir quitté son bureau vingt-quatre heures auparavant. Que la cérémonie privée étonnamment charmante qui s'était tenue dans un belvédère incrusté de cristaux et éclairé à la bougie à l'arrière d'une chapelle de verre. Aussi irréel que cette suite élégante et richement meublée, avec son vestibule de marbre italien, son salon en contrebas et sa somptueuse chambre à coucher.

Était-ce ainsi qu'elle avait imaginé son mariage et sa lune de miel ?

Sûrement pas.

Et c'était très bien, car c'était son choix.

Elle avait du mal à comprendre que c'était hier qu'elle s'était ruée dans le bureau d'Ezekiel pour le demander en mariage. Ses doigts se resserrèrent autour du pied de son verre de vin. Elle avait du mal à croire que c'était bien elle.

Qu'elle l'avait embrassé.

En portant le verre à sa bouche, elle sentit ses entrailles faire le saut de l'ange. Un jour s'était écoulé, et elle gardait encore l'empreinte de ses lèvres sur les siennes. Il l'avait marquée. Elle ressentirait sûrement pendant des années la pression, le picotement de ce baiser farouche. Quelle tristesse de penser que ça avait été bien plus agréable que la meilleure expérience sexuelle qu'elle ait jamais eue. Ezekiel Holloway pouvait accaparer l'âme d'une femme juste avec sa bouche. Pas étonnant qu'il n'ait jamais manqué de compagnie. Pas étonnant que les femmes rivalisent pour passer ne serait-ce que quelques heures dans son lit.

Il fallait qu'elle cesse de penser à lui et à d'autres femmes.

Ou qu'avant la fin de la soirée Ezekiel et elle se laissent emporter par les affres de la passion.

Le ventre noué par des spasmes nerveux, parcourue de désir, elle soupira et tenta de se calmer. À en juger par ce baiser, Ezekiel était plutôt expérimenté sexuellement. Elle, pas tant que cela. Elle n'avait été qu'avec deux hommes ces dix dernières années. Et si les expériences avaient été plaisantes – un terme presque pathétique, finalement –, elle n'avait jamais eu l'impression que ses os se liquéfiaient ou que son cerveau partait en vrille, contrairement à l'effet que lui avait fait un simple baiser d'Ezekiel. À quoi s'attendre quand ils feraient l'amour ? Allait-il trouver qu'elle s'y prenait mal ? Et si...

— Arrête.

Elle se retourna brusquement en entendant cet ordre murmuré, et une éclaboussure de vin atterrit sur le dos de sa main. En se maudissant silencieusement pour sa maladresse, elle porta sa main à ses lèvres pour lécher les gouttes sur sa peau.

Son cœur battit à tout rompre lorsque les yeux d'Ezekiel se posèrent sur ses lèvres. Ce regard vert à tomber lui brûla les poumons et lui coupa le souffle.

Elle s'éclaircit la gorge, détourna la tête et regarda la vue sur Vegas par la fenêtre.

Mais il était toujours là.

Il avait ôté la veste de costume noire de leur mariage, et sa chemise blanche tendue mettait ses larges épaules en valeur. La cravate bleu ciel avait valsé elle aussi, et les boutons défaits lui donnaient un aperçu de la peau hâlée et lisse de sa gorge. Le tissu moulait son torse solide et sa taille fuselée. Le pantalon noir couvrait de longues jambes musclées sans cacher leur force.

Force qu'elle allait connaître ce soir. Intimement.

Elle baissa les yeux et porta de nouveau le verre à ses lèvres. Ses doigts se posèrent inconsciemment sur la petite cicatrice de sa clavicule.

— Arrêter quoi ? finit-elle par demander dans un chuchotement.

Il ne répondit pas tout de suite, mais elle sentit un mouvement dans l'air. Quelques secondes plus tard, des doigts plus grands, plus rudes, remplacèrent les siens. Il caressait doucement la marque sur sa peau. Elle ne put s'empêcher de pousser une exclamation.

Un vague de chaleur irradiant de ses doigts tourbillonna en elle, comme une torche incendiaire, dans un combat contre la glace qui essayait de la recouvrir. La glace des souvenirs. De souffrances inimaginables.

Le regard d'Ezekiel passa de son décolleté à ses yeux, avec une intensité si perçante qu'elle se demanda si les patients ressentaient le même genre d'anxiété au moment d'être opérés. Cette même impression d'être exposé et vulnérable.

— J'ai remarqué que tu touchais cet endroit...

Il caressa sa cicatrice, et elle ne put s'empêcher de frissonner. Le feu et la glace, l'excitation et la honte s'entremêlaient au creux de son ventre pour se livrer à une danse lubrique.

— Tu l'as fait ce soir-là, sur le balcon et au cimetière. Chez tes parents. Et de nouveau dans mon bureau le jour où tu es venue me voir. Ça te trahit, Ray. Chaque fois que tu es gênée. Ou nerveuse. Peut-être effrayée.

Il déposa une dernière caresse sur sa peau avant de laisser retomber son bras. Mais il ne recula pas. À chaque inspiration elle sentait son parfum de terre, frais comme une brise qui traverse une forêt luxuriante, dont elle aurait voulu s'envelopper. La perspicacité de son observation la cloua sur place.

— Donc quoi qui te fasse ressentir ce genre d'émotion, arrête. Ou parle-m'en, que je puisse chasser ta peur.

Sa tentative de changer de sujet n'ayant pas fonctionné la fois précédente, elle ne tenta pas une diversion. Au moins ne lui avait-il pas demandé d'où venait cette cicatrice. Ça, elle ne pourrait jamais le raconter. C'était un secret qu'elle gardait soigneusement.

— Pourquoi ? murmura-t-elle.

— Pourquoi est-ce que je veux chasser ta peur ?

Elle hocha la tête.

— Parce que je l'ai trop vue dans tes yeux ces dernières semaines, et je n'aime pas ça.

Elle se raidit, prise de court. Il pencha la tête sur le côté, les yeux toujours braqués sur elle.

— Tu es contrariée que j'en parle ou que je l'aie remarquée ?

Du bout du doigt, il souligna la courbe de son sourcil avant de tracer un chemin le long de son nez puis de passer sous son œil comme une caresse.

— Ces magnifiques yeux marron ? Ils trahissent tout ce que tu penses. Que tu sois amusée, énervée, frustrée, pensive ou en colère. Dans un monde où les gens cachent toujours tout, tu es une rafraîchissante anomalie. Sauf que…

Il expira bruyamment, caressant toujours sa pommette du doigt.

— Tu as des secrets, Reagan. Tes yeux le trahissent. Je n'ai pas besoin de les connaître pour savoir qu'ils te font souffrir et barricader ce beau cœur que tu as.

Joignant le geste à la parole, il posa deux doigts sur sa poitrine. Sur ce cœur qu'il trouvait beau mais qui avait causé tant de souffrances et de désillusion.

Ce cœur qui désormais battait plus fort, pour lui.

Elle étudia ses sourcils foncés et droits, ses yeux vert clair vibrants qui semblaient tout voir, la sensualité de ses lèvres pleines, les poils qui recouvraient sa mâchoire et encadraient sa bouche. Il était beau. Si beau.

Et il était à elle. Pour l'année à venir, en tout cas.

Pour qu'elle le touche. Le prenne en elle. S'allonge à ses côtés.

Mais pas pour l'aimer. Son cœur appartenait à une femme

morte, et il n'avait aucunement l'intention de le reprendre. Il l'en avait déjà avertie. Et cette chaleur entre eux, cette flamme qui menaçait de consumer tout bon sens, l'avertissait que, si elle n'y prenait pas garde, elle pourrait se retrouver une nouvelle fois comme à seize ans, prête à faire fi de toute prudence au nom de l'amour.

Plus jamais ça, s'était-elle juré.

Il reposa un doigt sur sa cicatrice. Celle qu'elle avait gagnée juste avant de faire une fausse couche et de perdre son bébé.

Cet arrangement avec Ezekiel, c'était jouer avec le feu. Mais pour se protéger, il suffisait qu'elle garde présent à l'esprit que douleur et amour étaient les deux faces de la même médaille et qu'elle ne dépasse pas cette frontière. Car elle se refusait à lui donner son cœur. Son corps en revanche ? Oh ! oui, il pouvait l'avoir.

Elle le regarda droit dans les yeux et posa lentement son verre de vin sur la table. Elle le contourna et se dirigea vers la somptueuse chambre où trônait un immense lit king-size devant une verrière donnant sur Vegas et le désert. Un coin salon meublé de deux chaises ouvragées et d'une petite table en verre occupait un des angles, tandis qu'une délicate table de toilette se dressait dans l'autre. Derrière une porte fermée se cachait une opulente salle de bains dotée de deux lavabos, d'une baignoire jacuzzi et d'une cabine de douche en verre assez grande pour accueillir tout un couvent.

Pourtant, quand elle se retourna, ce fut l'homme debout sur le seuil qui capta son attention. Il la regardait, muet, une épaule appuyée sur l'encadrement de la porte, les mains dans les poches. Il attendait.

Ils n'avaient pas évoqué la « consommation » de leur mariage ; elle avait évité la conversation, pas trop sûre que c'était une bonne idée. Mais elle en avait sacrément envie.

Nerveuse et excitée, elle descendit la fermeture Éclair de sa robe toute simple en le regardant droit dans les yeux. Le satin blanc s'ouvrit, et elle laissa glisser une bretelle sur un bras, puis l'autre. Son cœur battait si bruyamment et sa respiration était si forte qu'elle en entendait l'écho dans sa tête. Sa robe tomba au niveau de la taille. Un petit coup de hanches, et elle s'étala à ses pieds.

Elle lutta contre l'envie de courir jusqu'au lit et de se cacher sous les draps, et s'obligea à rester immobile, uniquement vêtue d'un soutien-gorge sans bretelles, d'un string assorti et de bas à l'attache en dentelle. Elle leva le menton et ordonna silencieusement à ses bras de ne pas bouger et à ses poings de ne pas se serrer.

En revanche, elle ne pouvait rien contre le frisson qui lui parcourait tout le corps. Ou la pulsation de son sang dans son cou. Ou la chair de poule sur ses bras.

Ou l'humidité qui commençait à sortir de son sexe et ne devait pas manquer de tremper ses très légers sous-vêtements. Il n'avait qu'à baisser les yeux et à regarder entre ses cuisses pour constater l'effet qu'il avait sur elle.

Le savoir la ravissait et la perturbait tout à la fois.

Elle leva les yeux du large torse qu'elle n'avait pas quitté du regard pendant son strip-tease impromptu. Ce qu'elle vit la fit tressaillir.

De la luxure, brute, animale, brûlait dans ces yeux verts. Elle sentit son ventre se nouer et y posa instinctivement la main. Il ferma les yeux, les rouvrit et s'ancra dans son regard. Elle ne put retenir un petit gémissement. Tant de désir.

Aucun homme ne l'avait jamais regardée comme si elle était nécessaire à sa survie, à sa santé mentale, à sa subsistance.

Non. Personne. Aucun de ses rares amants.

Pas même Gavin.

Que déduire de l'effet que lui faisait ce simple regard d'Ezekiel ? Que, si elle avait pu douter un instant qu'elle se donnerait à lui, cette expression affamée, féroce, déterminée dissipait tout vestige de doute ?

Lentement il se redressa, retira les mains de ses poches et s'avança vers elle, pour ne s'arrêter qu'à quelques millimètres.

Le mur de son torse robuste effleura ses mamelons et envoya des éclairs de plaisir jusqu'au creux de ses cuisses humides. Elle sentit les muscles de ses jambes appuyés contre les siennes, et contre son ventre... Elle frissonna, secouée de désir comme par un coup de foudre. Son sexe dur et épais se pressait contre son ventre et, sans prendre le temps de réfléchir, elle se serra davantage contre son impressionnant organe. Elle mourait d'envie qu'il la possède, entièrement.

— Tu joues avec le feu, Ray ?

Une de ses grandes mains agrippa sa taille et l'attira encore plus près. Pour se frotter à elle et lui donner encore un peu plus de ce qu'elle venait de prendre.

Elle se mordit la lèvre et battit des cils. Quand il passa les doigts dans ses cheveux, attrapa ses mèches et tira en arrière, elle sentit des picotements lui parcourir le cuir chevelu. Il ne prenait pas de gants avec elle, ne la traitait pas en petite fille fragile ou réservée. Et, Dieu, que c'était bon. Elle en voulait encore.

— Je ne joue pas, souffla-t-elle en faisant remonter ses mains le long de son dos et en plantant ses ongles dans ses muscles solides. Pas de jeu entre nous.

— Pas de jeu, répéta-t-il de la même voix inflexible. Quelle idée innovante.

Il baissa la tête et mordilla sa lèvre inférieure. Puis effaça cette mini-morsure d'un coup de langue.

Elle poussa un gémissement et bascula la tête en arrière, prisonnière de son emprise.

— Tu m'as montré ton joli petit corps, j'ai failli jouir juste en te regardant. Mais je veux t'entendre, bébé. Dis-moi que tu me veux, dans ton lit. À l'intérieur de toi. Dis-le...

Il pencha la tête et appuya son front contre le sien. Elle sentait son souffle sur ses lèvres et anticipait le sombre délice de son baiser.

— Dis-moi que tu ne le regretteras pas demain matin.

Elle se hissa sur la pointe des pieds et effleura sa bouche. Leurs lèvres s'entrouvrirent et leurs langues se rencontrèrent, s'emmêlèrent, luttèrent. Lorsqu'elle se dégagea, tous les deux haletaient.

— Je te veux. Dans mon lit. À côté de moi. Sur moi. En moi.

C'est mon choix, Zeke. Les yeux grands ouverts. Je ne regretterai pas de m'être donnée à toi.

Mon corps, mais pas mon cœur.

Elle avait ajouté cette promesse silencieuse, autant pour elle que pour lui. Il ne voulait aucun lien afin que dans un an, lorsqu'ils divorceraient, il n'y ait pas d'attache émotionnelle.

Eh bien c'est ce qu'elle voulait aussi. Ce dont elle avait besoin.

Il laissa échapper un grognement et lui tira de nouveau les cheveux en arrière. Il glissa la bouche sur sa mâchoire, le long de son cou qu'il mordilla doucement. Elle agrippa son dos et se cambra vers lui. Assoiffée de ce contact primal. Comme s'il lisait dans ses pensées, il racla son épaule avec ses dents avant de suivre le même chemin, cette fois avec ses lèvres douces.

Un sentiment de désespoir envahit Reagan qui se mit à défaire frénétiquement les boutons de sa chemise. Elle en avait ouvert quatre quand elle sentit sa bouche passer sur la cicatrice de sa clavicule.

Elle se raidit et resserra les doigts sur sa chemise, la gorge soudain serrée. Chaque parcelle de son corps lui hurlait de s'arracher à ces caresses et à ses souvenirs. Mais, lorsque le bout de sa langue passa sur la peau en relief, elle ferma les yeux et un soupir qui ressemblait à un sanglot s'échappa de ses lèvres. Il ne cessa pas mais resserra son emprise, comme pour lui transmettre sa force.

Son instinct de recul s'évanouit, remplacé par le besoin de s'appuyer sur lui, de poser sa joue sur sa poitrine. De le laisser entrer et dépasser ses secrets si bien gardés pour toucher son cœur. Elle réprima sans pitié cette envie mais chercha sa bouche, pour se perdre dans son animalité.

Il lui prit le visage dans les mains. Animée d'un appétit qui ne cessait de croître, elle finit de déboutonner sa chemise en un éclair et débarrassa son torse de cet encombrant tissu. Encombrant car il l'empêchait de toucher toute cette peau magnifique et tendue.

Elle détacha de nouveau sa bouche de la sienne pour regarder ses mains caresser ses épaules carrées et son large torse avec une sorte d'émerveillement. Tant de force et de puissance. Et de vulnérabilité, songea-t-elle, en griffant ses mamelons bruns du bout des ongles. Il frissonna et la saisit par les hanches.

— Recommence, ordonna-t-il en enfonçant son érection dans le creux de son ventre. Avec les dents.

L'écho de domination dans cet ordre alluma comme un incendie en elle. Elle ne put qu'obéir. Pas parce qu'il l'avait exigé... parce qu'elle en avait envie.

Elle baissa la tête et ouvrit la bouche pour la poser sur la petite perle brune. Elle y enroula sa langue avant de la mordiller doucement, de la titiller et de l'exciter. Il grommela un juron, et elle sentit une grande main se poser sur sa nuque et l'attirer encore plus près. Enhardie, elle se mit à sucer et à mordre, autant à la torture que lui. L'autre mamelon subit le même traitement. Au bout de quelques minutes elle sentit que son grand corps était agité de légers soubresauts.

— À mon tour, bébé.

Il la poussa doucement, l'obligeant à reculer. Lorsque l'arrière de ses genoux toucha le bord du matelas, elle tomba sur le lit et il se mit immédiatement à genoux devant elle avant de plonger entre ses jambes.

Un sentiment de gêne l'envahit un bref instant. Exposée comme elle l'était, il voyait tout. Son string ne cachait rien du tout, et même l'air frais de la chambre caressait l'humidité de son sexe, haut entre ses cuisses.

Toutes ses velléités de pudeur s'évanouirent lorsqu'il se mit à parsemer son ventre de baisers brûlants, puis le sommet de ses seins si sensibles et la vallée ombragée entre les deux. Il les saisit à pleines mains et les pétrit jusqu'à ce qu'une vague de plaisir la parcoure. Elle renversa la tête en arrière et ferma les yeux, savourant sa caresse experte. Ses doigts se crispèrent sur le couvre-lit, cherchant quelque chose à quoi se raccrocher dans cette tempête de luxure.

Il écarta le bonnet de son soutien-gorge et lui rendit la monnaie de sa pièce. Sa langue diabolique encerclait son mamelon, le caressait, l'aspirait. Était-il possible de devenir folle de plaisir ?

Incapable de résister, elle saisit sa tête et le serra contre elle tout en le regardant la tourmenter de sa bouche magique et maléfique. Vision érotique, presque trop sexuelle pour être supportable. Impossible pourtant de détourner le regard.

Il passa à l'autre sein tout en caressant le bout mouillé et à vif du premier du plat du pouce. Soudain, il leva les yeux et leurs regards se croisèrent. Il continua de la fixer tout en englobant son sein dans sa bouche. Captivée, elle le regardait la lécher et la sucer si fort qu'elle en ressentit la secousse jusque dans son sexe.

Trop. C'était trop.

Elle ferma les yeux. Ce fut une erreur : ne plus le voir ne fit qu'intensifier les grésillements qui parcouraient toutes ses cellules nerveuses.

Après une dernière succion, il abandonna ses seins et passa la langue sur son ventre, fit une brève pause au niveau du nombril et descendit, descendit, descendit, oh mon Dieu.

Le souffle d'Ezekiel baignait sa chair trempée, et sa tête retomba sur le matelas, les mains sur les yeux. D'instinct, ses cuisses s'étaient refermées, mais il les avait retenues. Il les écarta, et elle sut qu'il la regardait. Elle sentait la brûlure de son regard. Son intensité.

Elle se redressa sur les coudes et le regarda passer les doigts dans le fin élastique de son string et le faire descendre le long de ses jambes. Elle était nue, exposée, totalement vulnérable. Lorsqu'elle lut sur son visage le désir violent et farouche qui l'animait, ce sentiment disparut. Comment se sentir vulnérable quand il se concentrait sur elle comme si elle était sa seule raison d'exister à cet instant ? Non, non. Elle ne se sentait pas faible, elle se sentait... puissante.

Il avait autant envie d'elle qu'elle de lui.

Il passa son pouce entre ses replis, et elle vit qu'il le retirait luisant du témoignage de son désir.

Ezekiel la regarda droit dans les yeux et porta son pouce à sa bouche. Ses traits superbes se contractèrent, et un son presque animal sortit de sa gorge. Puis il posa les lèvres sur elle.

Un gémissement incontrôlable jaillit de la gorge de Reagan

tandis qu'il plongeait dans son sexe. Sa langue répétait le tracé de son pouce, encore et encore. Il la lapait, la dévorait, la détruisait. Les bourdonnements du plaisir qu'il y prenait vibraient contre sa chair sensible et gonflée, et elle se tordait sous lui. Il ne laissa pas un millimètre de peau inexploré, se l'appropriant comme s'il la marquait au fer rouge. Ses lèvres se refermèrent autour de la pelote de nerfs au sommet de son sexe qu'il se mit à suçoter et à asticoter du bout de la langue.

À bout de nerfs, dépassée par la tension nerveuse, elle enfonça les talons au bord du matelas, écarta les cuisses et appuya son sexe sur sa bouche qui ne cessait de s'activer. Des décharges électriques parcouraient sa colonne vertébrale, et l'espace d'un instant elle craignit la folle intensité de l'orgasme qu'elle sentait arriver. À mesure que le plaisir montait, elle tenta d'en prendre le contrôle, à la fois avide que l'explosion se produise et effrayée à cette idée. Mais Ezekiel ne lui laissa pas le choix. Il introduisit doucement un doigt, puis un autre, en elle. Son sexe se referma immédiatement autour d'eux, et elle poussa un cri, se cambra, les hanches électrisées. Suppliante, appelant cette invasion, cette complétude. De nouveau son cerveau lui murmura : « c'est trop », mais cette fois, au lieu de refuser, elle lâcha totalement prise et se mit à onduler des hanches, avalant ses doigts avec son sexe qu'elle collait toujours plus près de sa bouche.

— Encore. Encore. Encore !

— Laisse-toi partir, ma belle, l'encouragea Ezekiel, et elle se rendit compte qu'elle avait demandé tout haut. Laisse-toi jouir.

Ses mots et la caresse de ses doigts à un endroit précis en elle la catapultèrent vers l'orgasme. Elle explosa. Ses cris résonnèrent sur les murs de la chambre, et il ne s'arrêta pas jusqu'à ce qu'elle repousse faiblement sa tête, épuisée.

Une vague de léthargie l'envahit, et elle s'étala sur le matelas, incapable de bouger. Elle vit Ezekiel se mettre debout et finir de se déshabiller.

Découvrir son grand corps nu et musclé lui coupa le souffle. Elle avait déjà caressé et embrassé son large torse. Mais ces hanches étroites, ce V juste au-dessus, celui qui rendait les femmes folles de désir, ces cuisses puissantes et, mon Dieu, cette verge. Longue, épaisse, au gland gonflé qui atteignait presque son nombril. Elle aurait peut-être dû ressentir une sorte d'appréhension à l'idée qu'il la pénètre, mais non, une nouvelle vague de désir courait dans ses veines et elle mourait d'envie de le sentir à l'intérieur de son corps. Un désir si fort qu'il en était presque douloureux. Peut-être ce vide en elle allait-il se combler.

Ezekiel sortit son portefeuille de sa poche de pantalon avant de le jeter à terre. Des plis de cuir noir il sortit deux petits paquets en aluminium carrés. Il en jeta un sur le lit et ouvrit l'autre.

Elle attendait, partagée entre désir et nervosité. Aucun retour en arrière possible – et elle n'en avait pas envie. Elle ne se berçait pas de l'illusion qu'il puisse ne pas y avoir de conséquences à cette décision. Pour tous les deux.

Pourtant, lorsqu'il se fut protégé et qu'il monta sur le lit pour s'étendre au-dessus d'elle, elle ne se soucia pas de ce que cela lui coûterait. Pas avec ce regard brûlant qui plongeait dans le sien. Pas avec ces cuisses qui écartaient les siennes. Pas lorsqu'il plaça ses grandes mains autour de son visage.

Pas lorsqu'elle sentit sa verge chercher à s'introduire et la pénétrer doucement.

Cette intrusion tant désirée lui fit pousser une exclamation. Elle sentit qu'elle s'élargissait pour l'accueillir et poussa un gémissement. La sensation était brûlante. Elle s'agrippa à ses épaules.

— Zeke, chuchota-t-elle en enfouissant son visage au creux de son épaule. Je t'en prie.

Elle s'agitait sans cesse sous lui, sans arriver à soulager la pression à la fois faite de plaisir et d'une morsure douloureuse. Impossible de rester en place tandis qu'il lui donnait des coups de boutoir toujours plus profonds. Il lui fallait trouver la position, l'endroit qui soulagerait cette pression... ou la ferait monter davantage.

— Chuuuut, murmura-t-il en lui basculant la tête en arrière et en lui posant un baiser sur la bouche. Détends-toi, Ray.

Il balaya de nouveau ses lèvres avec les siennes tout en continuant à la pénétrer toujours plus avant.

— Détends-toi, accueille-moi, reprit-il. C'est ça, c'est bien.

Il ferma un instant les yeux alors qu'elle lui entourait la taille de ses jambes, lui permettant un accès en elle toujours plus profond.

— Bordel, c'est bon, bébé. Tellement bon, grogna-t-il.

Il se tint immobile au-dessus d'elle, sa bouche seule en mouvement, et sa langue répétait la possession qu'il avait prise de son corps. Elle lui rendait chaque baiser et se perdait en lui. Progressivement, la douleur s'apaisa, et seul le plaisir resta. Un plaisir pur, hallucinant.

Elle rejeta la tête en arrière dans le matelas, savourant de le sentir si profondément enfoui en elle. Impatiente, elle ondulait des hanches, exigeant qu'il se mette en mouvement. Qu'il la prenne.

Il se souleva un peu et plongea ses yeux verts dans les siens.

— Tu es prête ? grogna-t-il.

— Oui, murmura-t-elle en posant les mains autour de ses biceps. S'il te plaît.

Concentré sur son visage, il se retira, éveillant des nerfs dont elle ne soupçonnait pas l'existence. Elle grogna et se tortilla, elle en voulait encore. Elle détestait ce vide. D'un coup de reins, il combla son attente. Il plongea de nouveau en elle avec une force qui lui fit expulser tout l'air de ses poumons, toutes les pensées de sa tête.

Il la posséda, encore et encore, dans une folle chevauchée. Chaque fois qu'il entrait en elle, il massait au passage le point si nerveusement sensible au sommet de son sexe. Elle était devenue une créature sexuelle, vidée de toute pensée rationnelle, n'attendant plus que les élans d'extase. Avide, elle n'existait plus que pour les sensations qu'il lui procurait, suppliant qu'il ne retienne rien.

Et il obéissait.

Il écrasa sa bouche contre la sienne, passa la main entre eux et se mit à tracer des cercles sur son clitoris, une fois, deux fois, et, avant d'avoir pu finir la troisième, elle explosa.

Elle poussa un cri de jouissance et rejeta la tête en arrière, le corps secoué de spasmes de plaisir. L'espace d'une seconde, elle combattit cette toute-puissance, mais il continuait de s'enfoncer en elle et elle se soumit au plaisir jusqu'à la perte totale de tout contrôle.

Se sentant plonger dans les abysses, elle n'eut pas une hésitation, pas une inquiétude.

Elle sut que, pour l'instant au moins, elle n'était pas seule.

12

En remontant en Jaguar le long de la tranquille Pine Valley, Ezekiel jeta un œil à sa femme.

Sa femme.

Il se frotta la barbe et reposa la main sur le volant. Une part de lui n'arrivait toujours pas à croire que Reagan Sinclair – non, Reagan Holloway – était sa femme. Pas juste sa fiancée. Depuis, elle l'avait entraîné jusqu'à leur chambre et lui avait offert un strip-tease privé qui l'avait mis au supplice tant il mourait d'envie de poser les mains sur son joli corps. De caresser sa peau si douce. De goûter sa bouche et la tendre peau entre ses cuisses.

Ce n'était sans doute pas la meilleure des pensées à entretenir alors qu'ils se rendaient chez ses beaux-parents pour leur annoncer de mauvaises nouvelles.

La pensée de Reagan nue sous lui, les yeux voilés de plaisir, les lèvres gonflées demandant qu'il continue encore et encore, le fit se tortiller sur son siège.

Deux jours. Il aurait dû être de retour à Royal et à Wingate Enterprises depuis deux jours. Ils étaient censés aller à Vegas, se marier et revenir. Mais après cette première nuit avec Reagan, noyé dans une lubricité qui l'avait consumé des pieds à la tête, il avait prolongé la lune de miel. Qu'ils avaient passé dans leur suite. À parler. Rire. Manger. Baiser.

Et dormir.

C'était la première fois depuis Melissa qu'il dormait avec une femme au lieu de quitter son lit ou de la faire partir. Il s'était attendu à être dévoré de culpabilité, mais non. Il avait à peine eu un vague sentiment de honte.

Pas suffisamment, en tout cas, pour l'arracher du lit de sa femme ou se détacher de son corps nu et chaud pour s'installer sur le canapé. Parce que, alors, elle n'aurait pas été assez proche de lui lorsqu'il se réveillerait, durci et affamé d'elle.

Il lui semblait qu'il ne pourrait jamais se repaître d'elle. Au lit ou ailleurs. Même si, pour être honnête, ils ne s'étaient pas tellement éloignés du lit.

Il étouffa un soupir. D'accord, ils avaient franchi le pont des relations platoniques et y avaient joyeusement mis le feu. Mais il n'avait pas perdu tout le contrôle de la situation. Ils pouvaient continuer à vivre des vies séparées, sans attache émotionnelle quelconque. Le sexe floutait un peu les frontières mais ne les abolissait pas. Et lui et Reagan avaient fixé ces frontières pour de très bonnes raisons.

Ni l'un ni l'autre ne pouvait se permettre de les oublier.

Un grain de malaise prit naissance au creux de sa poitrine. Elle lui avait déjà fait oublier ses priorités : sauver Wingate Enterprises. Ce genre d'exception ne devait pas devenir une habitude.

À côté de lui, Reagan ne tenait pas en place depuis un moment déjà. Il remarqua ses poings serrés sur ses genoux, et les recouvrit de la main.

— Ça va bien se passer, murmura-t-il.

Elle secoua la tête et esquissa un pauvre sourire.

— Je me suis enfuie à Vegas avec un homme que mes parents désapprouvent. Je ne sais pas ce qui va faire le plus craquer ma mère, la fuite ou Vegas. Et mon père...

Elle secoua la tête et laissa échapper un gloussement forcé.

— Je préfère ne pas imaginer sa réaction. J'ai initié tout ça pour avoir mon héritage et garder ma famille, et je vais peut-être perdre les deux.

— Tu dramatises peut-être, dit doucement Ezekiel. Ton père est austère et autoritaire, mais il t'aime. Il te soutiendra.

Elle poussa un soupir.

— Tu ne connais pas Douglas Sinclair. Moi, si. S'il y a une chose que je sais, c'est qu'il gère très mal les frustrations. Et qu'il n'oublie jamais rien.

Il lui jeta un rapide regard. Il y avait dans sa voix de l'amertume, de la tristesse… Ce n'était pas la première fois qu'il détectait ce genre de note, comme il remarquait parfois qu'elle caressait sa cicatrice, juste sous le cou.

Des secrets. S'il la regardait dans les yeux, il y verrait des fantômes.

Quelques instants plus tard, il remontait l'allée et s'arrêta devant la grande demeure.

— Reagan.

Il attendit qu'elle tourne la tête pour le regarder, et dit :

— Quoi qu'il arrive, je suis à tes côtés. Je ne te quitte pas.

Les lèvres de la jeune femme dessinèrent un sourire qui n'atteignit pas ses yeux ; ils restèrent sombres et tristes. Il ressentit une envie folle qu'elle déverse ses souffrances en lui, qu'elle le laisse les partager, au point d'en avoir la gorge serrée. Mais, avant qu'il ne puisse dire un mot, elle ouvrit la portière.

— On devrait y aller, murmura-t-elle.

Il la rejoignit en silence et lui prit la main. Lorsqu'il la porta à ses lèvres pour y déposer un baiser, il se rappela la nécessité de ne pas brouiller les frontières. Elle le regarda, un éclair de désir dans les yeux. Bien. N'importe quoi pourvu que les fantômes disparaissent.

Au moment où ils atteignirent la dernière marche, la porte s'ouvrit et Douglas Sinclair apparut. Il les dévisagea, observa quelques secondes leurs mains jointes puis avisa sa fille. Il ne les salua pas, mais recula en ouvrant un peu plus la porte. Rien dans son expression ne se voulait accueillant. Il voulait sans doute éviter que les voisins ne profitent du spectacle. La main posée sur les reins de Reagan, Ezekiel entra en lui insufflant sa force. La loyauté et l'acceptation familiales étaient de vraies valeurs à ses yeux. Mais il détestait la manière dont Reagan avançait, droite comme un I, la tête fièrement levée, et pourtant agitée d'un très léger tremblement qui résonnait dans sa paume.

— Reagan.

Henrietta se leva du canapé dès qu'ils entrèrent dans le petit salon. Elle traversa la pièce et saisit sa fille par les épaules avant de lui déposer un baiser sur la joue.

— Où étais-tu ? Ça fait des jours que nous essayons de te joindre. Ma chérie, nous étions si inquiets.

— Je suis désolée, maman, répondit Reagan en tapotant la main de sa mère. J'avais éteint mon téléphone. Je ne voulais pas t'effrayer.

Henrietta étudia sa fille un long moment avant de passer à Ezekiel.

— Ezekiel, le salua-t-elle d'un hochement de tête. Quel plaisir de vous revoir.

— Vous aussi, Henrietta, répondit-il en faisant remonter sa main des reins de Reagan jusqu'à sa nuque.

— Maman, papa, j'ai une annonce à vous faire. Zeke et moi...

Elle se tut et sentit qu'il exerçait doucement une pression rassurante sur sa nuque. Elle reprit :

— Zeke et moi nous sommes mariés. À Las Vegas. Je suis désolée de vous mettre devant le fait accompli, mais...

— C'est moi qui lui ai proposé, la coupa-t-il, mais elle secoua la tête en lui adressant un sourire triste.

— Ce n'est pas vrai. C'est moi qui lui ai demandé, et je sais que ce mariage à la hâte doit vous décevoir, mais c'était ma décision.

Elle se redressa, et ajouta :

— C'est mon choix.

Une expression de surprise et de peine se peignit sur le visage de sa mère qui ne tarda pourtant pas à reprendre ses esprits. Elle recula au niveau de Douglas, resté silencieux. Mais son expression austère, ses sourcils froncés valaient tous les sermons.

Tous les instincts protecteurs enfouis en lui rejaillirent soudain à la surface, et il se rapprocha de Reagan, face à son père. Elle lui appartenait, que ce soit clair. Et date limite ou pas, il la protégerait.

— Tu as délibérément agi contre ma volonté et maintenant tu te présentes ici pour demander quoi ? demanda-t-il d'une voix froide. Notre bénédiction ? Notre pardon ? Notre acceptation ? Tu n'auras rien de tout ça.

— Non, pas votre bénédiction, répondit Ezekiel sur un ton égal, sans pour autant cacher son hostilité. Et ni elle ni moi n'avons besoin d'être pardonnés d'avoir fait un choix éclairé entre adultes consentants. Est-ce que c'est important pour votre fille que vous acceptiez son mariage ? Oui. Mais ce n'est pas nécessaire.

— Ça l'est si elle ou vous voulez toucher son héritage, aboya Douglas. Ce qui n'arrivera pas. Sa grand-mère m'a donné l'autorité de juger qui me semble convenir, et ce n'est pas votre cas. Reagan le sait et elle a défié ma volonté sans tenir compte de la peine et de la honte qu'elle infligeait à sa famille.

— Douglas, chuchota Henrietta en posant sa main sur le bras de son mari.

— Non, Henrietta, il faut que les choses soient dites. Je...

— Non, il ne le faut pas, interrompit doucement Reagan. Ce n'est pas la peine, parce que, ces choses, je les sais déjà, papa. Tu exprimes très clairement depuis des années, dix ans, pour être précise, que je n'ai apporté que déception, gêne et souffrance à la famille. Dieu sait que j'ai tenté d'y remédier en jouant la fille respectable et obéissante, en suivant toutes les règles que tu avais fixées, en plaçant tes besoins et tes opinions avant les miens. Mais rien de ce que j'ai pu faire ou de ce que je ferai ne me rendra digne du nom de Sinclair. Je suis trop loin de la perfection.

— Ma chérie, gémit Henrietta en tendant la main vers sa fille, ce n'est pas vrai.

Une prémonition poussa Ezekiel à prendre Reagan dans ses bras pour la protéger de ceux-là mêmes qui étaient supposés l'aimer inconditionnellement. Parce qu'il ne s'agissait pas seulement d'une question de mariage hâtif ou d'héritage. L'énergie sinistre qui vibrait entre ces trois-là remontait à plus loin, à des racines plus profondes. Mais la blessure saignait comme si elle était du jour même.

— C'est vrai, maman, poursuivit Reagan d'une voix d'un calme presque effrayant. Nous avons juste fait bien attention à ne jamais en parler à haute voix.

Devant Douglas, Ezekiel lui hurlait intérieurement de prononcer les mots de réconfort dont avait besoin sa fille en souffrance. De descendre de ses grands chevaux et de lui dire qu'elle était aimée et acceptée. Précieuse.

— Si tu crois que ce genre de discours auto-apitoyé va me faire changer d'avis pour l'héritage, tu te trompes.

Sa voix était glacée et son visage gelé.

— J'espère que ton nouveau mari…

Il avait craché le mot.

— … pourra pourvoir à tes besoins malgré ses problèmes financiers et juridiques. Mais cet avenir me semble compromis.

Ezekiel sentit la fureur monter en lui et poser un voile rouge devant ses yeux.

— Faites attention, Douglas, avertit-il. Ne salissez pas mon nom et ma famille. Dont votre fille fait désormais partie. Je m'occupe des miens… je les protège avant tout le reste. Avant de juger les autres, demandez-vous si vous en faites autant.

— Je ne vous permets pas de me juger dans ce domaine, aboya Douglas. Tout ce que je fais, c'est pour ma famille. Vous avez tout reçu en héritage, vous ne savez pas ce qu'est le sacrifice. De travailler dur pour que votre famille survive et s'enrichisse. Ce que c'est que de s'élever pour dépasser tout ce dont les autres vous croyaient capable. Vous ne savez rien de tout cela, Ezekiel Holloway, alors ne vous permettez pas de mettre en doute mon amour pour ma famille. Parce que c'est justement cet amour qui me convainc que vous épouser était la pire décision que ma fille pouvait prendre.

Sous la peau d'Ezekiel, une flamme de colère détruisait tout et laissait un sillage calciné dans son cœur et son âme.

— Je suis peut-être un Holloway, mais je n'en reste pas moins un Noir à Royal, Texas. Quand les gens me regardent, ils ne voient pas mon père blanc. Ils voient un Noir qui devrait s'estimer heureux d'être né au sein d'une famille blanche et puissante. Quand ils découvrent où je travaille et ce que je fais, ils pensent que je le dois au fait que je sois le neveu d'Ava Holloway Wingate, pas parce que j'ai bossé comme un fou pour grimper les échelons dans l'entreprise tout en étudiant à la fac pour obtenir un master.

Il expira bruyamment et reprit :

— Alors ne me parlez pas de travail ou de sacrifice, parce que j'ai souvent renoncé à beaucoup de choses pour que d'autres se sentent à l'aise en s'asseyant à la même table que moi. J'ai dû travailler dix fois plus dur pour gagner la même chose et obtenir le respect que d'autres reçoivent uniquement grâce à la couleur de leur peau.

Il s'obligea à desserrer le poing.

— Je n'ai jamais douté de votre amour pour votre famille. J'émets simplement des réserves sur la façon dont vous le manifestez.

— Zeke, murmura Reagan en s'appuyant sur lui.

Pour le soutenir ou le réconforter ? Elle n'en était pas sûre. Les deux peut-être.

— S'il vous plaît, calmons-nous un moment, supplia Henrietta dont le regard passait de l'un à l'autre. Avant que quelqu'un dise quelque chose qu'il regretterait.

— Maman, j'ai bien peur qu'il ne soit déjà trop tard, dit Reagan avec une lassitude qu'Ezekiel détesta. Je suis désolée de te faire de la peine. Encore une fois.

Elle prit une profonde inspiration.

— À toi aussi, papa.

Elle fit volte-face et sortit de la pièce, Ezekiel sur les talons, sans regarder en arrière. Lui serait loyal à la femme qu'ils venaient de rejeter avec tant d'égoïsme.

Et merde. Dorénavant, il serait sa famille.

Elle l'avait, lui. Et, même si leur union était temporaire, il lui donnerait une nouvelle famille.

13

Incroyable qu'il soit possible de souffrir autant et pourtant d'arriver quand même à marcher, à respirer, à vivre. Depuis son arrivée chez ses parents, elle n'était plus que chagrin, souffrance et colère. Elle réussit à attraper un petit sac de voyage, à descendre les marches, à monter dans la voiture d'Ezekiel, à boucler sa ceinture et à ne pas craquer tandis qu'ils s'éloignaient de sa maison natale.

Tel un film d'horreur, la scène se répétait en boucle dans son esprit.

Reagan ferma les yeux et serra les poings sur ses genoux. Rien n'y faisait. Elle savait que son père lui reprochait ses erreurs passées, qu'il ne lui avait jamais pardonnées. Ses accusations et son silence le confirmaient. Mais Dieu, comme cela faisait mal. Au point qu'elle avait envie de se rouler en boule et de disparaître.

Sois forte.

Ne montre ni faiblesse ni émotion.

Sois irréprochable et jamais inconvenante.

Tel avait été son credo, en tant que Sinclair. Et, sauf lorsqu'elle était tombée en disgrâce à seize ans, elle avait fait de son mieux pour être à la hauteur. Mais aujourd'hui, à force de vivre sous pression, avec tant de fissures, elle voulait voler en éclats. Et ne plus jamais se reconstruire.

Et que resterait-il ? Qu'allait-elle devenir ?

Elle n'en avait aucune idée.

Pathétique.

— Reagan.

La voix d'Ezekiel pénétra le marasme de ses réflexions. Elle leva la tête. Il se tenait debout devant la portière. Elle ne s'était pas rendu compte qu'il s'était arrêté, qu'il était sorti de la voiture.

— Descends.

Il tendit la main vers elle, ses yeux verts pleins d'inquiétude. Lentement, elle glissa sa paume dans la sienne et le laissa l'aider à descendre. Il s'était garé sur un chemin tranquille et désert.

Elle le reconnut. Parmi les nombreuses routes qui traversaient Royal, certaines desservaient les ranchs et d'autres les champs couverts de fleurs sauvages. Celle-ci était à plusieurs kilomètres de la propriété fermée de ses parents. Un virage et un bosquet d'arbres les abritaient des regards de la route d'accès. Ezekiel ferma la portière derrière elle, la fit se retourner, s'appuya sur la Jaguar et la prit dans ses bras. Cette demi-intimité la soulagea.

— Vas-y, bébé, murmura-t-il en l'enveloppant, une main dans ses cheveux, et en la pressant contre son torse. Tu peux te laisser aller. Personne ne te voit. Je suis là pour toi.

Le nœud dans sa poitrine se resserra, comme si tout son corps s'opposait à la tempête qui se levait en elle. Soudain les digues rompirent et un torrent s'en échappa. Un effroyable sanglot la secoua, et elle enfouit son visage dans la poitrine d'Ezekiel au moment où les premières larmes jaillirent.

Une fois lancée, plus rien ne l'arrêta. Combien de temps pleura-t-elle pour cette jeune fille de seize ans, abandonnée par le garçon qu'elle aimait et par sa famille, elle n'aurait su le dire. À la fois une éternité et quelques secondes. Les poings serrés sur sa chemise, elle s'accrochait à lui, devenu son port d'attache au milieu d'une tempête qui couvait depuis des années.

Elle finit par se calmer, et ses sanglots se changèrent en larmes silencieuses le long de ses joues. Même elles se tarirent. Ezekiel lui mit un mouchoir dans la main.

— Merci, dit-elle d'une voix rauque.

Il lui caressa le dos pendant qu'elle réparait les dégâts de sa crise de larmes.

— Je suis là si tu veux parler. Ou pas. C'est comme tu veux, Reagan, chuchota-t-il.

Elle était déchirée entre les exigences de secret imposées par sa famille, son sentiment de culpabilité et son besoin de vider son sac. Mais Dieu, comme elle était fatiguée. Oui, elle avait du mal à faire confiance aux autres, à se faire confiance. Mais peut-être pouvait-elle tenter d'y croire, de croire en lui…

— À seize ans, je suis sortie avec un garçon qui en avait dix-neuf. Mes parents ne l'aimaient pas. Avec le recul, je comprends pourquoi. Mais à l'époque, j'étais juste follement amoureuse et j'aurais fait n'importe quoi pour lui. Et je l'ai fait. Je me suis révoltée contre mes parents. Je le voyais en cachette, je faisais le mur la nuit. J'étais consumée, c'était un premier amour… Mais…

Elle ferma les yeux, avala sa salive.

— … je suis tombée enceinte.

Ezekiel se raidit, et elle se prépara au choc. À son incrédulité. À sa pitié. Qu'elle allait se prendre comme un coup de poing dans le plexus.

Il s'appuya contre la voiture et l'attira entre ses cuisses, pour qu'elle soit tout à fait incrustée dans son large corps musculeux et dur. Des doigts à la fois doux et implacables saisirent son menton et renversèrent sa tête en arrière.

— Ouvre les yeux, bébé. Regarde-moi.

Elle s'obligea à obéir et sentit son souffle se couper. Compassion. Tendresse. Tristesse. Pas de la pitié ni de la déception.

— Tu n'as pas à avoir honte, alors ne baisse pas les yeux en me racontant ça.

Elle le regarda. Ne pas avoir honte. Personne – ni ses parents ni son frère ou sa sœur – ne lui avait jamais dit une chose pareille. Cet homme, oui. Elle ferma les yeux quand même. Pour qu'il ne voie pas l'impact de ses mots. Il avait dit que ses sentiments se lisaient dans ses yeux, et elle ne voulait pas identifier cette émotion qui la poussait à reculer mentalement. Qui l'inondait de terreur, jusqu'aux os.

Elle fourra toutes ces émotions dans une boîte profondément

enfouie en elle, prit une grande inspiration et ouvrit les paupières pour croiser ce regard vert et perçant.

— Évidemment, mes parents n'ont pas bien réagi. Et, oui, j'étais terrifiée. Mais je croyais mon copain quand il m'assurait qu'il ne me quitterait pas. C'était sans compter le chèque que mon père lui a collé sous le nez. Papa l'a soudoyé et il a disparu. Et mes parents… m'ont expédiée dans une maison pour jeunes filles, en Géorgie.

— Je me rappelle, dit Ezekiel. C'était juste avant la fin de l'année, et Harley était contrariée que tu ne sois pas là avec elle pour l'été. Elle n'a jamais dit…

— Elle ne savait rien, l'interrompit Reagan en secouant la tête. Personne n'a su, sauf ma famille. Mes parents ne voulaient surtout pas que cela s'ébruite. J'étais supposée aller dans ce foyer, accoucher et faire adopter le bébé. Moi je ne voulais pas l'abandonner, mais ils ne me laissaient pas le choix. Ils avaient honte. Leurs mots avaient le goût de cendres. Surtout mon père. Nous étions proches, avant. J'étais sa chouchou, et il était tout pour moi. Mais après… il n'arrivait même plus à me regarder, murmura-t-elle.

— Et ça ?

Il repoussa avec douceur les doigts qu'elle frottait inconsciemment sur sa cicatrice.

— Au bout de quatorze semaines de grossesse, j'ai eu des contractions. Les deux premiers jours, je ne l'ai dit à personne. Mais au matin du troisième, j'ai eu si mal dans le bas du dos que je me suis pliée en deux, au bord de l'évanouissement. Je suis tombée et me suis cognée sur la commode.

Elle porta de nouveau les doigts à la marque qui lui rappellerait toujours le pire jour de sa vie.

— Je suis restée à terre, roulée en boule, ma clavicule saignait, et j'ai senti quelque chose de mouillé entre mes jambes. Je faisais une fausse couche.

— Oh ! Ray, chuchota Ezekiel en posant son front contre le sien, son haleine tout contre ses lèvres. Je suis désolé.

— On appelle ça un avortement spontané, poursuivit-elle, prise du besoin de tout dire, de se purifier de la souillure du secret. Ils m'ont dit que je n'aurais rien pu faire pour l'empêcher, mais je me sentais responsable. C'était ma punition pour avoir désobéi à mes parents, pour ne pas être la fille qu'ils méritaient, pour avoir couché sans me protéger, pour ne pas être suffisamment valable pour que mon petit ami reste avec moi, qu'il m'aime...

— Bébé, non, s'exclama-t-il, les sourcils froncés. Rien de tout cela n'est vrai. Ce sont des choses qui arrivent. Ma mère a fait deux fausses couches. Une avant moi et une après. Ça arrive à des femmes très bien, qui auraient été des mères merveilleuses et aimantes. C'est un phénomène biologique, pas une punition.

Un éclair d'inquiétude traversa ses yeux.

— Est-ce qu'il y a d'autres conséquences douloureuses ?

— Tu veux dire, est-ce que je peux encore avoir des enfants ? Oui.

Le soulagement détendit ses traits.

— Mais est-ce que j'en ai envie ? Je... je ne sais pas.

Cette vérité, elle ne l'avait jamais admise à haute voix. Tout cela datait de dix ans, certes, mais la douleur, la peur, le vide terrible... Elle posa une main sur son ventre.

— Je ne l'oublierai jamais. Et je suis terrifiée à l'idée de revivre ça. Je ne veux pas. Perdre encore un enfant...

Elle détourna la tête pour éviter son regard pénétrant.

— Je ne sais pas si je le supporterais.

— Reagan. Bébé. Regarde-moi, tu veux ?

Au bout de quelques secondes, elle obtempéra. Il lui posa une main sur la nuque et lui caressa le cou du pouce, l'autre main toujours posée sur sa joue.

— Tu n'as pas à t'expliquer ou à te justifier avec moi. Je comprends. Quand mes parents puis Melissa sont morts, l'idée d'aimer quelqu'un que je risquais de perdre à nouveau m'a paralysé. Personne ne vous explique qu'un jour un être que vous chérissez vous sera peut-être injustement arraché. Personne ne m'y a préparé, comme personne ne t'a préparée à l'idée de perdre ton bébé avant que tu aies eu la chance de le prendre dans tes bras. Et on doit se débrouiller tout seul avec ça.

Il lui caressa la joue du pouce, et son regard s'adoucit.

— Est-ce que je crois que tu serais une mère aimante et attentive, qui aimerait et protégerais ton enfant aussi farouchement qu'une maman ourse ? Oui. Est-ce que je pense que tu mérites de connaître la joie de tenir un petit dans tes bras, de respirer son odeur, de l'entendre t'appeler maman ? Oui, mon cœur. Tu mérites tout ça, et plus encore. Mais je n'irai jamais te dire que tu as tort d'en avoir peur. Et, Reagan… ?

Il fit une pause, scruta son visage, sa bouche, son nez pour finir par ses yeux. C'était comme une caresse sur sa peau.

— Si personne ne te l'a dit, je veux te dire que je suis désolé. Je suis désolé que tu aies perdu ton bébé. Désolé que ce garçon – qui ne mérite pas d'être appelé un homme – en qui tu croyais t'ait abandonnée. Désolé que ta famille t'ait laissée tomber. Et je suis désolé que personne ne t'ait dit que malgré ces épreuves, ou plutôt à cause d'elles, tu étais quelqu'un d'encore plus précieux qu'avant.

Elle brûlait d'envie de lui dire que lui aussi méritait mieux. Ezekiel méritait une femme qui l'adorerait au-delà de la raison. Qui serait un havre de paix, un roc sur lequel s'appuyer par mauvais temps. L'imaginer seul, avec le cœur qu'il gardait si farouchement pour unique compagnon, l'attristait plus qu'elle ne pouvait le dire sans trahir des émotions qui les mettraient tous les deux mal à l'aise.

Alors elle se hissa sur la pointe des pieds et posa sa bouche sur la sienne, dans une tentative de lui communiquer sa gratitude pour sa compassion et sa gentillesse. Pour expliquer tout ce qu'elle était trop troublée pour dire à haute voix.

Il réagit immédiatement. De sa joue, sa main glissa jusqu'à ses cheveux, et le contact de ses ongles sur son cuir chevelu déclencha des frissons chauds directement vers ses seins, son ventre et entre ses cuisses.

Tristesse et souffrance cédèrent la place à la chaleur et à un désir jamais éteint. Pour Ezekiel Holloway, ses sens étaient toujours sur le qui-vive.

Il poussa un grognement que Reagan absorba avec avidité,

encore secouée par le tourbillon émotionnel de l'heure écoulée qui l'incitait à se noyer en lui, et par ce plaisir écrasant qui était sa marque de propriété.

— Ray.

Il grogna son nom, mais ses mains descendirent jusqu'à ses épaules comme pour la repousser.

— Bébé.

— Non.

Elle lui caressa les hanches et le dos, agrippa sa chemise et l'attira vers elle.

— J'ai envie de toi. Ne me refuse pas ça, Zeke.

C'était une exigence. Une supplique.

Il plissa les yeux. Après ce qui sembla une éternité à Reagan, il la fit soudain pivoter et la jucha sur le capot de la Jaguar, en se tenant debout entre ses cuisses ouvertes. Il appuya les paumes sur le métal de chaque côté d'elle jusqu'à ce qu'elle place ses mains à côté des siennes et bascule la tête en arrière.

— Je n'ai rien à te refuser, grogna-t-il.

Puis il écrasa sa bouche sur ses lèvres.

Il regretta aussitôt d'avoir prononcé ces mots. Ils en disaient trop. Il n'aurait pas dû se dévoiler autant.

Mais avec la bête furieuse et assoiffée de luxure qui grondait en lui, il n'en avait plus rien à faire. Alors que la langue de Reagan luttait avec la sienne, l'aspirait comme si elle ne pouvait s'en repaître. Quand elle le mordillait comme pour laisser son empreinte. Qu'elle le léchait comme s'il était une saveur qui l'excitait sans jamais la satisfaire.

Ce qu'il comprenait tout à fait.

Car lui aussi suçait, mordillait et léchait, pour les mêmes raisons.

Cette femme… Bon sang, elle le perdait, avec sa bouche de pécheresse, sa langue maligne et ses gémissements affamés. Même maintenant, il ne pouvait se rappeler le baiser ou le parfum d'une autre. Ces pensées traîtresses auraient dû le remplir de colère et de honte. Peut-être plus tard. Mais maintenant ? Maintenant, tout ce qu'il pouvait faire, c'était plonger les mains dans ses cheveux et lui maintenir la tête tandis qu'il prenait possession de sa bouche tout entière au point d'en faire vibrer sa verge de désir.

Rien d'autre n'importait qu'elle, et entrer en elle.

Il glissa les doigts sous sa mâchoire, sur sa gorge, s'attarda sur la cicatrice maudite et descendit jusqu'au nœud de sa ceinture qui maintenait le haut de sa robe. Il tira dessus, le défit et passa les mains à l'intérieur du vêtement pour le faire descendre jusqu'à la taille et aux poignets.

Reagan s'apprêta à lever les bras, mais il arrêta son mouvement. Il lui saisit les poignets et les plaça derrière son dos. Coincée par sa robe et ses doigts fermes, le dos arqué, elle lui était magnifiquement offerte en sacrifice. Mais lorsqu'il baissa la tête pour faire courir sa langue vers le sillon ombragé et parfumé de ses seins, c'était lui qui était prêt à se jeter sur l'autel de son désir d'elle.

Bon sang, il n'en avait jamais assez. Ce parfum de chèvrefeuille semblait incrusté dans sa magnifique peau hâlée, et lui était un chercheur d'or qui ne cessait de revenir vers elle. Il retraça la courbe de son sein et ne résista pas à la tentation d'y passer les dents. Le ravissement l'envahit en sentant qu'elle frissonnait. En quelques jours, il avait appris son corps par cœur et pourtant, chaque fois qu'il découvrait une nouvelle zone qui la faisait trembler ou gémir, il avait envie de hurler de joie. Il ne se lassait pas de susciter de nouvelles réactions en elle.

Ce qui était problématique, puisque dans un an il devrait la laisser partir.

Il étouffa cette pensée et se concentra de nouveau sur la chair qui dépassait de la dentelle bleu foncé de son soutien-gorge. Et sur la pointe dressée, en dessous. De sa main libre il baissa le bonnet et libéra son sein. Puis, tout en pinçant et en asticotant le mamelon encore couvert par la dentelle, il attira son jumeau dans sa bouche.

Il ne put se retenir de grogner de plaisir pendant qu'il la caressait, qu'il la léchait et la suçait. Une part de lui se savait obsédée par elle – les quatre derniers jours en étaient la preuve.

Il prenait son temps, traçant des cercles autour de la perle dressée, réapprenant son corps alors qu'il l'avait possédée le matin même, à l'hôtel, avant de prendre l'avion pour rentrer.

L'autre part de lui voulait s'agenouiller pour la supplier de le repousser, de lui interdire son lit afin qu'il puisse se sevrer d'une addiction qui ne pouvait que les détruire tous deux.

— Zeke, balbutia Reagan, en se tortillant sous lui et en appuyant sa chair dans sa bouche, exigeant son plaisir. J'ai envie de toi, chuchota-t-elle d'une voix mourante de désir.

Bordel que c'était bon à entendre. Tous ces bruits qui lui transmettaient la faim qu'elle avait de lui.

Il ne pouvait rien lui refuser.

Il libéra l'autre sein et l'engloba de ses lèvres. Il en caressa la pointe encore et encore, dans tous les sens, comme une prière, une adoration.

Car elle méritait d'être adorée.

Et pas seulement à cause de ce corps qui en aurait converti plus d'un, mais pour sa force de caractère et cette colonne vertébrale d'acier cachée sous une façade de douceur. Parce qu'elle avait eu sa part de drames et qu'elle envisageait maintenant d'offrir un refuge à des filles traversant les mêmes épreuves.

Parce que c'était une bonne personne, tout simplement.

Inexplicablement, il sentit le désespoir l'envahir et il passa la main dans son dos pour dégrafer son soutien-gorge, qu'il ôta en même temps que le haut qui lui entravait les poignets. Il se rendait à cette nécessité de sentir ses bras autour de lui.

Il ne savait pas comment lui demander – alors il lui prit tout simplement les mains et les plaça autour de son cou. Puis il enfouit son visage au creux de sa gorge et inspira son odeur, ouvrit la bouche et savoura la pression de leurs poitrines collées.

Oui, il avait couché avec un nombre incalculable de femmes, mais aucune ne l'avait pris dans ses bras. Il ne l'avait pas permis. Maintenant, avec Reagan, il en avait autant envie qu'il avait besoin de la pénétrer jusqu'à la garde. Et ce besoin l'incitait à se tenir éloigné d'elle, mentalement et physiquement, alerté par son instinct d'autoprotection en plein affolement.

— Zeke ? murmura-t-elle, mais il arrêta sa question avec sa bouche, et ses mots se transformèrent en grognement.

Tandis que leurs bouches s'engageaient dans une bataille brûlante, elle entreprit de déboutonner sa chemise. Quelques secondes plus tard, elle la jetait sur le capot derrière elle et faisait courir ses ongles sur son torse nu. Sur ses mamelons. Ses abdos. Jusqu'à la ceinture.

Il se mit à respirer bruyamment lorsqu'elle l'ouvrit d'un coup sec. Il ne put l'arrêter – il avait déjà du mal à respirer, encore plus à bouger – lorsqu'elle baissa la fermeture Éclair et plongea la main dans son caleçon noir.

Il poussa une expiration sifflante en sentant ses doigts se refermer sur sa verge, et baissa la tête pour poser sa joue contre la sienne et saisir le bord de sa robe. Une onde de plaisir courait sur son échine et bloquait tout son corps. Serrant les dents, il baissa un peu plus le regard et apprécia la vision érotique de ses doigts fins et élégants enroulés autour de son membre. Les bouts de ses doigts se touchaient presque, et le gland gonflé dépassait de sa main. Ils regardèrent ensemble une perle apparaître, et il manqua s'étrangler lorsqu'elle l'étala sur sa peau à vif.

Ezekiel faillit jouir sur l'instant lorsqu'elle porta son pouce à sa bouche et le suça.

— Qu'essaies-tu de faire, Reagan ? grogna-t-il en lui dévorant la bouche. Tu veux que ça s'arrête avant que j'aie pu te prendre ?

Il lui mordilla la lèvre pour la punir.

— Tu veux me voir perdre la tête ?

La question était presque une accusation, et un petit sourire diabolique apparut sur ses lèvres.

— C'est tout à fait ça. Je veux te faire perdre tout contrôle.

Elle le reprit en main et se mit à le caresser de bas en haut. À le serrer. De haut en bas, son poing le gainait, le chevauchait, l'entraînant au bord de la chute. Lui faisait perdre tout contrôle, comme elle l'avait prédit.

Son estomac tressaillait à chaque va-et-vient, à chaque mouvement de son poignet. Il était assailli par des élans de désir qui grésillaient dans ses veines pour se retrouver dans ses bourses. Si proche. Bon Dieu, si proche.

Mais il ne voulait pas venir sur sa main ; quand cela allait arriver, il n'y avait qu'un endroit où il voulait être. Profondément enfoncé en elle.

Il attrapa son portefeuille dans sa poche arrière, en sortit un préservatif et l'enfila en un temps record, les dents serrées pour combattre la pression qui s'accumulait en lui. Avec des mains douces et pleines de vénération, malgré son envie sauvage, il remonta le long de ses cuisses jusqu'à son sexe caché par la dentelle.

Pendant un moment il faillit se laisser totalement dominer par son désir d'elle et son envie de la posséder violemment. Mais son affection tempéra son ardeur, et il la débarrassa de sa culotte avec une délicatesse exquise. Il glissa sous elle la chemise qu'elle avait jetée, pour éviter à sa peau le contact du métal chaud de la voiture. Il lui écarta les cuisses et regarda son membre entier entrer en elle, la regarda s'ouvrir pour lui et l'accueillir.

Il leva les yeux, passa de ses seins tremblants à son visage. Et dut exercer un contrôle surhumain sur lui-même en constatant qu'elle aussi avait les yeux fixés sur son entrejambe où leurs deux sexes se rejoignaient.

— Tu vois ce que tu me fais, bébé ? chuchota-t-il.

Elle le regarda dans les yeux, et la chaleur monta d'un cran.

— Tu es parfaite. Tu es faite pour ça. Et moi pour être en toi.

Il se tut… obligé de consacrer chaque bribe d'énergie, chaque muscle, chaque tendon, chaque cellule, à s'enfouir dans les replis tendus de sa chair. Il était agité de tremblements et lutta contre le besoin de donner des coups de reins comme un animal sauvage.

— Ne te retiens pas, Zeke, souffla-t-elle, allongée sur le capot, en laissant courir ses mains le long de son corps jusqu'à celles de Zeke posées sur ses cuisses. Viens. Lâche-toi.

Sa demande, son ordre, brisa la corde qui le retenait. Il tomba sur elle, et aspira son téton en lui assénant des coups de boutoir, encore et encore. Les bras et les jambes de Reagan l'enlaçaient, ses hanches se soulevaient et venaient à la rencontre de chacun de ses mouvements. Et ses cris rauques qui le suppliaient de continuer l'aiguillonnaient tandis qu'il la chevauchait.

Il aurait aimé se dire qu'il pouvait s'arrêter si elle l'avait voulu, mais avec les ongles de sa belle enfoncés dans la peau de ses épaules nues, ses talons appuyés sur ses fesses, il était vraiment content qu'elle ne teste pas sa résistance. Pas alors que la sueur perlait sur sa peau, que le désir le tendait comme une corde de violon, et que le plaisir cavalait en lui comme un train fou dont les freins auraient lâché.

— Laisse-toi aller bébé, grogna-t-il en se détachant juste assez pour glisser sa main et frotter le petit bouton au sommet de son sexe serré.

Elle s'arc-bouta et, quelques secondes plus tard, se referma sur lui dans un spasme d'un érotisme presque douloureux. Il se vida en elle, et elle le reçut, en jouissant et en le faisant jouir.

Il sentit une léthargie l'envahir jusqu'aux os et, plus profondément encore, un intense contentement. Il sortit de Reagan, enleva le préservatif, l'aida à se rhabiller et en fit autant. Ils ne parlaient pas mais communiquaient quand même. Elle lui prit les mains et déposa des baisers sur son menton et sa mâchoire. Il lui prit la bouche, comme pour lui dire à quel point il la trouvait belle et désirable.

Un long moment plus tard, il lui ouvrit la portière et l'aida à monter avant de la refermer et de passer de l'autre côté. Il ne pourrait plus jamais conduire cette Jaguar sans penser à ce qu'ils avaient fait dessus aujourd'hui. Et le fait qu'il en souriait aurait dû l'inquiéter. Peut-être plus tard, quand il serait moins détendu après cet épisode sexuel, le meilleur de sa vie.

Son téléphone portable sonna au moment où il prenait le volant. Zut. Il avait oublié qu'il l'avait rallumé deux heures auparavant pour la première fois depuis leur départ pour Vegas. Il n'avait jamais été déconnecté pendant aussi longtemps, mais ne se sentait pas prêt à tout affronter de nouveau. Il jeta un œil à l'écran pour voir de qui il s'agissait avant de basculer l'appel vers la messagerie. C'était son frère. Il hésita.

Luke. Probablement inquiet.

Ezekiel porta l'appareil à son oreille.

— Salut, Luke.

— Où diable étais-tu passé ? gronda son frère.

Il se pinça l'arête du nez et constata que Reagan le regardait, les sourcils levés.

— À Vegas. J'ai demandé à Laura de dire à tout le monde que je serais absent quelques jours et de tout repousser, dit-il calmement. Au fait, je me suis marié.

— Félicitations, répondit Luke d'un ton contraint. Laura a dit deux jours, pas quatre.

— Oui, j'ai pris deux jours de plus, dit Ezekiel en essayant de rester calme. C'est quoi le problème, Luke ? D'accord, on est dans les ennuis, mais la boîte ne va pas s'effondrer juste parce que je suis en vacances.

Le silence accueillit cet éclat.

Un silence de mauvais augure qui imprima un frisson glacé à sa colonne vertébrale.

— Luke ?

Ses phalanges blanchirent sur son téléphone.

— Qu'est-ce qui se passe ? Qu'est-ce qui ne va pas ?

Un gros soupir retentit à l'autre bout de la ligne.

— Je suis désolé, Zeke. Désolé de t'avoir parlé sur ce ton.

Luke fit une pause, et, parce qu'ils étaient si proches l'un de l'autre, Ezekiel put facilement l'imaginer se frotter la tête de frustration.

— J'aurais aimé te donner de meilleures nouvelles au retour de ta lune de miel, mais... Zeke, on est dans la merde.

— Quoi ?

Le cœur d'Ezekiel battait si fort dans sa poitrine qu'il entendait à peine ce que disait son frère.

— Bordel, Luke, dis-moi ce qui se passe.

— Nos actifs étant gelés, la boîte n'a pas pu honorer ses dettes. Le domaine notamment.

La voix de Luke devint plus grave, et Ezekiel sentit sa gorge se nouer.

— Zeke, la banque a saisi la maison. Tout le monde a dû partir. Harley vit chez Grant jusqu'à ce qu'ils retournent en Thaïlande. Beth est partie vivre avec Camden. Sebastian et Sutton louent une maison ensemble, et moi je suis chez un ami en dépannage. Mais tante Ava...

Luke fit une nouvelle pause, et Ezekiel entendit la colère qui l'animait à l'autre bout du fil.

— Elle s'est installée chez Keith.

— Bordel ! cria Ezekiel.

Il vit, sur le côté, la tête de Reagan se pencher vers lui. Elle tendit le bras et lui saisit sa main libre.

— Il profite d'elle, Luke, il profite de la situation pour se servir d'elle. Juste quand on commençait à l'aider à redevenir elle-même après la mort d'oncle Trent. Et maintenant elle est...

Il ne finit pas sa phrase et ferma les yeux.

— Comment tout ça a-t-il pu se produire ? chuchota-t-il. Pourquoi...

— Je ne sais pas, Zeke, répondit sobrement son frère. Vraiment pas.

14

— Reagan, je ne te dirai jamais assez à quel point j'apprécie ton aide pour ce bal masqué.

Beth Wingate serra la main de Reagan de l'autre côté de la table de la petite salle de réunion du Club des éleveurs du Texas. Ses jolis yeux verts pétillaient.

— D'autant plus que Zeke t'a inscrite sans rien te demander. Tu sais, j'ai bien dit à mon cousin de ne pas en faire une habitude ! poursuivit-elle.

Reagan se mit à rire.

— Ça ne me dérange absolument pas. Ça fait tellement longtemps que papa fait partie du club, je donne souvent des coups de main. Vraiment, je suis heureuse de pouvoir aider.

— Tant mieux, je m'en réjouis.

Beth serra une dernière fois la main de Reagan.

— Et comme je n'ai pas encore eu l'occasion de te féliciter pour ton mariage, tous mes vœux.

Son sourire se voila, et une ombre passa dans ses yeux. Elle reprit :

— Je sais que tu ne t'attendais pas à être accueillie comme ça. Je suis désolée que tu sois confrontée à... tout ça.

Reagan n'eut pas besoin de lui demander à quoi elle faisait allusion. Deux semaines auparavant, l'aînée des filles Wingate vivait au domaine familial. À présent elle vivait avec son fiancé, Camden Guthrie, car les biens de sa famille avaient été saisis.

Beth, blonde et mince, charmante et élégante, incarnait

le summum de la grâce. Ses traits trahissaient pourtant une certaine fatigue malgré les retrouvailles avec son premier amour, plusieurs mois auparavant. Les épreuves familiales lui pesaient. Et devoir organiser ce bal masqué de charité était une pression supplémentaire.

— Le bal sera le mois prochain, en octobre, et, même si certains ont décidé de ne pas venir à cause de notre... lien avec le projet, la vente de billets se passe bien. Heureusement, l'attrait de l'événement dépasse l'envie de tourner le dos à la famille Wingate.

Les lèvres de Beth se pincèrent, et elle secoua la tête.

— Ça me désespère que nos problèmes de famille jettent une ombre sur votre mariage, Reagan.

— Ne t'excuse pas, Beth. Nous sommes unis « pour le meilleur et pour le pire » ; on commence juste par un bout du pire, c'est tout.

Reagan haussa une épaule, mais le nœud dans son estomac était bien là.

— En plus, ce n'est pas comme si nous étions un couple hyper traditionnel.

— Comme la plupart d'entre nous, non ?

Harley, son amie d'enfance, mettait son grain de sel. Elle pencha la tête sur le côté, ses longs cheveux châtains tombant sur son épaule.

— Je veux dire, Beth a retrouvé son ancien amour après des tonnes de mensonges. J'ai eu tout un scandale avec mon histoire de bébé secret. Et au final on se retrouve avec des hommes qu'on aime et qui nous aiment.

— Tu es tellement amoureuse que tu vois de l'amour partout, gloussa Reagan.

Elle était ravie de retrouver son ancienne amie après cinq ans d'absence, mais elle avait oublié à quel point elle était têtue.

— Harley, mon histoire avec Zeke n'est pas un conte de fées. On s'est mariés pour que je puisse toucher mon héritage, c'est tout.

Objectif compromis, d'ailleurs.

Harley agita la main.

— Je sais, je sais, c'est la version officielle entre toi et Zeke. Quoi qu'il en soit, je suis ravie que mon cousin et ma meilleure amie soient ensemble. Vous faites un super couple, bien assorti.

Avant que Reagan ne puisse répondre, Gracie Diaz surgit, légèrement haletante.

— Salut, tout le monde ! Désolée d'être en retard.

Reagan se souvenait d'avoir vu Gracie Diaz chez les Wingate. Gracie, qui avait deux ans de plus qu'elle, était la fille d'un ouvrier de ranch et avait été engagée par Beth pour l'aider à gérer les événements caritatifs qu'elle organisait. Malgré leur différence de statut, elles s'entendaient très bien. Gracie venait de devenir une célébrité nationale après avoir gagné soixante millions de dollars à la loterie Powerball.

Reagan étudia la magnifique brune qui se laissa tomber sur une chaise. La beauté des cheveux noirs et épais de Gracie et de ses adorables yeux marron était indéniable, mais Reagan remarqua qu'elle avait les yeux cernés et un peu gonflés, comme si elle avait pleuré.

— Aucun problème, Gracie.

Beth fronça les sourcils, se rapprocha de son amie et lui posa la main sur l'épaule. Elle l'attira vers elle pour la serrer dans ses bras et lui dit :

— Ne le prends pas mal, ma chérie, mais tu n'as pas bonne mine.

Gracie grogna.

— Le bal masqué peut attendre. Qu'est-ce qui se passe ?

Gracie posa les coudes sur la table, les paumes sur le front.

— Je vous jure que, depuis que j'ai gagné, j'alterne entre une gratitude éperdue et le regret d'avoir eu les bons chiffres.

Le soupir qu'elle poussa trahissait un tel épuisement que Reagan grimaça de compassion.

— Quand j'étais petite, je ne comprenais pas pourquoi on disait que l'argent pouvait être un problème, vu que nous n'en avions pas. Maintenant...

— Gracie, qu'est-ce qui se passe ?

Harley se pencha vers elle et lui saisit le bras.

— Tu n'as pas dû voir les infos aujourd'hui, répondit Gracie en se passant la main dans les cheveux. Mon cousin prétend que c'est lui qui a acheté le billet de loterie et que je le lui ai volé. Il réclame plus de la moitié de mes gains. C'est ridicule. Je ne l'ai pas vu depuis des années, et voilà que tout d'un coup je deviens une voleuse qui lui pique ses sous.

Reagan sortit son téléphone de son sac à main et trouva rapidement la vidéo sur la page d'accueil du site d'informations locales. Le drame familial de Gracie semblait avoir temporairement supplanté celui des Wingate. Elle regarda, muette, un journaliste interviewer Alberto Diaz devant la mairie de Royal. Il se prétendait dévasté et furieux d'être trahi par sa propre cousine. D'un air affligé, il disait pardonner Gracie tout en exigeant la moitié de l'argent. Puis le même journaliste se précipitait pour parler à Gracie en train d'ouvrir sa portière. Celle-ci récusait rageusement l'accusation, s'engouffrait dans sa voiture et démarrait.

— Il ment, déclara Reagan en reposant son téléphone.

— Évidemment, abonda Harley, les yeux féroces. Je n'arrive pas à croire qu'ils le laissent dire ça à la télé. Ils répandent ces ordures comme de vrais tabloïds.

— Malheureusement les gens adorent ça. C'est plus simple de croire des ragots que la vérité.

Gracie leva les mains au ciel.

— Je suis désolée. Je ne voulais pas vous imposer ça. Je ne peux rien y faire pour l'instant.

— Tu vas te défendre ? demanda Beth.

— Carrément ! rétorqua Gracie. Je veux bien aider la famille : j'achète une nouvelle maison à maman en Floride pour qu'elle se rapproche de sa sœur, et je paie l'école privée de mon frère pour qu'il puisse réaliser son rêve. Si Alberto m'avait demandé une aide, j'aurais été heureuse de la lui accorder. Mais m'accuser de vol pour m'extorquer la moitié de mes gains ? C'est du chantage et je ne céderai pas.

— Bravo ! la félicita Reagan qui admirait son courage. Et si on peut faire quoi que ce soit pour toi, dis-le-nous. On est avec toi.

Pour la première fois depuis qu'elle était entrée dans la pièce, Gracie sourit.

— Merci, Reagan. Merci à toutes.

Elle posa les mains sur la table.

— Bon, ça suffit, mes problèmes de famille. On en est où avec le bal masqué ?

Beth passa un papier à Harley.

— J'allais justement parler à Harley et à Reagan des loteries Cendrillon.

— Tant qu'il y a Cendrillon dedans, je suis pour ! s'amusa Reagan en prenant le papier que Harley lui tendait.

Beth sourit.

— Les détails sont là ; l'idée, c'est que la station de radio locale offre un relooking total à l'heureuse gagnante. Chaque billet coûte mille dollars, c'est une super opportunité. C'est la station qui a trouvé le nom de Loterie Cendrillon. Ce n'est pas génial ? Ça fera encore plus de pub et d'argent pour le bal. On croise les doigts : ça devrait être un grand succès cette année.

La réunion se prolongea pendant deux heures et, lorsque Reagan arriva dans la petite maison qu'elle avait louée avec Ezekiel, elle se sentait à la fois satisfaite et excitée. Travailler avec les filles Wingate et Gracie lui avait donné des idées de levée de fonds au bénéfice du foyer de jeunes filles où elle travaillait bénévolement. Tant que son père retenait son héritage, elle ne pouvait construire son propre foyer, mais ça ne voulait pas dire qu'elle ne pouvait pas aider les adolescentes enceintes d'autres manières. En donnant de son temps, par exemple.

Tant qu'Ezekiel et sa famille tentaient de sauver ce qu'il restait de Wingate Enterprises, elle aurait moins de temps car elle allait devoir trouver du travail. Hors de question de se tourner les pouces pendant que son mari s'épuisait à l'entretenir.

Certes, ce n'était pas un mariage d'amour, mais elle était sincère quand elle avait dit à Beth qu'ils étaient unis pour le meilleur et pour le pire. Malgré la date de péremption de leur union, elle le soutiendrait tant qu'elle porterait son nom. Même après.

Elle descendit de la voiture et remonta l'allée.

— Reagan !

Elle se retourna et sourit en voyant Piper Holloway, la tante d'Ezekiel, s'approcher les bras chargés d'un gros paquet recouvert de papier kraft.

— Laissez-moi vous aider, dit Reagan en se hâtant de la rejoindre.

Piper se mit à rire.

— Pas besoin. Gérer une galerie d'art pendant des années m'a donné des muscles que tu ne soupçonnes pas.

Elle claqua un rapide baiser près de la joue de Reagan.

— J'ai un petit cadeau de crémaillère pour toi et mon neveu le cachottier. Tsss ! S'enfuir pour se marier sans rien nous dire ! Si je n'étais pas aussi heureuse pour vous, je serais contrariée de ne pas avoir pu être à vos côtés ce jour-là.

— On l'a fait sur une impulsion, sinon on aurait voulu que vous soyez là, murmura Reagan.

C'était vrai. Si Ava Wingate pouvait se montrer un peu hautaine, sa petite sœur Piper était incroyablement ouverte et chaleureuse. Harley avait préféré la compagnie et l'affection de sa tante aux fréquentes critiques de sa mère.

— Merci pour le cadeau. Il ne fallait pas venir de Dallas pour nous le donner.

— Mais si. Je voulais vous féliciter en personne de toute façon.

— Eh bien, Zeke sera ravi de vous voir, dit Reagan en déverrouillant la porte. Entrez.

Elle laissa passer Piper.

— Zeke, je suis rentrée, annonça-t-elle en fermant la porte derrière elle. Regarde qui j'ai trouvé dehors.

Elle s'arrêta net. Ezekiel n'était pas seul.

— Oh ! pardon, je ne savais pas qu'il y avait quelqu'un avec toi.

— Bonjour, chérie, la salua Ezekiel en venant vers elle.

Il posa un rapide baiser sur ses lèvres, prit le paquet des mains de sa tante et la serra de son bras resté libre. Les lèvres de Reagan se mirent à la picoter, elle se força à ne pas les toucher. *Il faut donner le change*, se dit-elle.

— Tante Piper, je ne savais pas que tu venais.

— Je suis si malpolie que je viens sans être invitée, plaisanta-t-elle en passant un bras autour de la taille de son neveu.

Ezekiel rit.

— Tu es toujours la bienvenue. Tu connais Brian Cooper ?

Il se tourna vers le grand homme brun debout à côté du canapé.

— Reagan, tante Piper, voici Brian Cooper, il est avocat à Dallas. Son oncle, c'est Keith Cooper.

Reagan cacha sa surprise. Que faisait le neveu de Keith chez eux ? Surtout quand on savait les sentiments d'Ezekiel à l'égard de l'homme qui avait emménagé avec sa tante Ava.

— Brian, poursuivit Ezekiel, je vous présente ma femme, Reagan, et ma tante, Piper Holloway.

— Enchanté.

Brian traversa la pièce pour leur serrer la main.

Son regard s'attarda sur Piper.

Intriguée, Reagan les étudia avec attention. Piper, grande, mince, avec sa coupe courte et ses yeux vert foncé, était une belle femme mûre et sophistiquée. Apparemment, Brian, qui n'arrivait pas à en détacher son regard, était du même avis. Ils faisaient un couple magnifique. Et, vu comment Piper essayait en vain de ne pas scruter le jeune homme, elle avait forcément remarqué à quel point l'avocat était beau et athlétique.

Comme s'il lisait dans ses pensées, Brian lui jeta un regard et Reagan haussa un sourcil, un sourire au coin des lèvres.

— Donc vous êtes également de Dallas ? demanda-t-elle. Piper y possède la plus prestigieuse galerie d'art de la ville.

— La Galerie Holloway, dans le centre ? demanda Brian.

— Absolument, reconnut Piper. Vous êtes déjà venu ?

— Oui, une ou deux fois.

Il glissa les mains dans les poches de son pantalon.

— La galerie n'est pas très loin de mon cabinet. On pourrait peut-être boire un café un de ces quatre.

— On verra, murmura-t-elle avant de diriger son attention vers son neveu. Comme je n'ai pas été invitée au mariage – ne crois pas que je vais l'oublier –, j'ai apporté une toile pour ta nouvelle maison.

La demi-heure suivante passa comme un éclair. Quand Piper et Brian partirent, Reagan ferma la porte derrière eux et se tourna vers Ezekiel.

— Je crois que ton ami a craqué pour ta tante.

— J'espère pour lui que non, parce qu'elle lui a mis un râteau.

— C'est clair. Pourquoi, à ton avis ? Piper n'arrêtait pas de le regarder en coin.

Reagan fronça les sourcils.

— Tu crois que la différence d'âge la gêne ? Ce serait idiot. Il est plus jeune, mais c'est une femme magnifique, vivante et qui a réussi. N'importe quel homme aurait de la chance qu'elle le regarde comme ça.

— Ma chérie, tu es vraiment en train de me demander de réfléchir à la vie sentimentale de ma tante ? Parce que, en ce qui me concerne, elle est vierge, s'amusa Ezekiel.

Reagan le rejoignit en riant. Après une brève hésitation, elle se serra contre lui et passa les mains autour de son cou. Elle se hissa sur la pointe des pieds, l'embrassa et sentit le désir qu'elle avait de lui en permanence s'enflammer en un brasier ardent.

Ils n'avaient édicté aucune règle pour ce nouveau tournant de leur relation, ça lui allait très bien. Pas de règle signifiant qu'elle pouvait faire ce qu'elle voulait, comme le toucher, par exemple. Une part d'elle avait pourtant besoin de savoir ce qu'ils faisaient. Parce que, chaque fois qu'elle l'embrassait, le touchait, se réveillait à ses côtés, elle en voulait encore. Son cerveau avait beau la mettre en garde qu'elle ne récolterait qu'un cœur brisé, ce dernier semblait ne pas en faire le moindre cas.

Car son cœur l'avait choisi. Peut-être était-ce quand elle l'avait vu rendre visite à la tombe de sa fiancée. Peut-être quand il avait posé la tête sur ses genoux et lui avait permis de l'aider à soulager une partie de son fardeau. Peut-être quand il ne l'avait pas jugée, après qu'elle lui avait révélé son passé.

Était-ce vraiment important de savoir quand ? Son imbécile

de cœur s'était livré à lui, et lui était intouchable. À seize ans, son coup de foudre pouvait être imputé à son immaturité. Mais ce plongeon, terrifiant, vertigineux ? Elle s'élançait en sachant pertinemment qu'Ezekiel ne voulait pas de son avenir ni de son affection en dehors du lit, et sûrement pas de son amour.

Et pourtant...

— Comment s'est passée ta journée ? demanda Ezekiel en lui plantant un dernier baiser sur la bouche.

— Bien.

Elle se força à sourire, les lèvres tremblantes.

— Je suis passé au foyer des filles, ensuite au club pour une réunion avec Beth, Harley et Gracie au sujet du bal masqué. Je nous ai acheté des billets, d'ailleurs, avant qu'il n'y en ait plus... Quoi ? Qu'est-ce qu'il y a ?

— Rien. Continue.

Ezekiel haussa les épaules et se dirigea vers le salon.

Elle n'avait pas rêvé cet éclair de malaise dans ses yeux ni la crispation de sa bouche. Il s'était passé quelque chose. Elle se répéta mentalement ce qu'elle venait de dire en regardant ses larges épaules.

— Zeke, si c'est à cause des billets... Si tu préfères ne pas aller au bal, je comprends très bien. C'est juste que le reste de ta famille y va, je me suis dit que tu voudrais y aller aussi. Mais je peux...

— Ray, dit-il d'une voix douce mais ferme. On va y aller. Tout va bien.

Non. Tout n'allait pas bien, mais il ne voulait rien lui dire. Depuis son retour de Vegas, Ezekiel était de plus en plus distant. Pas physiquement – il restait passionné et insatiable. Plus qu'avant, même. Comme si un élément de désespoir s'était immiscé dans leurs relations sexuelles. Mais un mur s'était dressé autour de ses émotions. Comme maintenant. Il ne se tenait qu'à quelques centimètres d'elle, mais il aurait tout aussi bien pu être de l'autre côté de la ville. Ou au bureau, où il travaillait jusque tard dans la nuit à tenter de sauver l'entreprise familiale.

Et d'ailleurs...

— Que fais-tu à la maison si tôt ? demanda-t-elle. Il n'est que 18 heures. Il s'est passé quelque chose ?

Il secoua la tête, un petit sourire relevant le coin de ses lèvres sensuelles.

— Non, bébé. Tout va bien. J'ai juste demandé à Brian de me retrouver ici plutôt qu'au bureau. Je voulais lui parler des problèmes juridiques de ton héritage. Et je ne voulais pas faire ça au bureau.

— Tu es sûr de pouvoir lui faire confiance ? Je sais ce que tu penses de son oncle.

Ezekiel frotta son menton rugueux.

— Il me plaît vraiment, malgré ses liens familiaux. Je l'ai déjà rencontré, il m'a semblé être un type bien. Et c'est un super avocat. Il a promis de regarder le testament de ta grand-mère et de voir s'il y a moyen de contourner le blocus de ton père sur ton héritage.

— C'est super. Tu crois que tu pourrais lui demander de regarder autre chose ?

Elle raconta l'histoire de Gracie et de son cousin.

— Savoir quels droits a réellement son cousin pourrait lui donner quelques munitions.

— Mince, c'est vraiment la plaie pour Gracie. Cet argent devrait l'aider, pas être un problème.

Ezekiel prit son téléphone.

— J'ai mieux. Je vais demander à Miles s'il peut trouver quelque chose sur son cousin. Si lui n'y arrive pas, alors c'est qu'il n'y a rien à trouver.

Miles Wingate, le cousin d'Ezekiel, possédait Steel Security, une entreprise de protection physique et virtuelle de clients puissants. Il serait capable de trouver n'importe quelle information sur Alberto Diaz.

— Merci, Zeke. Gracie te sera reconnaissante.

— Elle fait partie de la famille, répondit-il simplement.

Pour lui, c'était suffisant.

— Oh ! j'ai peut-être de bonnes nouvelles, annonça Reagan en contournant Ezekiel et en saisissant les tasses à café sur la table basse. J'ai expliqué à la responsable du foyer que je ferais moins de bénévolat car j'allais chercher un travail, et elle m'a dit qu'un poste administratif allait se libérer et qu'elle me recommanderait. Elle pense qu'avec mon expérience je correspondrai à ce qu'ils cherchent. Ça me permettrait de travailler dans un endroit que j'aime.

— C'est merveilleux, bébé, murmura-t-il. J'espère que ça va marcher.

De nouveau cette note dans la voix. Cet éclair d'émotion sur son visage et dans ses yeux.

— Zeke, dit-elle, avec l'impression que les tasses dans ses mains pesaient des tonnes.

— Reagan.

Il s'approcha d'elle, lui prit le visage dans les mains. Il déposa un tendre baiser sur son front, puis lui leva le menton pour la regarder dans les yeux.

— Sérieusement, avec ta passion pour leur projet, ils seraient dingues de ne pas se jeter sur toi.

Il lui prit les tasses des mains.

— Et si on sortait dîner ce soir ?

Il lui embrassa la tempe et partit dans la cuisine, la laissant debout, immobile.

Il ne pouvait la tromper. Il y avait un problème.

Pourquoi ne pas lui en parler ? Quel était ce secret qu'il ne lui disait pas ?

Et pourquoi ce nœud soudain au creux du ventre ?

15

Ezekiel sirota une gorgée de son verre de whisky, les yeux fixés sur la fenêtre de son nouveau salon. Il était si tard qu'on ne voyait pas grand-chose, mais il savait ce qu'il y avait de l'autre côté. Le minuscule jardin clos et son patio miniature étaient à des années-lumière des collines verdoyantes qui se déroulaient à l'infini dans le ranch où il avait vécu pendant tant d'années.

« Je vais faire moins de bénévolat car je vais chercher du travail. »

« Je nous ai acheté des billets, d'ailleurs. »

Il leva le bras, posa la main sur le mur et baissa la tête. Mais les mots ne firent que s'amplifier dans sa tête. *Bordel.* Il se redressa et finit son verre d'une traite. L'alcool traça un sentier de feu dans sa gorge avant d'enflammer sa poitrine. Tout était meilleur que la terreur et cet abominable sentiment d'inéluctabilité qui y résidait ces derniers temps.

Il n'était certes pas de ces hommes qui préféraient que leurs femmes ne travaillent pas. Elles aussi avaient besoin de s'épanouir et de se sentir utiles. Mais ce n'était pas pour ça que Reagan cherchait du travail. C'était à cause de lui. Du scandale et des répercussions qui menaçaient l'entreprise et la réputation de sa famille et ses propres investissements. Ils vivaient sur ses économies en ce moment, et ils étaient loin d'être dans le besoin, mais pour Reagan...

Il poussa un soupir de frustration.

Le père de sa femme avait eu raison. Ezekiel était peut-être capable de s'en occuper mais pas de la protéger des ragots, des condamnations, du mépris. Il l'avait épousée pour qu'elle puisse être libre, et l'avait condamnée à être prisonnière d'un homme et d'une famille marqués par le scandale. Il l'avait laissée tomber à tous les niveaux. Il avait été obligé d'appeler un autre homme et de lui demander de l'aider à résoudre le problème de sa femme. Parce que lui en était incapable.

Aujourd'hui, ils avaient dû licencier de nouveaux employés de Wingate. Des gens dont la survie dépendait de lui et de sa famille. Et tout ce qu'il pouvait faire, c'était s'asseoir au bureau à essayer vainement de trouver un moyen d'être utile. De faire quelque chose. *Merde.*

S'il n'arrivait pas à sauver l'entreprise familiale, comment pourrait-il aider Reagan à sauver son héritage, à réaliser son rêve de fonder un foyer pour filles mères ici, à Royal ? À avoir la vie qu'elle voulait ?

La réponse était simple.

Il ne le pouvait pas.

Il avait laissé tomber Melissa des années auparavant. Puis les Wingate.

Et maintenant Reagan.

Et son cœur si beau et blessé, son esprit indomptable et sa force méritaient mieux que ça. Tellement mieux. Un homme qui la protégerait des horreurs de la vie et tiendrait ses promesses.

Un homme assez courageux pour l'aimer sans peur.

Cet homme, ce n'était pas lui.

— Zeke ?

Il se retourna. Reagan se tenait dans l'entrée, une nuisette noire moulant ses courbes sensuelles. Il ne fut pas surpris par l'uppercut de désir qui lui frappa l'estomac. Il avait accepté qu'il ne pourrait jamais la regarder sans avoir envie d'elle.

Il se tourna de nouveau vers la fenêtre.

— Que fais-tu debout, Reagan ?

Il avait attendu qu'elle s'endorme, leurs peaux encore humides de sexe, avant de sortir du lit.

— Je pourrais te poser la même question. Qu'est-ce qui se passe, Zeke ?

Quelques instants plus tard, elle saisit la main qui tenait le verre vide. Elle lui prit avec douceur et le posa sur la table.

— Ne me dis pas encore une fois que tout va bien. Je vois bien que tu es stressé. Fatigué. C'est à cause de Wingate ?

Il ne répondit pas immédiatement, cherchant le moyen d'organiser ses pensées et ses mots. Mais quand il ouvrit les lèvres, rien de simple n'en sortit.

— Quand j'ai parlé de nos fiançailles à Luke, il m'a accusé d'essayer de te sauver. Parce que j'avais échoué avec Melissa.

— Échoué avec Melissa ? Zeke, elle est morte dans un accident de voiture.

— Oui.

Il hocha la tête. Des images de cette nuit lointaine traversèrent son esprit.

— Ce que tu ignores, reprit-il, c'est que j'étais censé être dans la voiture ce soir-là. C'était moi qui devais conduire. Et si je l'avais fait, alors peut-être...

Il ne termina pas, ce ne fut pas nécessaire. Il s'était si souvent répété ces mots au fil des ans qu'ils étaient gravés dans son âme.

— Alors peut-être seriez-vous morts tous les deux, dit Reagan en lui saisissant le bras et en le tirant jusqu'à ce qu'il détourne le regard de la fenêtre pour la regarder.

Il n'avait pas voulu ça. Il aurait voulu éviter de voir son beau visage, parce que ces yeux sombres, ces pommettes élégantes et cette bouche pulpeuse finissaient de défaire sa volonté déjà bien entamée.

— Il n'y a aucune garantie que tu aurais pu la sauver. La seule personne responsable de sa mort, c'est le chauffard ivre qui lui a foncé dessus. Ce n'est pas à toi de porter ce fardeau, Zeke.

Il l'entendait – ces mots, Luke, Harley et Piper les lui répétaient depuis des années. Ils s'enfonçaient profondément en lui, jusqu'au fond des os.

— Tu sais, quand j'ai dit à Luke que je t'avais demandée en mariage, il m'a accusé d'avoir un complexe du sauveur – d'essayer de te sauver parce que j'avais échoué à le faire pour Melissa. Je lui ai dit que ce n'était pas vrai. Je le croyais, à l'époque. Melissa n'avait rien à voir avec toi, et je n'étais pas en train d'essayer de te sauver. Mais maintenant...

Il retira gentiment la main de Reagan de son bras.

— Maintenant je crois qu'il n'avait pas tort et que je me trompais moi-même en pensant que je pouvais t'aider. M'occuper de toi. Te protéger. Je ne le peux pas, Reagan. Ton père avait raison, et nous le savons tous les deux.

Le choc mit un voile devant ses yeux. Elle poussa une exclamation qui résonna dans la pièce, et il dut se forcer pour ne pas la saisir dans ses bras. Quand il avait suggéré cet arrangement plusieurs mois auparavant, son objectif était d'éviter cette souffrance dans son regard. Et maintenant, en être lui-même la cause... Il ferma les yeux et les rouvrit au bout de quelques secondes. Ce serait lâche de se défiler.

— Quand je t'ai demandé de m'épouser - quand tu as dit oui -, ce n'était pas la vie que tu envisageais, et ce n'était pas celle que je t'avais promise. Ton père a dit que je ne pourrais pas prendre soin de toi, que je ne t'apporterais que des épreuves et le scandale ; il avait raison. Je t'ai volé la vie que tu mérites. À cause de moi, tu es fâchée avec ta famille et tu n'as pas récupéré ton héritage.

— Tu ne sais pas ce que tu dis, Zeke.

— Mais si. Je t'ai laissée tomber, Reagan, et la seule chose que je puisse t'offrir pour réparer ça, c'est un divorce. Tu pourras te raccommoder avec tes parents et obtenir l'argent que ta grand-mère te destinait. Tu pourras réaliser ton rêve et ouvrir le foyer pour jeunes filles que tu es faite pour diriger. Je refuse de te prendre tout ça.

— Est-ce que je suis si facile à écarter de ta vie, Zeke ? chuchota-t-elle, les doigts posés sur sa cicatrice.

— Ray, non, murmura-t-il. Rien n'est facile.

À l'intérieur, il était en miettes.

— Ce n'est pas vrai !

Il tendit le bras, pour enlever sa main de cette marque qui

symbolisait son drame, mais elle fit un pas en arrière pour ne pas qu'il la touche.

— Mon ex. Mes parents. Toi. Qu'est-ce qui ne va pas chez moi pour que ce soit si simple de m'abandonner ?

Elle s'éloigna de lui et passa la main dans ses cheveux. Elle éclata d'un rire vide.

— Non, je retire ce que j'ai dit. Ce n'est pas moi. Cela n'a jamais été moi, dit-elle tout bas, presque pour elle-même.

Elle fit volte-face, et il fut soufflé par sa beauté et la fureur dans son regard.

— Ça fait trop longtemps que je me reproche ce que font les autres quand ils m'abandonnent. C'est fini. Et je ne te permets pas de l'utiliser comme excuse pour partir en courant et ne pas être à la hauteur de tes propres engagements.

— Mais que crois-tu que je sois en train de faire ?

Il fit un pas vers elle et s'arrêta net.

— Tu crois que c'est facile pour moi d'admettre que je t'ai laissée tomber ? Que je ne pouvais pas te donner tout ce que j'avais promis ? Que je n'étais pas...

Il ne finit pas sa phrase. Elle le fit à sa place.

— ... à la hauteur ? Que tu n'avais pas été à la hauteur pour sauver Melissa ? Pour sauver Wingate ? Pour me sauver, moi ?

L'espace d'un instant, son expression s'adoucit avant de se changer en un masque glacé, qu'il ne lui avait jamais vu avant ce soir.

— J'ai un scoop, Zeke. Je ne t'ai rien demandé. Ce n'est pas moi que tu cherches tant à protéger, c'est toi. Je menace cette souffrance et cette culpabilité auxquelles tu t'es tellement habitué qu'elles font partie de toi. Parce que, admettre que je suis plus qu'une mission humanitaire, ça voudrait dire gérer la réalité, qui est que tu t'empêches tout seul de trouver l'acceptation et l'amour. Il faut que tu regardes la vérité en face : tu es seul par choix, pas à cause d'un destin cruel.

Il sentit la colère le prendre, brûlante et sauvage. Et la peur. Mais il attisa les flammes de sa fureur et étouffa les autres. Non, il n'avait pas peur. Elle ne le connaissait pas. Ne savait pas tout ce qu'il avait souffert et perdu. Comment aurait-il pu ne pas élever une armure autour de son cœur ? Pour se protéger de ce genre de ravages ? Même maintenant, savoir qu'il la laissait partir, qu'il la mettait dehors, transformait le sang dans ses veines en des flots de douleur. Mais ce serait tellement pire s'il lui arrivait quelque chose...

Non. Tant pis s'il était lâche. Égoïste. Il ne pourrait pas revivre ça.

— Zeke.

Il releva ses yeux braqués au sol et la regarda.

La furie sur ses traits avait cédé la place à une tristesse qui lui fit tout aussi mal. Elle soupira, secoua la tête.

— Tu es à la hauteur. Tu es plus qu'à la hauteur. Mais je ne peux te forcer à l'accepter ou à le croire, alors je pars. Pas parce que être lié à toi est un problème. Je pars parce que, la première fois que tu m'as « libérée » pour mon bien, je t'ai laissé faire. Et je suis revenue et t'ai supplié de m'épouser. Je ne le referai pas, et je ne resterai pas avec un homme qui ne me veut pas au point de décider de se battre pour moi. Pour nous. Et il est hors de question que je le supplie de me laisser rester.

Elle passa devant lui, et il leva le bras, dans une vaine tentative de la toucher, d'essayer de lui faire comprendre pourquoi il n'était pas une bonne idée. Pourquoi il la plaçait avant ses désirs et ses besoins. Elle se trompait, il la voulait. Trop.

Mais elle ne vit pas sa main, ou ne voulut pas qu'il la touche, car elle passa comme une flèche devant lui jusqu'au vestibule qui menait à leur chambre. Il ouvrit la bouche pour la rappeler, mais elle s'arrêta sur le seuil sans se retourner, les épaules en arrière.

— Je n'ai pas besoin que tu sois mon super héros. Je suis tout à fait capable de me sauver toute seule. J'avais besoin que tu sois mon ami, mon amant, mon mari. J'avais besoin que tu m'aimes davantage que tu ne chéris ta peur de rouvrir une nouvelle fois ton cœur. Tout comme mon amour est plus fort que ma peur d'être de nouveau abandonnée. Sache que tu valais la peine que je prenne ce risque. Mais cette fois je pars. Parce que, moi aussi, j'en valais la peine.

Et elle partit. Comme elle l'avait promis.

16

Reagan gravit les marches de la maison de ses parents et, en tournant la poignée, ouvrit la porte d'entrée. Comme sa mère l'attendait pour le déjeuner, il n'était pas nécessaire de frapper.

Dans le vestibule silencieux, elle regarda autour d'elle comme si elle n'était pas venue depuis des années et non pas des semaines. Depuis cette confrontation avec son père, elle n'avait pas mis les pieds dans la maison qu'elle habitait depuis sa naissance. La seule raison qui l'avait fait venir aujourd'hui était un appel téléphonique de sa mère. Il fallait qu'ils parlent, elle l'avait suppliée. Et le « tu me manques » à la fin avait fini de convaincre Reagan. En règle générale, il était difficile de dire non à Henrietta Sinclair. Alors quand elle battait le rappel des sentiments dans la guerre émotionnelle ? Impossible.

L'odeur familière du citron et des roses l'enveloppait, aussi réconfortante qu'un câlin. Et dire qu'il n'y avait pas encore si longtemps elle détestait le parfum des roses. Mais maintenant ? Il lui manquait autant que sa famille.

D'autant plus qu'il n'y avait plus personne d'autre dans sa vie.

Enfin, ce n'était pas tout à fait vrai. Elle avait Harley, qui l'avait amicalement invitée à dormir chez elle, avec Grant, jusqu'à ce que son nouvel appartement soit disponible la semaine suivante. Elle avait aussi Beth et Gracie, qui avaient été tellement tristes d'apprendre la nouvelle de sa rupture avec Zeke. Mais qui lui avaient aussi rapidement assuré qu'elle serait toujours de la famille à leurs yeux.

Et, bien sûr, c'était là l'essentiel, elle avait elle-même.

Cette nuit avec Ezekiel avait été une sorte de révélation. Elle avait enfin compris que, même si son passé avait pu façonner la femme qu'elle était devenue, elle n'était pas la somme de ses erreurs. Tout comme elle l'avait dit à Zeke, elle n'avait pas besoin d'être sauvée ; elle n'était pas une demoiselle en détresse. Et son rêve de foyer pour filles mères à Royal n'allait pas s'effondrer simplement parce que son père avait pris son héritage en otage. Son rêve n'était pas né à cause de son père ni d'Ezekiel, donc personne ne pouvait – ni n'allait – en causer la mort.

Elle l'aimait… Dieu, comme elle l'aimait. Un amour enraciné dans l'amitié, l'admiration, le respect et un désir que même sa douleur si profonde n'avait pas réussi à faire disparaître. Mais elle appréciait davantage qui elle était et ce qu'elle avait apporté à leur mariage. Qu'il ne puisse pas voir comment elle était assez forte pour s'occuper de lui, comme elle s'était occupée d'elle…

Elle secoua la tête. Après tout, peut-être que leur rupture était pour le mieux. Ce manque de respect pour elle aurait sûrement empoisonné leur relation bien avant qu'il ne décide que la date d'expiration de leur arrangement était dépassée.

Prenant une grande inspiration, elle repoussa ces pensées et la douleur qu'elles envoyaient se réverbérer dans tout son corps.

— Maman ? appela-t-elle en s'avançant dans la maison, vers le petit salon que sa mère occupait toujours à cette heure de la journée, affairée à ses nombreux projets caritatifs et autres responsabilités de comité.

— Ici, Reagan.

Ce n'était pas sa mère. Le choc la traversa comme une balle de ping-pong lancée à pleine vitesse, et elle se figea instantanément. Il lui fallut plusieurs secondes avant de pouvoir de nouveau bouger les pieds et de réorienter sa route vers le grand salon. Elle avait entendu la voix de son père, mais le voir debout au milieu de la pièce l'avait stupéfaite comme si elle avait été prise dans un déluge de glace.

— Papa, dit-elle, étonnée que sa voix soit restée calme alors qu'à l'intérieur elle était exactement le contraire. Que fais-tu ici ? J'étais censée déjeuner avec maman.

Il s'éclaircit la gorge et ferma les mains derrière le dos. Oh ! comme il lui avait manqué. L'homme était réservé, dominateur et souvent sévère au point d'être implacable. Mais il était aussi protecteur, aimant à sa manière et prêt à donner sa vie pour sa famille. Voilà ce qui caractérisait Douglas Sinclair. La distance qui s'était étirée entre eux avait laissé une place vide et froide dans son cœur.

— Pardon pour la duperie, mais je lui ai demandé d'arranger cette...

Il agita nerveusement la main et poursuivit :

— ... réunion. Sinon, je ne pense pas que tu serais venue.

Les mots étaient sur le bout de sa langue. Oui, elle serait venue, mais au dernier moment, juste avant qu'ils ne sortent de sa bouche, elle les ravala. Si elle l'admettait, allait-elle avoir une nouvelle fois droit à l'un de ses sermons ?

— Bon, dit-elle simplement, je suis là. Qu'est-ce qui se passe, papa ?

Au lieu de répondre, il fouilla dans sa veste de costume et retira une enveloppe. Il franchit la courte distance qui les séparait et la lui tendit. Elle détourna le regard et baissa les yeux sur le courrier.

— S'il te plaît, insista-t-il. Ouvre.

Avec un froncement de sourcils, elle acquiesça.

Quelques minutes plus tard, le papier tremblait dans sa main. Avait-elle bien compris ce qu'elle avait lu ? Pour en avoir le cœur net, elle recommença. Mais non, les termes ne pouvaient pas être plus clairs. L'héritage de sa grand-mère venait de lui être versé. *Son père* le lui avait versé.

— Papa, souffla-t-elle, stupéfaite par l'énormité du geste.

Mais c'est alors qu'une vilaine idée se glissa dans son esprit. Elle baissa le papier sur le côté.

— Est-ce parce que j'ai quitté Zeke ? demanda-t-elle. Parce que je ne veux pas être récompensée pour ça. Cela n'avait rien à voir avec...

— Non, Reagan, l'interrompit Douglas. Cela n'a rien à voir. J'avais décidé de débloquer ton héritage voici déjà plusieurs semaines. Il m'a juste fallu le temps que je dépasse mon orgueil pour t'en parler.

Il soupira. Une nouvelle fois, l'étonnement la paralysa. Des émotions qu'elle ne l'avait encore jamais vu manifester – la tristesse, la douleur, le regret – humidifiaient ses yeux et étiraient sa bouche en un sourire inversé. Son cœur battait à tout rompre contre son sternum.

— L'amour d'un parent pour son enfant...

Il secoua la tête.

— C'est tellement difficile à expliquer, mais je veux essayer.

Il fit quelques pas vers la grande cheminée, et fixa silencieusement le tas de cendres froides avant de se retourner vers elle. Et, même si son expression, si sérieuse et familière, était toujours là, les émotions qu'elle avait détectées quelques secondes plus tôt n'avaient pas disparu.

— Être noir au Texas a été... difficile pour ta mère et moi. Surtout à l'époque où nous étions de jeunes adultes. Et pénétrer le monde des affaires a comporté son lot d'obstacles et d'injustices. Mais pour toi, ton frère, ta sœur et ta mère, je suis prêt à repasser par là s'il le faut et je me battrai. Vous valez toutes les insultes, toutes les brimades, toutes les embûches racistes que j'ai eu à ignorer ou à franchir. Mais je me suis aussi juré que jamais mes enfants n'auraient à subir ce genre de douleur, de difficultés et de discrimination. Je voulais mieux pour toi... parce que je t'aime tellement !

Il reprit son souffle pendant quelques instants et poursuivit :

— Tu peux y voir une obsession, mais c'est ce qui m'anime. Surtout après ta grossesse quand tu avais seize ans. Je me sentais tellement... impuissant ! Ma petite fille souffrait, on avait abusé de sa naïveté et j'avais l'impression que je n'avais pas réussi à te protéger. Et je sais que je n'ai pas bien géré la situation. Je ne regrette pas d'avoir payé ce garçon parce qu'il n'était pas bon pour toi. Par contre, je m'en veux terriblement qu'à cause de ma douleur et de mon impuissance je t'ai fait croire que je ne t'aimais plus. Que tu valais moins à mes yeux. C'est tout le contraire. Je voulais te mettre à l'abri, te protéger, plus que jamais.

Il s'arrêta un moment et se déplaça pour faire face à la grande baie vitrée. La vue sur Pine Valley était magnifique, mais sans doute ne la regardait-il pas vraiment. Pour sa part, elle ne pouvait pas se concentrer sur autre chose que son père et les mots qui lui faisaient autant de mal que de bien.

— Mais vu que je n'ai pas su te protéger...

— Papa, arrête, ce n'est pas vrai, objecta farouchement Reagan.

Il secoua la tête et leva une main.

— Non, à mes yeux, je n'ai pas fait mon travail de père. Tout ce que je voulais pour toi, c'était une vie où tu n'aurais jamais à te soucier de ce genre de choses. Si quelque chose devait m'arriver demain, je n'aurais pas à m'inquiéter car je saurais que tu es hors de danger.

Il sembla sourire.

— Ce qui, pour moi, signifiait un mari capable de subvenir à tes besoins, prendre soin de toi, te protéger avec son nom, sa richesse et ses relations, de sorte que tu ne sois plus jamais pauvre, méprisée ou abandonnée. Que ton si précieux cœur ne soit plus jamais maltraité ou manipulé.

Il baissa de nouveau la tête, et soupira.

— Mais en manquant te perdre à cause de ma propre obsession, de mon aveuglement, j'ai compris que j'étais allé trop loin. J'étais tellement préoccupé par le fait que tu sois blessée par la société, par le monde, que j'ai fini par être celui qui t'a blessée. Dans ma volonté de te protéger de l'amour, j'ai oublié la compassion. La compréhension. Le pardon. La pitié. Tous ces éléments qui forment l'amour que j'ai tant vanté. J'ai aussi oublié que les épreuves peuvent façonner une personne, la rendre plus forte. Cela nous aide à devenir meilleurs. Et même si je déteste ce que tu as vécu, cela a fait de toi une personne meilleure, plus forte, et...

Il revint vers elle. Des larmes brillaient dans ses yeux.

— Je t'aime. Et je suis fier de toi.

Il leva les bras, les ouvrit lentement et, sans hésiter, elle s'y précipita.

Et à ce moment, alors que ses bras s'enroulaient autour de sa taille, sa joue pressée contre sa poitrine, la fille de seize ans qu'elle avait été et la femme qu'elle était aujourd'hui convergèrent en une seule.

— Moi aussi je t'aime, papa.

17

— Mais qu'est-ce que c'est ?

Ezekiel regarda, éberlué, le mail de son comptable personnel. Plus précisément, les chiffres qu'il contenait. Il y avait une tonne de zéros dans le nombre mentionné.

— Non, ce n'est pas possible...

Tout en murmurant, il relut le message. Tout était là, noir sur blanc.

Il était millionnaire.

Pour la première fois depuis que Reagan s'était éloignée de lui et avait quitté la maison, il ressentait autre chose qu'un chagrin imprégné de douleur. Comme après la mort d'un être cher. À la seule différence qu'il n'y avait pas de pierre tombale à venir fleurir.

Tu as fait ce qu'il fallait faire. La seule chose qui était possible.

Cette phrase était devenue son mantra depuis une semaine. Il se la répétait à chaque fois qu'il vacillait, qu'il était sur le point de craquer et de reprendre contact avec elle. Il se souvenait qu'il avait fait ce qui était le mieux pour elle.

Et le mieux pour toi.

— Qu'est-ce qui n'est pas possible ? demanda une voix aussi familière qu'inattendue.

Ezekiel releva la tête et vit Luke fermer la porte de son bureau derrière lui puis traverser la pièce pour le rejoindre. Même si la journée de travail n'avait que quelques heures, Luke avait déjà remonté les manches de sa chemise jusqu'aux coudes, défait le bouton du haut et desserré son nœud de cravate.

L'inquiétude éclipsa momentanément le choc d'Ezekiel. Personne dans cette entreprise ne travaillait plus dur que Luke pour la sauver. Les cernes sombres sous les yeux de son frère marquaient un manque de sommeil, une fatigue que révélaient également les pommettes creuses et les rides encadrant sa bouche.

— C'est quand déjà que tu es rentré chez toi et que tu as passé une bonne nuit de sommeil ? demanda Ezekiel.

Luke balaya sa question d'un geste de la main.

— Ne change pas de sujet. Qu'est-ce qui est impossible ? insista-t-il. Tu as reçu de bonnes nouvelles ?

— Oui, dit Ezekiel.

Secouant la tête, il reporta son attention sur l'écran d'ordinateur et le message ouvert.

— Je viens de recevoir un message de mon comptable.

Il expira. L'incrédulité l'assaillit une fois de plus.

— J'ai quelques investissements personnels en dehors de Wingate et, apparemment, l'une des sociétés dans lesquelles j'ai investi vient de se vendre pour des milliards. Des milliards, Luke. Et je suis millionnaire à cause de ça.

La joie illumina les yeux marron clair de son frère et y éclipsa l'épuisement.

— Bordel, Zeke !

Luke sourit et passa derrière le bureau pour tirer Ezekiel de sa chaise et le serrer dans ses bras.

— C'est merveilleux ! Je suis si heureux que nous ayons enfin de bonnes nouvelles dans ce bouge !

— Je suis toujours sous le choc. Je ne sais même pas quoi faire maintenant, murmura Ezekiel.

— Moi si, tu vas te bouger pour récupérer Reagan.

Le menton d'Ezekiel se souleva et recula sous le coup de poing verbal de Luke.

— Mais quoi ?

Entendre son nom… C'était comme du sel jeté sur ses plaies à vif.

— De quoi tu parles ?

— Je parle d'aller trouver ta femme, de te mettre à genoux si besoin et de la supplier de revenir avec toi, déclara catégoriquement Luke. Je t'aime, Zeke, mais tu as merdé dans les grandes largeurs.

Un grognement vibra dans sa poitrine, roula jusqu'à sa gorge, mais au dernier moment il ne laissa pas sa réplique colérique sortir de sa bouche. Luke l'aimait et voulait bien faire. Mais quand bien même… Ezekiel ne voulait pas entendre cela.

— Luke, merci, mais…

— Non, coupa Luke en secouant énergiquement la tête. Il n'y a pas de *mais*. Tu es mon frère et la personne la plus importante au monde pour moi. Raison pour laquelle je peux te dire la vérité même si tu ne veux pas l'entendre.

Ezekiel se détourna, et seul son amour pour son frère l'empêcha de s'éloigner. Dans tous les cas, il était certain que Luke n'allait pas se laisser ignorer.

Luke soupira et passa une main sur sa nuque.

— Je sais que je t'avais déconseillé d'épouser Reagan quand tu m'avais parlé de votre projet pour la première fois. J'étais inquiet pour vous deux. Mais quand je vous ai vus tous les deux à la fête de fiançailles, j'ai changé d'avis. Vous êtes faits l'un pour l'autre. Et je peux d'autant plus le dire que je me souviens comme tu étais avec Melissa. Je l'aimais. C'était une fille super, gentille et qui t'aimait. Mais Melissa est morte, et tu as la chance de pouvoir construire un avenir avec une femme qui non seulement t'a défendu comme une lionne mais qui sait te tenir tête. Qui te rend meilleur. Qui t'aime. Et toi, que tu veuilles ou non l'admettre, tu l'aimes aussi.

— Tu me parles d'amour ?

Ezekiel éclata de rire, un rire amer qui lui irrita le fond de la gorge.

— Tu oses me parler d'amour quand il a détruit tant de gens autour de nous ? Quand on aime quelqu'un, on ne part pas, gronda-t-il.

Il scella ses lèvres, regrettant ce qu'il venait de laisser échapper.

Mais le mal était fait, impossible d'empêcher les images des personnes qu'il avait perdues se précipiter dans son esprit.

Oncle Trent. Ses parents. Melissa.

— En outre, expliqua-t-il, mes raisons de divorcer d'avec Reagan sont toujours bonnes. Je lui fais plus de mal que de bien en restant marié avec elle. De cette façon, elle ne sera pas ostracisée par la bonne société de Royal, ni séparée de sa famille. Et elle aura la chance d'obtenir son héritage.

— Tu te fous de moi.

Ezekiel lança un regard noir à son frère, qui le gratifia du même.

— Oui, tu te fous de moi, répéta Luke entre ses dents. La vérité, c'est que tu as la trouille. C'est ton quotidien depuis huit ans. Tu parles de Melissa et de maman et papa comme s'ils étaient des mises en garde. Mais le mariage de maman et de papa est un objectif, pas un avertissement ! Leur amour était la quintessence du courage, du sacrifice et de l'amour. Et tu souilles tout ça quand tu t'en sers pour justifier tes peurs, Zeke.

Luke plaça une main sur l'épaule d'Ezekiel et la serra.

— Tu es sur le point de jeter ton avenir à la poubelle à cause d'un truc que tu ne peux pas contrôler. Tu as peur d'avoir peur ! Évidemment, Reagan pourrait mourir dans un accident tragique comme Melissa et maman et papa. Mais tu pourrais aussi avoir une femme et une famille, et t'épanouir comme jamais. Comme tu en as toujours rêvé sans te l'avouer ! Elle en vaut le risque. Tu en vaux le risque.

Ezekiel regarda son frère, mais ce furent les mots de Reagan qui résonnèrent dans ses oreilles.

« Ce n'est pas moi que tu cherches tant à protéger, c'est toi. Je menace cette souffrance et cette culpabilité auxquelles tu t'es tellement habitué qu'elles font partie de toi. Parce que, admettre que je suis plus qu'une mission humanitaire, ça voudrait dire gérer la réalité, qui est que tu t'empêches tout seul de trouver l'acceptation et l'amour. Il faut que tu regardes la vérité en face : tu es seul par choix, pas à cause d'un destin cruel. »

Ezekiel ferma les yeux, et Luke agrippa son autre épaule.

Bon sang.

Il l'aimait.

Il aimait Reagan Sinclair Holloway de tout son cœur. De tout son être.

Car, dans le cas contraire, il ne serait pas aussi terrifié d'être avec elle. Elle avait raison. Elle avait menacé sa volonté, ses convictions sur lui-même, sa détermination à interdire à quiconque de s'approcher trop près. D'aimer trop fort.

Et il avait échoué.

Mais pas en épousant Reagan.

En la laissant franchir les hauts murs qu'il avait construits autour de son cœur.

Elle avait même infiltré son âme si complètement qu'elle en était propriétaire. Il ne pouvait pas l'expulser. Et… il n'en avait pas la moindre envie.

Croyait-il soudain être digne d'elle ? Non, mais sa force, son esprit guerrier lui donnaient envie d'essayer.

Avait-il peur ? Non. Il s'était toujours dit qu'un homme devrait être assez courageux pour l'aimer sans peur et qu'il n'était pas cet homme. Mais il avait eu tort. Un homme devrait juste être assez courageux pour aimer. Tout court. La peur de la perdre n'allait jamais disparaître, mais il ne pouvait pas la laisser dicter sa vie.

Cet homme, ce pouvait être lui.

À partir de maintenant. Tout de suite.

— Tu vas la rattraper, n'est-ce pas ? demanda Luke, un large sourire s'étalant sur son visage.

— Oui, dit Ezekiel.

Et il fut subitement libéré d'un poids qu'il ne savait même pas oppresser sa poitrine.

— Et si elle veut de moi, je la ramène à la maison.

18

Reagan se tenait à l'arrière de la longue file d'attente du nouveau *food truck* branché de Street Eats. C'était de loin le plus populaire de la ville. Le panneau à côté du menu annonçait fièrement que sa propriétaire, Lauren Roberts, privilégiait les circuits courts et les produits biologiques.

Lauren s'occupait elle-même du service, et Reagan put admirer la beauté de la femme d'affaires. La loterie Cendrillon comprenait un après-midi de soins et de maquillage en plus du billet gratuit pour le bal de charité, mais elle n'en avait manifestement pas besoin. Sa peau lisse et éclatante, de jolis yeux bruns, des cheveux noirs tirés en queue-de-cheval et des courbes que Reagan enviait complétaient l'image d'une femme belle, confiante et accomplie.

Reagan attendit que la file soit réduite à quelques personnes avant de s'avancer vers elle. Lauren lui sourit.

— Bonjour, qu'est-ce qui vous ferait plaisir ?

Reagan lui rendit son sourire.

— En fait, je ne suis pas là pour manger mais pour vous parler. Vous auriez quelques minutes à m'accorder ? Je m'appelle Reagan Sinclair. Je fais partie du comité d'organisation du bal masqué du Club des éleveurs du Texas cette année. Et j'ai le plaisir de vous annoncer que vous êtes la gagnante du concours Cendrillon.

La surprise écarquilla les yeux de Lauren.

— Vous plaisantez ?

— Non, pas le moins du monde. Vous avez gagné un billet et une journée de soins et de maquillage gratuits, lui assura Reagan.

— Attendez une seconde. J'arrive tout de suite.

Tenant parole, Lauren sortit du camion quelques instants plus tard, tenant deux gobelets.

— Du thé glacé offert par la maison ! dit-elle en tendant un gobelet à Reagan.

Sirotant son propre thé, Lauren secoua la tête.

— Je n'arrive toujours pas à croire que j'ai gagné ! Puis-je vous dire le fond de ma pensée ?

— Bien sûr.

Reagan porta ses lèvres à la boisson. C'était si rafraîchissant avec ce qu'il fallait de sucre et de menthe.

— C'est délicieux !

— Merci, acquiesça Lauren en souriant.

Mais son sourire perdit de sa puissance quand elle conduisit Reagan à un banc. Une fois assise, elle croisa les jambes et se tourna pour faire face à Reagan.

— Je suis un peu gênée, parce que je ne me suis pas inscrite au concours. C'est une amie qui l'a fait pour moi.

Elle laissa échapper un petit rire.

— Mais je suis ravie d'avoir gagné, c'est clair. Seulement je ne m'y attendais pas. Je ne peux pas laisser passer cette opportunité de réseauter avec des clients et des investisseurs potentiels. Et puis...

Elle leva les mains, un large sourire étirant de nouveau sa bouche.

— ... quelle femme n'aime pas se faire chouchouter en institut de beauté ?

— Et gratuitement, en plus, taquina Reagan ! Après, je vais moi aussi vous dire le fond de ma pensée, vous n'en avez pas besoin. Vous êtes magnifique.

Lauren hocha la tête, ses yeux brillants de gratitude.

— C'est gentil, mais je sais que le travail m'épuise. Alors je ne vais pas cracher sur ce temps de détente !

— Alors je suis très heureuse de vous avoir apporté la bonne nouvelle. Et j'ai hâte de vous voir au bal !

— Merci, madame Sinclair, dit Lauren en se levant du banc.

— Reagan.

Elle se leva également en souriant.

— Vous pouvez m'appeler Reagan, et on peut même se tutoyer. Et merci encore pour le thé !

— Tout le plaisir est pour moi.

Lauren jeta un coup d'œil au *food truck* où la file de clients s'était encore allongée.

— Bon, il faut que j'y retourne. Merci encore, Reagan. Je te vois au bal !

Reagan resta encore un moment pour terminer sa boisson, puis se dirigea vers sa voiture garée de l'autre côté de la rue. Un agréable sentiment d'accomplissement la remplit. C'était toujours merveilleux quand de bonnes choses arrivaient à de bonnes personnes. Et, même si elle venait de rencontrer cette femme, Lauren lui semblait honnête, travailleuse et gentille. Reagan avait hâte de la voir au bal...

C'est alors qu'elle trébucha et se figea.

Ezekiel.

Ezekiel lui faisait face, appuyé contre la portière avant de sa voiture.

La douleur et la colère prirent ensuite possession d'elle.

Bordel, ce n'était pas juste. Pas juste du tout.

Après la façon dont il l'avait rejetée, les seules émotions à bouillonner en elle auraient dû être la fureur et le dédain. Elle avait peut-être pris la décision de partir, mais il n'avait rien fait pour la retenir. Ce qui, plus que tout, prouvait ce qu'il ressentait pour elle.

Ou, plutôt, ce qu'il ne ressentait *pas*.

Pourtant, sous la fureur, il y avait aussi une douleur et un chagrin épouvantables, pour la fin non seulement de leur mariage mais aussi de leur amitié.

Et ce désir toujours présent... Il avait suffi d'un coup d'œil à son corps, grand et puissant, vêtu d'un de ses costumes parfaitement ajustés – celui-ci était bleu foncé – et ce beau visage fort avec ces yeux verts fumés... Juste un regard et cela avait suffi à ranimer l'envie et les souvenirs, aussi décadents que cruels.

Lentement, il se redressa et elle obligea ses pieds à bouger et à la porter de l'autre côté de la rue. Sur la courte distance, la colère remplaça toutes les autres émotions qui tourbillonnaient en elle comme une tempête de fin d'été au Texas. S'il venait prendre de ses nouvelles après lui avoir brisé le cœur, autant qu'il aille au diable. Elle n'avait pas besoin de sa pitié. Elle refusait d'être un baume pour apaiser sa mauvaise conscience.

Merci, mais non merci.

Elle aurait voulu être sa femme, pas un acte de contrition.

— Que fais-tu ici, Zeke ? demanda-t-elle, la voix délibérément froide, même si cela était en parfaite contradiction avec les nœuds qui se tordaient dans son ventre et dans sa poitrine.

— Je voulais te voir, dit-il laconiquement, son regard parcourant son visage comme s'il voulait en agripper les moindres détails.

— Eh bien, tu m'as vue.

Reagan le contourna et tendit la main pour ouvrir la portière.

— Maintenant, si cela ne te dérange pas, j'ai une réunion.

Ce n'était pas un mensonge. Elle avait rendez-vous avec un agent immobilier pour trouver un terrain pour le foyer qu'elle comptait construire.

— Reagan, murmura Zeke, tendant une main vers elle.

Mais, quand elle arqua un sourcil, le défiant de terminer son geste, il l'abaissa et la glissa dans sa poche.

À la bonne heure. Si son esprit lui dictait de résister, son corps et son cœur allaient avoir énormément de mal s'il mettait ses mains, ses mains magnifiques, dans l'équation.

— Reagan, répéta-t-il. Je sais que je n'ai aucun droit de te le demander, mais puis-je te parler ? Seulement quelques minutes, je t'en prie, je voudrais...

— Laisse-moi deviner, coupa-t-elle. Tu voudrais t'excuser, c'est ça ? Me dire que tu n'as jamais voulu me faire de mal, que tu voudrais trouver un moyen pour qu'on redevienne amis et bla-bla-bla.

Elle inspira, tentant de se blinder contre un nouvel afflux de chagrin qui la submergeait.

— Alors voilà, je t'excuse, super, je ne te dois plus rien et toi non plus. Maintenant laisse-moi, je n'ai vraiment pas le temps.

Elle reprit la poignée de la portière, mais cette fois ses doigts recouvrirent les siens.

Elle s'immobilisa. Elle voulut lui dire : « Ne me touche pas », mais les mots restèrent bloqués sur sa langue. Elle ne pouvait pas parler, pas bouger. Toutes ses terminaisons nerveuses grésillaient, comme si son corps était sur le point de prendre feu.

Pourquoi lui faisait-il encore cet effet-là ? Combien d'années allait-elle devoir attendre avant qu'il ne diminue ? Avant que son corps n'oublie la sensation d'être possédée par lui ?

Elle craignait tellement la réponse à ces questions.

— S'il te plaît, ma chérie, murmura-t-il, retirant sa main, puis reculant d'un pas. Écoute-moi, après je te laisse tranquille.

— Très bien, concéda-t-elle.

De toute façon, il n'allait sans doute pas vouloir partir avant de lui avoir dit ce qu'il était venu lui dire. Alors autant en finir au plus vite.

Elle recula d'un pas. Mieux valait jouer la prudence.

— Mais ne me touche plus.

— D'accord, promit-il.

Elle fit semblant de ne pas voir l'éclat de douleur dans ses yeux.

— Reagan.

Il détourna une seconde le regard, puis la fixa de nouveau.

— Je voulais que tu saches que Miles a contacté Gracie. Il a pu retracer les achats par carte de crédit de son cousin et a trouvé qu'un paiement avait été fait chez un dépanneur en même temps que le ticket gagnant. Cette transaction a été faite hors de l'État, pas ici à Royal. Miles a réussi à récupérer les images de vidéosurveillance de la boutique, et Alberto était là, en chair et en os, pour payer son achat. Comme il est scientifiquement impossible qu'il ait été à deux endroits à la fois, il a rapidement abandonné sa plainte contre Gracie lorsque Miles lui a montré les preuves. Elle est hors de danger maintenant.

— C'est merveilleux, Zeke. Merci d'avoir demandé à Miles. Gracie doit être si heureuse.

Le soulagement pour son amie la réconforta, et elle nota mentalement de l'appeler. Puis elle pensa immédiatement à autre chose.

— C'est ça que tu voulais me dire ?

Non, ce n'était pas de la déception qui s'était écrasée contre son sternum. Pas du tout.

— Non, ce n'est pas ça. Mais j'ai eu besoin de te raconter cela le temps de rassembler suffisamment de courage pour te demander...

Il se racla la gorge.

— ... non, te supplier de me pardonner, poursuivit-il.

Supplier ? Elle cligna des yeux. Elle avait beau essayer de se figurer la scène, elle ne pouvait pas imaginer Ezekiel Holloway supplier qui que ce soit pour quoi que ce soit.

— Oui, je te demande pardon, mais j'essaye aussi de me demander pardon à moi-même. J'étais tellement noyé dans ma propre douleur, ma propre peur et ma culpabilité que je me suis convaincu que je faisais ce qui était le mieux pour toi. Quand, en réalité, je n'ai fait que penser à moi. Mais je me suis trompé, Reagan.

Elle soupira.

— Je sais. Pendant vingt-six ans, on a pris des décisions pour moi en pensant ne chercher que mon bien. Mais personne n'a jamais pris la peine de me demander mon avis. Certes, je suis en partie fautive, car je n'ai jamais protesté de peur d'être rejetée, mais j'en ai assez. Je n'en peux plus et je ne tolérerai plus cela, Zeke. De n'importe qui. Et je ne peux pas être avec quelqu'un qui me respecte si peu qu'il me croit incapable de faire mes propres choix.

— Oui, tu as raison, Reagan. Quiconque te sous-estime est un idiot. J'ai été cet idiot, ajouta-t-il doucement. Ce n'est pas que j'aie sous-estimé ta force, ton intelligence ou ta motivation. Non, c'est moi, j'ai sous-estimé l'effet que tu avais sur moi. Sur ma vie, sur mon cœur.

— Je... je ne comprends pas.

— Moi non plus. Jusqu'à aujourd'hui. Je pensais pouvoir te contenir dans une de ces boîtes avec lesquelles je compartimente ma vie. Mais toi...

Il souffla un petit rire.

— Tu ne peux être contenue nulle part. Tu débordes. Tu as cette force féroce et puissante. En général, les gens ne la voient pas parce qu'elle est enveloppée dans ta beauté, ta grâce et ta compassion. Je n'avais aucune chance contre toi, Ray. Et c'est ce qui m'a fait peur. J'ai lutté contre l'emprise que tu avais sur moi de toutes mes forces parce que, la vérité, c'est que tu me fais peur, ma chérie. J'avais si peur de t'aimer et un jour de te perdre. Je ne pouvais pas le supporter.

T'aimer. Les mots résonnaient dans sa tête et gagnaient en force comme une tornade. Détruisant toutes les pensées possibles sur son chemin sauf une. *T'aimer*.

Oh mon Dieu, non. L'espoir. Cette émotion, imprudente et si têtue, enfouie profondément en elle, remonta à toute vitesse à la surface. Elle ferma les yeux. Il fallait qu'elle se coupe de son visage. Mais elle ne pouvait pas fermer les oreilles. Et elles continuèrent à l'écouter avec une attention qui la terrifia.

— J'ai choisi la solution facile, celle du lâche, poursuivit-il en s'avançant vers elle, diminuant ainsi la distance entre eux. Mais maintenant, je suis là et je te le dis. Je ne vis plus dans le passé. Parce que tu es mon avenir.

— Zeke, arrête, murmura-t-elle en ouvrant les yeux.

Elle n'en pouvait plus. L'amour qu'elle avait pour cet homme, contenu dans sa poitrine, menaçait de tout faire éclater. Mais elle n'était toujours pas capable de parler.

— D'accord, chérie, murmura-t-il, en passant une main dans ses cheveux. Je m'en vais, mais une dernière chose. Certains de mes investissements se sont révélés fructueux, et j'ai assez d'argent pour financer ton rêve de foyer pour filles mères, ici à Royal. La moitié de cet argent t'appartient. Si nous divorçons, je vais m'assurer qu'il te revienne, mais sache que ce n'est pas ce que je veux. Je te veux toi, je veux que tu restes ma femme, pour de vrai, et que nous fondions une famille. Quoi que tu décides, je le respecterai, mais il fallait que je te le dise.

— Arrête, Zeke, je ne veux pas de ton argent, dit-elle.

Il hocha la tête, son regard assombri par la douleur.

— Non, non, non, bredouilla-t-elle, tu ne comprends pas. Je n'ai pas besoin de cet argent, mais j'ai besoin de toi. C'est tout ce dont j'ai envie. De toi, de nous.

— Quoi ? demanda-t-il d'une voix blanche. Tu veux dire que...

— Oui je t'aime. De tout mon cœur et de toute mon âme, je t'aime, murmura-t-elle.

— Ma chérie.

Il la regarda fixement, sa respiration haletante et irrégulière.

— J'ai le droit de te toucher, maintenant ?

— Oh oui, je...

Mais sans lui donner le temps de terminer sa phrase, il fit un pas vers elle, le dernier qu'il restait entre eux, et prit son visage en coupe, inclinant sa tête en arrière. Une vague de plaisir la parcourut alors que sa bouche s'écrasait contre la sienne, pour la chercher, la goûter, confirmer leur amour.

— Je croyais...

Il grogna, roulant son front contre le sien.

— Je pensais t'avoir perdue. Je t'aime tellement, Reagan Holloway. Tu es à moi, et je ne te laisserai plus jamais t'éloigner de moi.

— Promis ?

— Promis, jura-t-il en pressant un baiser ferme et passionné sur ses lèvres.

— Ramène-moi à la maison et prouve-le, dit-elle en riant, incapable de contenir la joie qui bouillonnait en elle. Mais d'abord, j'ai cette réunion et j'aimerais tant que tu m'accompagnes.

De fait, elle ne pouvait pas imaginer commencer ce projet qui la faisait tant vibrer sans l'amour de sa vie à ses côtés.

— Très bien, acquiesça-t-il, lui saisissant la main et l'éloignant de sa voiture. Nous prendrons ma voiture, puis on reviendra récupérer la tienne.

Quand ils arrivèrent à côté de la Jaguar, il lui lança les clés.

Elle le regarda bouche bée.

— Oh mon Dieu. Tu dois vraiment m'aimer, haleta-t-elle.

En riant, il tapota le capot de la voiture. Celui-là même où il lui avait fait l'amour.

— Pour toujours, Ray.